〔中国书籍文学馆·散文苑〕

与你共舞

丽萍 题

张晓惠 / 著

中国书籍出版社
China Book Press

图书在版编目（CIP）数据

与你共舞 / 张晓惠著 . —北京：中国书籍出版社，2014.3
（中国书籍文学馆·散文苑）
ISBN 978-7-5068-3978-5

Ⅰ . ①与… Ⅱ . ①张… Ⅲ . ①散文集—中国—当代 Ⅳ . ① I267

中国版本图书馆 CIP 数据核字（2013）第 305246 号

与你共舞

张晓惠　著

图书策划	武　斌　崔付建
责任编辑	卢安然
责任印制	孙马飞　张智勇
出版发行	中国书籍出版社
地　　址	北京市丰台区三路居路 97 号（邮编：100073）
电　　话	（010）52257143（总编室）（010）52257153（发行部）
电子邮箱	chinabp@vip.sina.com
经　　销	全国新华书店
印　　刷	北京富达印务有限公司
开　　本	650 毫米 ×940 毫米　1/16
字　　数	273 千字
印　　张	17.5
版　　次	2014 年 10 月第 1 版　2014 年 10 月第 1 次印刷
书　　号	ISBN 978-7-5068-3978-5
定　　价	34.00 元

版权所有　翻印必究

序

李敬泽

"中国书籍文学馆",这听上去像一个场所,在我的想象中,这个场所向所有爱书、爱文学的人开放,不管是白天还是夜晚,人们都可以在这里无所顾忌地读书——"文革"时有一论断叫做"读书无用论",说的是,上学读书皆于人生无益,有那工夫不如做工种地闹革命,这当然是坑死人的谬论。但说到读文学书,我也是主张"读书无用"的,读一本小说、一本诗,肯定是无法经世致用,若先存了一个要有用的心思,那不如不读,免得耽误了自己工夫,还把人家好好的小说、诗给读歪了。怀无用之心,方能读出文学之真趣,文学并不应许任何可以落实的利益,它所能予人的,不过是此心的宽敞、丰富。

实则,"中国书籍文学馆"并非一个场所,它是一套中国当代文学、当代小说的大型丛书。按照规划,这套丛书将主要收录当代名家和一批不那么著名,但颇具实力的作家的长篇小说、中短篇小说集和散文集等。"中国书籍文学馆"收入这批名家和实力作家的作品，就好比一座厅堂架起四梁八柱，这套丛书因此有了规模气象。

现在要说的是"中国书籍文学馆"这批实力派作家，这些人我大多熟悉，有的还是多年朋友。从前他们是各不相干的人，现在，"中国书籍文学馆"把他们放在一起，看到这个名单我忽然觉得，放在一起是有道理的，而且这道理中也显出了编者的眼光和见识。

当代文学，特别是纯文学的传播生态，大抵集中在两端：一端是赫赫有名的名家，十几人而已；另一端则是"新锐"青年。评论界和媒体对这两端都有热情，很舍得言辞和篇幅。而两端之间就颇为寂寞，一批作家不青年了，离庞然大物也还有距离，他们写了很多年，还在继续写下去，处在最难将息的文学中年，他们未能充分地进入公众视野。

但此中确有高手。如果一个作家在青年时期未能引起注意，那么原因大抵有这么几条：

一、他确实没有才华。

二、他的才华需要较长时间凝聚成形，他真正重要的作品尚待写出。

三、他的才华还没有被充分领会。

四、他的运气不佳，或者，由于种种原因，他的写作生涯不够专注不够持续，以至于我们未能看见他、记住他。

也许还能列出几条，仅就这几条而言，除了第一条令人无话可说之外，其他三条都使我们有足够的理由对这些作家深怀期待。实际上，中国当代文学的丰富性、可能性和创造契机，相当程度上就沉着地蕴藏在这些作家的笔下。

这里的每一位作者都是值得关注、值得期待的。"中国书籍文学馆"收录展示这样一批作家，正体现了这套丛书的特色——它可能真的构成一个场所,在这个场所中,我们不仅鉴赏当代文学中那些最为引人注目的成果,而且,我们还怀着发现的惊喜,去寻访当代文学中那相对安静的区域,那里或许是曲径幽处,或许是别有洞天,或许是,众里寻他千百度,蓦然回首,那人却在,灯火阑珊处……

目录

第一辑 你生命中的风花雪月

诗意地栖居 / 002

哭泣的圆明园 / 005

繁春落叶 / 008

瓢城古韵 / 010

学会欣赏 / 012

紫藤与苍柏 / 014

途中有花 / 017

滩涂盐蒿 / 019

座右铭 / 023

一方手绢的前世今生 / 026

书的衣裳 / 029

女子与酒 / 032

对联闲话 / 036

出门在外 / 039

你生命中的风花雪月 / 041

徐行之美 / 045

现代与古典 /048

飞絮犹在肩头 /050

将光芒洒向更开阔的地方 /052

让我们展翅飞翔 /055

有多少好书成全着我们的生命 /059

第二辑 感激你美好如初

雅士绍先生 /066

麻石老巷豆花香 /069

作女丫丫 /072

小丫卖蛋 /075

"教练王"如意吉祥 /078

大小姐 /081

杜鹃花开 /084

素心若锦 /087

日记人生 /090

桥头小店 /093

坝上美人 /095

永远的守望 /097

好好活着 /101

永远的恋歌 /104

美人若荷 /107

花妹妹的店 / 110

此生只为牡丹香 / 113

看车人和他的书社 / 116

同名的女孩 / 118

怀念一个人 / 124

千金小姐 / 130

看大街上人来人往 / 135

城南旧事 / 137

朗诵的日子 / 140

叩访古籍书店 / 143

缕缕不绝咖啡情 / 145

感激你美好如初 / 148

第三辑 真好，尘世间有你在

真好，尘世间有你 / 152

东山静 / 156

项王故里随想 / 159

梦中的香格里拉 / 161

一路喝茶 / 164

仰望斑头雁 / 167

西津渡仁足 / 170

想你时在眼前 / 174

眺望海心山 / 179

漫步798 / 182

再见台儿庄 / 186

陆秀夫故里畅想 / 189

教堂、墓地与剧场 / 193

迷　路 / 195

品味尼亚加拉 / 198

如果爱，让我为遗失的美丽唱首歌 / 201

第四辑　只为途中与你相见

与谁一醉一陶然 / 208

一束芦花的前世今生 / 215

平原的守望 / 219

夜色中的舞蹈 / 225

红尘中，流浪远方 / 232

舞蹈课 / 237

合欢花开 / 241

只为途中与你相遇 / 245

残梦敦煌 / 251

遗憾莫高窟 / 256

春风笑了 / 259

有的路，只能一个人走 / 263

第一辑 你生命中的风花雪月

诗意地栖居

我是个疏于跑街的人,可一日上街却惊异地发现,小城那古巷密集的一块地方已夷为平地。昔日那挤挤挨挨的老房宅、古民居已成了碎砖瓦砾,还有数十处断墙颓垣。那几条有着很好听很书卷气很古雅名字的小巷将她苍白破败的面庞无奈地呈现给夏日的艳阳。

曾在淅淅沥沥的小雨中寻访、叩问过小巷。这些三四米宽的小巷,纵横交错如网络,幽静深邃若清谷。是青砖是黛瓦是粉墙,有黑黑亮亮写满沧桑的旧式木排门,有斑驳如枚枚古钱的暗绿色苔藓,还有不知经历了多少朝代黄了又青、青了又黄却仍在小院墙头上摇曳出一派袅娜的城市中已罕见的狗尾巴草。那曾经在小院内向外探出满面明媚粉红的老桃树呢?那曾经吸引着无数孩子目光,到夏日就结满了澄黄澄黄果儿的大杏树呢?那排列整齐、纹理清晰有如图书馆书列的小巷墙壁上那密密的小青砖呢?抚摸着它们曾经想,若是这秦砖汉瓦有记忆的话,怕是会讲出若干鲜明诡谲的过往人事,随便抽出一块怕也若一册泛黄的线装书,写满了唐诗宋词吧!这座小城毕竟是有着两千多年历史的古城呢。在有月亮或是没月亮却布满了星星的夜晚,在小巷的石板路上走走,很容易就走进了千百年的历史,走进了悠悠的岁月。

小时候，住在机关大院宿舍的我们是多么地钦羡住在这些小巷中的同学啊，每家有院子，院子里有天井有大树，我有一个女同学家中甚至是三进的院落，足够我们捉迷藏打游击了。到了端午、七夕、中秋这些节日，小巷深院就更呈现出她的诱人风情：垂在门边上的是绿绿的苦艾，飘在门楣上的是红红的带穗的喜迎，粽子的清香在风中送出老远，院子里的小方桌上还有面捏的小白兔是红豆做的眼睛，还有炸得金黄黄的藕饼、肥硕硕的老菱……

而这一切都成了"曾经"，我的眼前是一块空地，那显现或是隐藏着小城历史的砖瓦墙壁尽管破碎却带着两千多年的记忆缄默不语，烈日下一群人聚集在那儿正在将哪家大院拆下来的门窗，那雕梁画栋的木片木条论斤处理。一旧句涌上心头：断碣残碑，只赢得，几杵疏钟，半江渔火，两行秋雁，一枕清霜……可这儿连半点"渔火"也未曾留下，风乍起，这秋霜再也找不到它多年的栖身之所了。还有秋雁春燕。

诚然，时代在前进，日子是向前走的，旧的不去新的不来。问了几个人，都说是古巷这块儿要进行旧城改造，造成何样不得而知。

不得而知。海德格尔呼吁的"诗意地栖居"又顽固地盘桓在心头，想想这一座始于西汉有着两千多年历史的小城，曾经留过范仲淹、行过施耐庵脚步的古巷，回荡着唐诗宋词吟哦声的这块土地，都变成了清一色的钢筋水泥火柴盒子——小巷树影婆娑间的月色与阳台上那一览无余的月光毕竟有着不一样的质感。没有了"明月松间照，清泉石上流"的意境，即使都是霓虹闪烁的现代化建筑，活着也少了许多的韵味。

现代华丽是美，古朴典雅也是美。改造与发展是为了让人们过上更好的日子，然而，好日子又不该仅仅是复制式进步的物质享受，从一定意义上讲其实精神和文化在人类历史进步的长河中更为重要。我是那么衷心地期盼着古典与新潮在我热爱的这块土地上融合，期盼着历史和人文有机地嬗递与链接——哪怕是留一条秦砖汉瓦的古巷或是建造出有民族特色、保留古民居韵味的住宅，这方面不乏成功的范例。让古巷的清丽月色与广场的七彩霓虹高楼的灯光交相辉映，让五千年文明古国文化的芳香在我们今日的生活中依然飘逸，让在电脑网络、信息高速公路上忙碌的人们仍然可以看见星空月色，听得春雨的淅沥，嗅得冬雪的甘甜。拥有厚重深沉的文化根基，感受历史、传统和古典的优美，才能在享有现代物质生活的同时在精神的家园中"诗意地栖居"。

哭泣的圆明园

  一直以为，圆明园是哭泣的。英法联军蹂躏着她的肌体，摧毁着她的骨骼，冲天大火燃烧的是一个民族的自尊。百多年的疼痛如那西洋楼的残壁断垣，穿越百年的风雨永远存在——伫立在西洋楼大水法的遗址前，我无法不感受圆明园的疼痛，感受一个民族的屈辱和疼痛，是那种切肤的痛。
  还是十年前去的圆明园。没有人愿意去，说是那么远，又没啥看的。我说我肯定要去。
  是阴凄凄的天，是冷飕飕的细雨，和着秋风如刀子一般刮在脸上。沿着浩渺的湖水，我走啊走的，不见一个人影儿。最后，终于走到了那大水法遗址——尽管多少次从图片上，从教科书中见过这遗址的照片，可当我立在苍苍的天空下，真实地面对着这遍地的玉白石块时，仍感到那来自心底的震撼！依旧华美——我抚摸着那冰冰凉凉的玉石纹理；依旧精致——那欧式拱门的曲线流畅又不羁；依旧贵族——断碎的罗马石柱在苍天下笔直出一派伟岸和傲然。后来我就流泪了，好在周围没人。我没带相机，但那些石块、石柱、石雕连同那灰苍苍的天空一起烙在了脑海，成为心房上一幅永不磨灭的壁画。

十年后的今日，再去圆明园。对我来说，去圆明园是一种凭吊，一种拜谒，甚至是一种提醒。说出这些我不怕别人说我矫情，我就是这样想的。

　　进了圆明园，才发现今非昔比。十年前的清寂不复存在，圆明园一片喧嚣。柳绿桃红藤紫满目春色也罢，昔日皇族的休闲园址，也该咱平常百姓流连赏目；门票从五角涨到二十五元也罢，这偌大的园子要人管理也得养活自己。装饰华丽的人力车左右缠着：去福海？去绮春园？就十元，拖您去西洋楼您哪！谢了您哪，我说，我就是想自个儿走走。

　　往前，沿着湖边再往前，穿过紫藤架，右拐，是了，是遗址，大水法遗址。

　　想不到的是遗址这儿，竟也有这许多的人！一群系着红领巾的孩子尖叫着互掷着石子；一群看来是高中生的少男少女咬着冰棍儿在海晏堂遗址前高声唱着"对面的女孩走过来走过来"；几位干部模样的人笑眯眯地摆好阵势在镌刻着"圆明园"字样的石碑前照相，那捧着相机的说："笑！笑啊！"这群人就腆着发福的肚皮蠢蠢地笑了。在大水法遗址前，就是我小时候在书中看到，十年前在那儿哭泣的五根大罗马柱那儿，一对情侣旁若无人地拥抱亲吻！

　　刹那，我有点不知所措。亲吻示爱干嘛到这大水法遗址前呢？在这样残破颓败的乱石间，怎么笑得出来？要唱歌蛮好，去那桃红柳绿的绮春园、长春园或是泛舟福海啊！看着这群在破碎的石块遗址前欢笑的老老少少，仰首凝视那高大而残破的罗马廊柱，眼眶和心口就都隐隐地疼起来。

　　历史呢？耻辱呢？血性呢？！

　　前些年，围绕着圆明园需不需要重建曾经有过争议，结果是理智的人们理解了废墟的价值，尊重了历史留给我们的残酷真实，这片废墟留下了。当时，我为这决定拍案叫好。可今日见到这么多在废墟上、在遗址前欢笑嬉闹的人群,我有点怀疑留下废墟的必要了。

  该是来圆明园,天就要阴的。一阵沙尘扑面而来,豆大的雨点砸了下来,劈头盖脸,欢笑的人群直往外冲。剩下我一人,静静地,在洁白的石块上坐下,对着这大水法遗址,对着这华美残破的罗马石柱,和苍天,和这些断壁残垣一起落泪哭泣……

繁春落叶

我不知道这棵树有这样一个名字，从发声来说是"suoluo"——娑罗，很好听，写起来也很好看的，我以前从没听说过这种树。我也不知道这棵长在南京中山植物园这五十年代就盖起的两层小楼西山墙边，没有任何围栏和防护标识的，如同我们苏北平原旷野地里随处可见的朴素厚实的树，竟是华东地区仅有的一棵娑罗树——植物园的专家称它为"国宝"的。

这株罕见的"国宝"其实真是如此地普通——一般又一般的外貌，高倒是高的，高过这两层小楼的屋脊，树枝桠桠杈杈，交错又舒展着伸向四方。树根处一块大石头用朱色写着醒目的"娑罗"，标明它是一株不常见的树。由于它的外貌太普通，以至于我们每日里上课下课从它身边走过的时候，只将更多的视线投注给距它不远的纤柔散逸的天竺，还有那丛恣肆蓬勃的洒金珊瑚。

人也是势利，打知道娑罗树是国宝后（这紫金山麓著名风景区的餐厅也以它命名，曰"娑罗树餐厅"），每每经过它身旁就忍不住多打量多注视。有说是发现了它的树干分分合合，有说是它的形态桀骜不驯。我倒是日复一日地注视着娑罗的叶。初见它时，还遍体苍绿，那种茂密油亮的绿。也就十来天的时间，娑罗树的叶子就不经意地凋落，竟基本掉光了，一片又一片的，一片片还泛着生命光泽的绿叶就厚甸甸地围落在了树根下。不到两天，那落地的绿色竟又溢出片片金黄！这是在绿色四起万花竞相绽放的繁春季节啊！

繁春落叶！这不可解的现象！那两日黄昏，我就一直围着娑罗树打转，满地的金黄叶片在晚风中曼舞飞扬，似乎就有些很轻很轻的话语透过叶片在四野飘荡，很近又很遥远，清晰又模糊，是娑罗在喁喁低语？是娑罗在浅吟轻唱？我竭力分辨又难以捕捉。半个月亮缓缓地爬了上来，无叶的娑罗就从容地站成一幅刚健又宁静的剪影，在苍蓝的天幕下，在如银似水的月光里。

白玉兰、紫玉兰、红玉兰绽放满树满园，忍冬花、蜡梅花、杜鹃花香溢四野。我眼里只有娑罗：经过烈日的炙烤秋风的洗练寒冬冰雪的肆虐，却始终以不屈的意志、全部的热情焕发蓬勃的绿色，竟在繁春时落叶！是以繁春落叶来表明另一种生活方式或是生存态度吗？是以繁春落叶来喻示着置身繁华却不求功利的脱俗情怀吗？如若这样，我该敬重您了，娑罗。这样的品格和气质，这样的思考和觉悟，超越熙熙攘攘中浅薄的卖弄和虚荣的张扬，迥异于红尘俗世中锱铢必较的算计和尔虞我诈的谋划。大千世界，几人若你，娑罗！

仰视娑罗，娑罗沉默，稳健笃实又厚重。见了太多的是随俗的冬日里枯疏春日里萌绿夏日里绽放，也见过一些春夏秋冬一直高扬绿色的旗帜，已是不易。但真的是第一次见到如此大气、脱俗，繁春落叶的娑罗。才开始我还不认识你呢，你是大隐于世，我是粗陋浅识。不过，也是啊，世间真正不凡的，大抵都以朴素不过的外貌示人。

谢谢你，娑罗！

瓢城古韵

春雨淅沥，不要雨伞，不邀友伴，拂着如许的春风，静静悠悠地穿行在我们这座小城的老巷中。一条条老巷纵横交错如网络，幽静深邃似清谷。走进小巷，多半是为了这些小巷古朴而又儒雅的巷名：浠沧、集仙、板桥、文曲、纯化、儒学……

从热闹的剧场路东西分别岔进，有数条小巷，这些三四米宽的小巷，两侧均是黛瓦青砖粉墙，人车稀少，踏进这些静幽的小巷，就仿佛跨进了历史，踏进了流淌的岁月之河。有一些颓破的围墙上，摇曳着几株城市里罕见的狗尾巴草，旧式的木排门扣得紧紧的，门楣上贴着红红的门迎垂着绿绿的苦艾，墙根暗绿的苔藓斑驳如枚枚古钱，向过往的行人诉说着小巷曾有的故事。任思绪随眼前的苦艾、苔藓、狗尾巴草而流淌，一时就有些恍惚：这一条条古巷，哪一块石板上曾留下建安七子陈琳的足迹，哪一扇木门承接过施耐庵先生的叩击？小巷不语，春风不语，只有紧闭着的院门后传出一阵嬉笑声，一树粉白粉白的繁花从围墙内茂盛出一派明媚，是桃？是李？真想去叩一下那百年沧桑黑亮亮的木门，那来开门的是千年前扎抓髻的童子还是身着罗衫的丽娘？

小巷两边的墙壁由无数的小青砖砌成，纹理整齐有如图书馆的书列，随便抽出一块，怕也是一本泛黄的线装书吧，这书上一定写满了繁体字，是唐诗是宋词还是古乐府诗？"先天下之忧而忧，后天下之乐而乐"，春风春雨中，似听得范仲淹先生的吟哦，细若游丝又振聋发聩，这扑面而来的是宋朝的风还是明朝的雨？

踩着百年的青砖路，抚着千年的汉代瓦，走着思着，一抬头，已到了清初著名书法家、爱国诗人宋曹先生的故居。进得门来，宋曹先生手执书卷，傲立在玲珑古雅的庭院。先生当年读书谈艺的"蔬枰草堂"还在，先生挥毫舞墨的"流觞池"还在，会秋堂、桐引楼还在。小小的庭院雕梁画栋，抱水拥竹，奇石嶙峋，曲折有致。说是宋曹先生多次拒绝做官，是在哪间屋檐下先生一次又一次冷落着朝廷的征召？自号"耕海潜夫"的射陵先生不语，只用深邃的眼神注视着红尘中来来往往的人们。

顺着儒学街往南走，不多远右拐弯，就是南宋丞相陆秀夫的祠堂了。陆公祠不大，却是修葺得好。日寇的炮火，"文革"的动乱，小城人一直全心全意护佑着民族英雄的故居。仰止堂、浩然堂，简朴大气，空灵风雅。忠烈公陆秀夫的塑像傲然屹立浩然堂间，七百多年前背负幼帝从容投海与国家共存亡的壮烈之举早已幻化成故乡人民心中永远的彩虹。祠内团团的绿树如烟弥漫，坪间的小花黄的、蓝的、白的素素地绽放。一枚完全风干了的柳叶盘旋飘落在大门外的石狮边上，在春阳里金亮亮的，泛溢出生命完全的辉煌，一如仰止堂上遒劲的"千载孤忠"四个大字，一如这祠间气节凛然不可侵犯的主人，在小城人的心中，散发着凝固又缕缕不绝的清香。

小城的四周都是水，串场、蟒蛇、小牙河。俯瞰看去，小城恰似一只倒扣在水中的瓢，因而小城又有瓢城之称。有了水，也就有了死心塌地的守护者——桥。北有北闸东有建军，南有南门西有登瀛。站在登瀛桥上，古代传说中的八景之一"登瀛远眺"中的"红杏青帘柳外城"之景色，由于近年来日新月异的建设，已不复存在。只有桥下二千一百多年的串场河水日夜奔流不息。汽笛声声拉起，使小城更加波光潋滟，风雅灵动起来。

学会欣赏

当一声嘹亮的鸽哨划破城市的天空,你看那道路两侧的花坛中树枝上就绽出了粒粒花蕾点点嫩芽,一片嫣红满目翠绿;

当缕缕春风拂过乡村的清晨,你看那摇摇摆摆的鹅群趟下坎沟,小河就欢快地铺上一层绒绒的白,株株小草一起作着深呼吸,漫漫四野忽地就向着蓝天蓬勃起丛丛绿色的火焰;

邻家的女孩穿着格子短裙大声地唱着"GO！GO！"蹦蹦跳跳,那苗条的身姿活泼的笑容,让你觉得青春真好!

日日相见的同事,自学拿到了学位在知识竞赛中又获了大奖,你真是满心地高兴由衷地赞叹:了不起,太棒了!

五彩缤纷的世界,多姿多彩的生活,就是这样,让心怀纯真向往美好的人们不时地感受无尽的自然美和人性美,欣赏便由此而生。然而,在平常的生活中,我们是否能时时都以欣赏的情怀和心态去发现、审视、对待所遇的人和事呢?

一般来说,人人都有欣赏的眼光,也都有需要他人欣赏的心态。但由于人性的弱点,欣赏物容易,欣赏人较难;欣赏远离自己的人易,欣赏近处的人难;欣赏家人和自己容易,欣赏他人和同事则较难;欣赏异性容易,欣赏同性的人又难。更由于人类共有的特点,"自己的,是最好的",对他人的所长所优会不屑一顾甚至嗤之以鼻……加之大千世界纷繁复杂,喧嚣浮躁之中,我们还有没有一颗明净的心灵来分辨泥沙俱杂中的珠贝?转型期中纷至沓来的多元价值观,我们还有没有一双敏锐聪慧的眼力来欣赏那于人生最重要的真善美?竞争拼搏脚步匆匆,我们还有没有细腻从容的心情来欣赏生活中的一草一木、蓝天白云,湖面上的星星,夕阳晚风中飘来的声声清笛?

生命需要欣赏。那次在珍珠泉,远看水面细雨淅沥,近观方知是无数只泉眼在鼓涌。导游小姐说:鼓掌呀!泉水听到掌声会高兴得很啊!随着我们一行噼噼叭叭掌声响起,奇景出现了:无数粒泉水在掌声中向上翻腾跳跃,在熠熠金阳下玲珑剔透,真如粒粒玉润浑圆的珍珠!原来,连泉水都需要欣赏的啊!但欣赏,又谈何容易?!

欣赏,是要苦苦修炼的。

欣赏是一种修养,一种沉稳洒脱严于律己尊重他人的风度;欣赏是一种胸襟,容得下他人的才华和长处,同时作为自己不懈地学习和进取的动力;欣赏是一种滤尽了一切利欲渣滓的从容情怀,面对缤纷繁华不会晕眩,无论衰荣恩怨平静超然;欣赏更是一种哲学,观一花可观一世界,于小草可见大精神。

用欣赏的眼光审视自然与世情,我们会发现大自然和生活原本是这样的美好;用欣赏的心态对待亲人和同事,我们会由衷地感激在这只有一次的人生,我们得以牵手结缘相聚同行;在欣赏的目光和氛围中工作生活,我们会更加愉悦自信地去做好我们该做的一切。

一个不会欣赏或欣赏力低下的人,生活的宽度和广度会极其有限,多姿多彩的人生韵味和情调也无从领略。学会欣赏,生之旅途会发现更多的美丽和情韵,自身的胸襟和生存的意义会更加博大广泛;用欣赏的心态和眼光待人行事,我们的人生将进入一个更高的境界。

紫藤与苍柏

一树紫柔柔的花儿,缠绵在遒劲的苍柏上。你看,这紫藤枝枝蔓蔓与苍柏缠缠绕绕,这紫藤的花花叶叶都与松针柏叶相依相拥。柔绵与婉约,刚劲与硬朗,如此地相得益彰。早春的阳光,一片一片穿洒在枝蔓与花叶之间。紫藤与苍柏,就这样亦真亦幻地迷离在清冽的阳光里,站成元大都国子监里一帧醒目的风景。

这紫绒绒的花儿呀,风情万种漫拥柏树的全身;这纤细细的藤蔓,柔柔绵绵攀援上了高高的苍柏树梢。那首歌儿是叫《藤缠树》?"山中只见藤缠树,世上哪见树缠藤。青藤若是不缠树,枉过一春又一春"……眼前这藤与树,这样地缠绕这样地相依,看来看去仔细端详,却再也分不清是藤缠树,还是树缠藤了。是朋友?是兄弟?该是恋人了吧!这样不顾一切的温柔,这样遮天蔽日的相拥——大概已抵达"你中有我,我中有你"的境界了。有人低语:这株柏,还活着吗?一惊,仔细打量,果然,这苍柏的树干是苍黄色的,这柏叶怎么一点绿意也不见?倒是这紫藤,活泼泼地将秀雅的紫色,妩媚在柏树的躯干与枝枝叶叶。

这株柏树,为何没有生机?被紫藤缠死了?!

久久伫立。

原来，原来爱与依傍的过于浓烈，竟然可以扼死另一个生命！

这紫藤在向着苍柏一心一意奉献上无际无涯的情恋时，未曾想过这样的凄惨吧？

这苍柏在紫藤的甜蜜与温柔中，在全身心的激动中，也未曾知晓自己的生命会过早地消逝吧？

见过许多的藤缠树，也见过许多的树傍花。走千山涉万水，更见过许多相依相傍又自在独立的花与树。

在南京的中山植物园内，曾见过两株青松，斜侧着上身屹立在一排青松前，站成植物园绿松林独特的风景。日日月月岁岁年年，就这样迎风雨、就这样沐夕阳。

在台湾的阿里山，也见过两株树，盘根错节深深地扎于地下，从树干起臂膀却相依相挽，再往上又将绿意葱郁的华盖各自伸向蓝天，坚硬的树干交会出一个大大的"心"形，一块木牌立在树旁：同心树。

在厦门的鼓浪屿，因了舒婷的《致橡树》，更是执着地去寻找木棉花。十月的秋日，硕大的木棉花儿火红火红，都是独自挺拔着树干，将花儿可着劲儿伸向旷远湛蓝的天空，绽放出生命的全部光华……

紫藤与苍柏，早知今日，何必当初？

如若，在你们的亲密合一中，留一点间隙，让清风在你们中间四季舞蹈；如若，在你们的相依相偎中，隔些许距离，让明月可以穿透你们的缠绵；如若，让心在一起舞蹈，手足又挥舞出各自的旋律……那琴上的弦子，不是一根又一根，方能奏响美丽的乐曲？那国子监大殿的柱子，也分列在两旁，历经这么多的岁月，却又彼此凝视相望……若此，若此，兴许你们，还在朝夕相依、四季相守？

紫藤无语，苍柏无声，国子监一片静寂。

唯有亘古不变的白云，在蓝天上，不远不近地相守相望，直至永远。

苍柏轻轻地颤动，长长地，寒风中听见一丝叹息：你这愚昧的女子啊！你可知道，这世上，有一个词叫"心甘情愿"？我的葱葱郁郁，我的元气绿意，都奉献给了一生一世的爱恋。我以我的生命滋养着我今生今世的情人，她将她的温柔攀援上我葱绿或是荒凉的岁月。那么，我是绿是苍，她都这样用她的美丽装点我的躯体，我是生是死，她都这样用她的生命覆盖着我的生命，夫复何求？！

紫藤花漫溢出无际无涯的温柔，有歌声在千年古殿、万里白云间回响：

"连就连，我俩结交订百年，哪个九十七岁死，奈何桥上等三年……"

还是那首《藤缠树》啊。

途中有花

绿柳多姿，春风远去；蝉儿脆鸣，丁香暗袭。秋风，也是很快就要来的吧，那样清凉凉地阵阵拂过，就见那高远明净湛蓝蓝的天……太阳、月亮起起落落，星子明明灭灭出一个又一个明天与明年，自然就这样循环更迭，四季就这样流年轮回。不免在想：大自然是为了什么呢？这四季是为了什么呢？

从婴儿呱呱坠地到蹒跚学步到意气风发再到星星白雪飞上额头，真是一瞬的功夫，眨眼的时光啊！从小总是有一个目标，做个好孩子当个好学生，后来是有份好工作，找个可心的爱人，筑起满意的家庭，再教育孩子，做个好父母……这么多的目标使人生不敢有丝毫的懈怠和疏慢——"生命经不起太多的等待"，歌词就是这样写的。脚步是这样的匆匆，一代又一代人沿着基本相同的路径。亦常常在思，从生到死，生命是为了什么呢？

毋庸置疑，生命的每个阶段有其不一样的中心和重点，为结婚吗？为生子吗？穷尽一辈子，辛苦操劳殚精竭虑，只是为了终有一天在哀乐中撒手而去吗？肯定不是，这只是人生的规律，肯定不是每个人希冀的目标。

常想起爬山。那次登泰山，之前就想着定要登上泰山顶，一鼓作气，也是年轻啊！与人比，与自己比，当最终九转十八盘到了天街置身于浩浩旷风之间，心头的感触是"一览众山小"吗？有一点点。但那山腰飘渺的白云，山涧清澈的泉水，山坡上微笑着绽放的五彩缤纷的野花，却只能在心底想象了。细细想来，这样被忽略的风景，在生命中，是太多太多。

童年与少年，有时，时间真的不在自己的掌控之中，如山的作业如海的习题。依稀留下的，是偶尔的清风和难得的星空。成年之后，就一如那故事中所说的挑夫，急匆匆地赶路，却不知自己在做着什么。其实，我们结婚是为了爱，可我们来不及细致品味爱情的甜蜜；我们抚育孩子希望他快乐地成长，却又只是将孩子固定在自己限定的轨道上，不管他快乐与否。我们努力工作有时却又怨声载道，"工作着是美丽的"这句话我们嗤之以鼻。步入中年更是上班忙下班累，枕着双臂眼中茫茫然没有闪亮亮的星星和柠檬般的月亮。生命的真谛生活的喜悦生存的丰盈……都消逝在忙碌的岁月之中。

其实生命一如登山，途中有花，繁密绽放啊！就看我们如何去感受和品尝。"生命中的风景"是一句说滥了的话，可真的，风景就在我们每一段美好与黯淡、顺利与坎坷的生命阶段之中。从生到死，从婴儿到老人，有限的生命由一个个细节组成，每一个充满真情和爱的细节成就着旅途中闪光的生命珠链。哪一个环节不滋味隽永悠长，哪一段路途没有鲜花绽放？

人和自然、四季不一样。

花朵的归宿是凋谢，但来年还会春色再现枝头。

人生的终极是天堂，只有一次的生命没有回程票。

风吹过转瞬即逝的流年，花瓣纷纷扬扬，一地繁华。你，我，看见了吗？

真的，在走过这么多的岁月之后，就想从容地走着每一步路，仔细地欣赏每一日的生命之花。

滩涂盐蒿

生于滩涂，衍于滩涂，翠绿于滩涂，嫣红于滩涂，美丽于滩涂，燃烧于滩涂！这就是滩涂骄子——盐蒿。

春日的盐蒿是广寂滩涂上最鲜活丰满的生命。春风一波一波拂过，小小的盐蒿就探头探脑争先恐后地嫩绿浅绿深绿澄碧了四野，苍茫茫的滩涂顿时莹绿透亮，满目生机。风儿挟着海花从滩涂阵阵拂过，盐蒿子叶儿芽儿颤颤摇摇晶莹澄绿，亮亮的露珠与盐蒿子就一起在滩涂欣然起舞，舞出一派明媚舞出菁菁喜悦，舞出千百年诗人梦中晶莹与幼绿还有明净的绵绵诗意，更成了无数画笔下企求不到的绝品。

秋日的盐蒿将滩涂妆扮成天地之间一幅巨大壮美的图画。秋风起海风吹，白茫茫的大海与万顷湿地间蓬勃起的是意想不到的红，红得那么迅速，好似上苍打翻了颜料缸，瞬间将天地间泼染得通红。你看白茫茫的海水，你看蓝湛湛的天空，衬着这无边无际的深红，若巨幅红旗猎猎在广袤的滩涂，彰显着大气无比，真的是撼人心魄。

其实盐蒿是滩涂上不值钱的野草，但却是我心目中最忍辱负重的生命，是我见到的最为坚韧不拔的景象。你看这万草不生的盐碱滩唯有盐蒿才能自在地生存、生活。三寸盐蒿貌不惊人，普通得无可言说。烈日、海风、盐渍，苦咸苦涩僵硬的盐碱土啊，盐蒿必得咬住牙一点一点地从板结板结的土中一点一点一分一分地拼尽全身的气力萌芽舒叶。让盐水深深地浸入骨髓吧，让海风重重地锤打躯干吧，盐蒿子只知道自己的头顶上是蓝得高远的蓝天，只知道钻出盐碱土身边就听得见浩瀚黄海的涛音，只知道自己所有的色彩所有的鲜活都为滩涂母亲而在……没有盐蒿春日无垠的绿，滩涂还是滩涂么？"没有盐蒿秋日竭尽全部心血迸发的红，滩涂还是滩涂么？！没有花儿香，没有树儿高，我是一棵无人知道的小草。不过这不对，黄海边上有谁不知道盐蒿这滩涂上坚强不屈的漫漫野草？盐蒿在滩涂长成一种精神，更是茫茫海风中的一阕永不飘逝的绝唱。滩涂只有盐蒿，但盐蒿并不孤独，大海是盐蒿忠贞的情人。盐蒿从滩涂母亲怀抱中抬起头就见着大海，舒叶长高都与哗哗的涛声相依相伴。阳光下，在海涛和春风中优雅地起舞，月光下，枕着波涛怡然歇息。风霜雨雪中一起顽强地挺着胸膛，天地间一样地磊落明净、坚韧不拔，朝夕相处中一往情深。

  盐蒿子见证了浩瀚黄海万顷滩涂的艰辛苦涩硝烟悲壮。"烟火三百里，灶煎满天星"，近四百年前的盐城知县陈继美巡视滩涂沿海盐场墩台，只是优哉游哉地吟诗作赋，可与盐工息息相伴的盐蒿子却深知古盐工的血汗泪水："黄海浪里涛和水，滴滴点点都是盐民的血和泪"，盐蒿子听过浑厚而苍凉的盐工号子，与盐工一起守望着白茫茫的盐池。烧盐又称"煮海"，就这一个"煮"字，漫溢着多少烈日盐渍和风霜还有无尽的煎熬和苦难。盐被盐商运走了，盐蒿子亲眼见到那老盐工累死在盐池旁，身后哭天喊地是孤儿寡母还有瞎眼的老娘。一个黑云重重的日子，盐蒿子听得见扯裂白云震痛海水的惊天动地，枪炮声使盐碱滩再也不能平静，滩涂上有了胡乱奔跑的人们，还有背着枪的人在靠近村庄的边上搭起了窝棚。盐蒿子知道他们不是脸上身上泛着白花花盐渍的盐工，他们的臂膀上有着蓝蓝的臂章：N4A（新四军）是让这些老百姓和盐工过上好日子的人。一个烽火硝烟的午后，一个年轻的新四军战士艰难地在盐碱滩上爬着爬着，那黄黄的军衣流着血呢，那血染透了白茫茫的盐碱地，盐蒿子竭尽全力想用自己的柔软托起他，可他再也没能醒来。还有一个女孩从这里走过，盐蒿子喜欢看她，喜欢看和她一样美丽的丹顶鹤，在蓝天白云间在金茫茫白花花的芦苇荡中翩翩起舞。可在一个秋日，女孩却为救天鹅而永远不再蹁跹，盐蒿子一夜伤心泣血。秋风中我专程去谒拜那个与滩涂盐蒿相望相守的女孩徐秀娟，墓前那红艳艳的盐蒿啊真是红得触目惊心，似在痛惜地哭泣，子规声声总是化碧血；红成一团火的盐蒿啊更如火如荼如礼花般绚丽绽放，秋风奏乐，盐蒿为好女孩秀娟且歌且舞。

　　《诗·小雅·鹿鸣》篇曰："呦呦鹿鸣，食野之蒿"。春天的时候鹿儿叫了，这野地里的盐蒿就能吃了。植物学家考证盐蒿：藜科，草本植物。其鲜嫩茎叶的蛋白质含量占干物质的40%，与大豆相等，"有机蔬菜碱蓬（盐蒿）"。可曾经的苦难和饥荒中，又有谁去探求关于蛋白质之类的考证？！我的一位文友曾对我们讲过饥荒年代盐蒿与饥民的故事，捋一把用河水一煮吃啊吃，天天吃顿顿吃，吃得人嘴角泛绿面皮青黄。也难为了母亲，将秋日里盐蒿子结籽磨成粉，做成饼，救活了一家人。

　　作家叹之曰：滩涂的野草是生命的馈赠啊！前些日在一餐桌上精美的小碟中一撮尖尖的青翠碧绿，介绍说是盐蒿，仔细品尝，竟品出阳光、大海和盐碱滩的味道，淡淡的清香淡淡的咸，还有浸入骨髓那香料麻油掩盖不了的淡淡的苦。但到底是来自盐碱滩涂的盐蒿啊，咬上一口还有点韧劲，一下子咬不断的。

　　想起那年参加一个作家们的会议，有人赞天山雪莲，有人颂西域胡杨，有人歌大漠沙枣，我是黄海边的女儿，我自然说我们的滩涂盐蒿，情深款款。他们笑，你们搞滩涂开发，人类文明的进步总会带来自然形态文明的衰弱，总有一天你的盐蒿子会无立足之地。莞尔：那是你不认识盐蒿，不知晓盐蒿。大海在，滩涂在，蓝天在，盐蒿子就永远屹立在碧海蓝天大地间。

如若你去到一片广袤无垠有滩有海水的地方，如果你见着漫野遍地不起眼却又生机勃勃的羽状小草，春日里绿成一幅画啊，秋日里红成一面旗，如果你向天地抛出问号：你们是谁？茫茫海风中漫漫滩涂上会有无数的声音回答：我是盐蒿，我是盐蒿！

座右铭

出差回来，办公室主任笑眯眯地拿来一张A4纸：选一条吧，作廉政格言和电脑廉政屏保。过几天上级要来检查的。办公室的同志很周到，准备好了大红色的席卡，只等你选好了内容来做。看看纸上的警句格言还真是不错：有的是撷取的诗句中诸如"要留清白在人间"，也有凝练短小的"清正廉洁"，诸如此类。笑笑就点了一句诗，却被告知已有人选了，再点点那条又说是也有人用了。那么，没有人用过的呢？好，就这条吧：一丝一缕，我之名节。一忽儿，红底黑字的格言牌送了过来。到邻近的几个办公室转转，好家伙！每个人桌上都是红牌子，端端地齐整整地竖在那儿，倒成了办公室一景。哑然失笑：这不就是统一的座右铭么！

五月的阳光金灿灿地透过巨大的落地窗打在办公桌上，想起从前，那喜欢座右铭的日子。是三年级吧，秋学期开学的第一天，翻开那本精美的红塑料皮的小本子，父亲送的，在第一页上工工整整地写上：一寸光阴一寸金。在经历了一个暑假的玩耍后，忽地感到对再坐进教室的渴求与欣喜。不知道是这行字的作用还是忽地明事理了，反正，从三年级开始，学习成绩突飞猛进。妈妈老是笑笑地说：懂事了！老师在班会上表扬了我，于是班上掀起了在笔记本上写座右铭的风气，还有一个男生竟然用小刀在课桌右上角刻上了"惜时"两个字，被班主任好一阵批。可同座的那个男生很是不屑："写给自己看的还是写给老师看的啊？写给自己看的老师怎么知道的呢！"秋阳下气得我鼻子眼睛都冒火，直是咬着嘴角想：有本事，考试见！

随着年岁的增长，座右铭的内容和所记录的位置也在不断地变化。上中学时，很受那个年代时代氛围的影响，座右铭变成了"一万年太久，只争朝夕！"这是心里话，从小到大，一直有一种时不我待的感觉。当走上工作岗位的第一天，在阔大的玻璃台板下，工工整整地留下了鲁迅先生的话：时间就是生命。日复日年复年，在阅历渐深对社会对人世又有了一些认识，意气风发少年气盛之时，也曾在自己的笔记本上龙飞凤舞地写下：人不可无傲骨。应该说，这些句句章章陪伴着自己走过风霜雨雪花开花落。有些同事知道我的这些小习惯，也有的领导见了头摇摇，一笑：学生气！

其实用诗句或词语对自己进行励志与警醒，在我国东汉时期就有了。曾经作过一些了解和考证，最早的座右铭出自于《文选·崔瑗〈座右铭〉》，吕延济题注：瑗兄璋为人所杀，瑗遂手刃其仇，亡命，蒙赦而出，作此铭以自戒，尝置座右，故曰座右铭也。座右铭的铭文比其他铭文更为简短，有的只是一两句话或格言，置于座位的旁边，用以自警。每个人都有自己为人处世的原则，座右铭是恪守这一原则的较常见的形式。座右铭的内容是勉励自己，鞭策自己，或约束自己行为的准则。有资料记载，"铭"原指镂刻在器物上的文字，后来有了变化，有的以书法形式挂在了墙上，也有的制成了瓷盘放在案头，更多的是如我等写在笔记本上或是压在桌面下。但不管是以何形式镌刻在何处，我以为，总是当事人发自内心的需求而录其言、践其行的。

现今，统一要求大家做这样的座右铭，好不好呢？想想，在物欲横流人心浮躁之时，修身与警醒，尤对手中掌握一点这样那样权力的公务人员，有，总比没有好吧。但，许多事情，一旦大一统、形式化，这真实的效用也就真的很难说。前些日，听说一熟悉的官员东窗事发、银铛入监，嗟叹之余，心中闪过的就是他办公室阔大的办公桌对面墙上挂着的龙飞凤舞的六个字：公生明、廉生威。此公书法小有名气，工作也有魄力，人看上去也很是岸然。怎地就在即将退二线之际，以收受近百万的贿赂落了此等下场。想想，这座右铭，放在桌上的，有时，也只是给别人看的案头风景罢了。

根本上，这座右铭，还是该放在心里的。

一方手绢的前世今生

"丢、丢、丢手绢,轻轻地丢在了小朋友的后边,大家不要告诉他……",有谁不记得唱这首儿歌的快乐与紧张呢?围成一个大大的圆圈,一块小小的手绢在我们身后快乐地传递,哇!一不留神,就得站到圆圈的中间,在老师亲切的鼓励下,在小朋友们的起哄声中,在太阳公公的微笑里,涨红着脸,捻着别在左胸前的小手绢唱:丢、丢、丢手绢……哇地一声,一个小朋友哭了起来,直指着站在中间的那个:他的手绢是我的……

其实,关于手绢的记忆,又岂止是在无忧的童年和快乐的游戏中?

春风摇啊摇的,女孩子长大了呀。在那清一色蓝灰服装的年代里,那一块花、一点花的小手绢,成了苍白生活中难得的点缀。小城的百货商店只有那中间印着一大团盛开的红花的手绢,素得有点土,红得有点俗。偏偏同宿舍的女友,母亲从苏南来,带来的手绢绣着墨绿色的月牙花边,全白的底子,偏在那手绢的右下角,绣着那么一小朵红红的花,衬着墨绿色小小的叶,秀中透着雅,美中又有点洋。等女友再从苏南回来,我们每个人都有了那种绣着花边的小手绢。舞蹈队的女孩子,洗过头发,就用这手绢将黑发一挽,长长的黑发系着白的、淡粉的、浅蓝的小手绢，甩呀甩的，就在艺校园合欢树下弥漫出密密的风情。

到了十七八岁，这一方手绢往往裹住的就不仅仅是一束黑发了，只是温温柔柔细细密密的情意。我那女友就曾用那绣了花边的手绢，包了一支金星牌的钢笔，央我送给那小提琴手；那小提琴手激动得小眼和镜片一起发光，又用自个儿那白底蓝格子的手绢，包了个小半导体收音机千谢万谢地请我送给女友。现在还记得女友将那手绢似宝物一样，仔仔细细地洗净再滴上了花露水，收进小皮箱。这手帕的情感功用想来也是学的古人，那年月的小姐在后花园里与落难公子私订终身，一方锦帕就托付了一生。还有那吟着"春如旧、人空瘦，泪痕红浥鲛绡透"直喊"错错错、莫莫莫"的陆游公子，那浸透了泪痕的鲛绡就是锦帕呢。更有那黛玉小姐撑着病体，点一炉火颤颤地，焚着宝玉送的诗帕，那平素无比珍惜的旧手帕啊，泣血呼叫着"宝玉，你——好"那份绝望与痴情。

手绢似乎又更多地属于女子，如同时装之于女人。印象中的男人，似乎用来用去，都是那方大大的布帕，那种浅蓝、米白或是浅咖的，上面有着一些粗粗、细细的格子、条子。有那讲究的男人，总是将手绢折叠得整整齐齐，给人清爽且有教养的感觉。也有那不修边幅的，同样的手绢，掏出来一团，皱皱的好似一块抹布。更听过酒楼里的一些笑话，酒桌上一块手绢，上面印着酒楼的名称和电话号码，还有"欢迎再来"的客气话，在那经济尚不宽裕的日子，被人用去拼作了内衣云云。总以为是喝酒的人自己编出来的。

九十年代，那一小包一小包散发着清香的小纸巾，早将那需要洗来洗去的手帕赶得无影无踪。偶尔地，看到电视镜头上，那挺绅士的男人，西装革履，上衣袋里气派地露出一方小小的手绢角。前些日两会期间，又有人大代表从环保的角度，提出了关于手绢的种种设想。不知道，习惯了快餐时速的现代人，还舍得掉一擦一扔纸巾的便捷？也不知道，浅浅花花、素素艳艳的手绢能否重出江湖，为现代人的生活再增添一种色彩？更不知道，今日，习惯了用钻戒、住房、轿车来明示情感走向的青年人，还有没有那么一个有本事的男孩儿，用一块精致秀雅的手绢，赢得一位女孩子的芳心？！

书的衣裳

当散发着油墨香的新课本发到手,看着那鲜艳的插图、那么多的黑字,心中着实高兴呢!上学啦!将有着亮光光彩色封面的书小心翼翼地塞进书包,才一分钟,又忍不住拿了出来,一页一页地翻起来,才半天呢,书角就有点卷了。父亲说:来来来,我们给课本穿上衣裳。

日光灯下,四方桌上,带着我洗净了手的父亲拿出了一大张牛皮纸、裁纸刀、糨糊瓶。看着啦!父亲拿着黄色的纸,比照着书的长短大小,再将纸折成一块块长方形。你们两个,喏,用尺子将有折痕的地方,压一压,用点力气。这就对啦!在灯光下展开纸头,用尺子压过的牛皮纸折痕清清楚楚。将语文书放进折好的牛皮纸中,再按照父亲的做法,长过来折一下,横过来折一下,才一忽儿工夫,几本书都穿上了牛皮纸衣裳。父亲拿着书走到书桌边,用毛笔在书的封面上写上:语文、数学、音乐、自然……

第二天,就忍不住向同学们炫耀,却发现原来那边好几个同学的书也穿上了衣服。有的是报纸,有的是彩色的蜡光纸,也有的是那种厚厚的白纸。纸当属我的最好,但四组那个女生的书还包得真是别致:那每本书的书角处,不知她用的是何种技巧,书皮的四个角都向外反折了一下形成一个三角形，还用透明的胶带纸贴在了角上。想来这样，即使一学期下来，书角也不会卷起来的。尽管用的是旧报纸，但这个结实又好看的书角，包得敦敦实实坚不可摧的样子，令那女同学很是在大家羡慕的眼光中得意了一阵子。再后来又有了挂历，挂历纸的纸质就更好了。但我们家习惯了，我和妹妹，从小学到大学，一直用的是牛皮纸，那样素朴的黄，配上浓墨的毛笔字，一本书就变得更加贴心了。一看，就是自己的书。有时候准备班会，结束后同学们抬桌子找课本，花花绿绿那么一大堆，那黄纸黑字的课本却因它的素朴而显得格外醒目。

花开花落。到了孩子上学，这个优良传统却无法传承。校门口的小摊点上，花花绿绿的塑料封皮，哪要做家长的去包书？动员了半天，用牛皮纸包上几本，再用毛笔写上学科和小人的名字，一个星期以后，几本课本都换上了右下角有个彩色圣斗士星矢图案的塑料封套。不知道，上课时，小人的注意力是在课文上，还是在圣斗士身上？迂回斗争较量了几次，终是尊重书本主人的意见……这一晃，就又是多少年？前些日子整理书橱，竟然看到有几本包着牛皮纸的大学课本，心中咯噔了一下，忍不住又讲起那年那月，包书的点点滴滴。长大了的小人嬉笑着不屑：人的衣服也是要换的嘛！你们那种包书方法，是上个世纪的上上个世纪的啰。不是讲与时俱进吗？！也真是的，一个时代有一个时代的特征。现在的书啊，衣服真的是精彩纷呈。精装的、平装的、套了环衬的，还有的塑料封套再插上一张碟片的，哪里还有包书的人呢？

可前些日，坐在火车上，那中铺的一对时尚青年，戴着耳机喝着可乐的，你打我笑的。忽然坐到了我的边上说对不起啊，我们用一下小桌。只见那大男生从包中拿出一本书，是《当代文学史》，又从包中掏出了一张大白纸，一把小刀，细细密密地裁了起来。女孩不听歌了，摘了耳机，认真地看着男孩。男生裁了纸，将书轻轻地放了上去,纤长的手折一个长边,又折一个短边。女孩那一双小小的手,也加了上去,左折一个边,右折一个边,两双手就这样缠绕着折叠着,一本,又是一本,静默无语,男孩女孩眼中却都是晶晶亮亮的……

扭过头看着窗外的夜色,迅忽闪过的白杨树挟带着遥远的梦境,那些逝去的岁月,曾经的求学日子,还有那饱含油墨香的一摞摞课本啊,在轰隆隆轰隆隆的火车声中,就这样令人猝不及防地涌上心头……

女子与酒

宾客满座笑语欢歌。来，一杯！满上！二道箍！双眼皮！感情浅，舔一舔；感情深，一口闷！推杯换盏觥筹交错，吵死了。借口打电话，躲了一边。即使站在了门外，也听到餐厅内笑声劝酒声此起彼伏热闹非凡。以为已经三瓶什么蓝的下去，几位的天不蓝梦也蓝了，谁知又兴致勃勃地开了两瓶什么蓝。八个人总共才有五个人喝酒，那岂不是一人要包一瓶，劝也没有用。倒是那喝了不知多少疑似醉了的络腮胡子忽地发难：你们三位半边天也作兴派一名代表与我们意思意思吧？！将杯子一斜似笑非笑就定那儿不动了。才悄悄地移动脚步，就被他发现：一个不准走！半边天还是不行啊！气势咄咄逼人，这人没醉呀！另几个起哄：喝了酒文章会写得更好的！眼见得我的邻座，个儿小小带眼镜的女子呼地站了起来：唬谁呢？！喝就喝！真的是没想到这位文文静静的女子，和我一起坐那儿饮酸奶的，竟然就站那儿气不喘眼不眨，第一杯，就将杯子倾了个底朝天，再脖子一仰，又将杯子翻了个底朝天！好家伙！一连五杯。那五个张牙舞爪地看跳出位异性挑战者，都来了精神，摩拳擦掌酒杯叮叮当当……悲哀地看看手表，知道一场恶战才真正地拉开帷幕，完了完了，一个晚上又没有了，九时前肯定回不去了。

从来是滴酒不沾，因为既没有实力也没有愿望，饮酒的主客观条件都不具备。哪怕是被赋予无数神奇妙用的诸如安神美颜软化血管的红酒呢，两小杯下去也是面红耳热心跳加快的。见多了各式女子的饮酒，能喝的不能喝的，婉约与豪放的，爽直与矫情的，还有娇嗔的喝多了失态大哭大闹的。记得一次应酬，一位女子，在酒桌频频举杯再到推推搡搡逼着他人喝，最后又哭又笑躺在了酒店的电梯口号啕。拖都拖不动。自此，更讨厌女人喝酒，特别是目的性太强的女人，酒桌上媚态百出眼风四抛地敬酒与劝酒。但似今天我这邻座这样，不为什么巧笑嫣然地将两瓶52度的白酒喝得如此风生水起，还真是第一次领教。你看人家脆声朗朗：开不开了？再来！不玩一对五，来个一对一怎么样？小女子俏俏地笑着，右手中的杯子仍是底朝天底朝地地转得悠然自得，左手食指却是一个个点将过去。那几位须眉你推我、我推你知道今晚遇到巾帼英雄了，却还是软软地挣扎：再开一瓶啊！小女子笑笑，坐了下来慢慢地说：小时候，夜里睡醒了，口渴，抓起桌上的一瓶饮料喝了下去，再睡。第二天父亲说：奇了，昨晚大半瓶山芋干酒到哪里去了？

想起泸西县的一位女子，若干年前一味为领导陪酒，最后将自己三十来岁如花似玉的生命都喝掉了，墓碑上是"因公殉职"，何等"壮烈"又何其悲哀！这件事在九十年代初期引起轩然大波。文友安生兄曾就此事写过一篇杂文，文笔犀利老到，观点尖锐逼人，至今还在心中盘旋。说是现在为了单位利益、为了招商引资、为了联络感情、还有为了公关，还有这些陪酒的女子为了自身的蝇头小利，尾随领导或是老板的身前身后，有的得到提拔与重用，也有的伤了身体伤了婚姻与家庭，不知是时代的悲哀还是这些女子的不幸？！深思量，也没有人拿着枪逼着你去喝呀，还是女人自己能否把握的问题。女人是容易受伤的，为饮酒这样的事受伤，也太不值得了。

其实，女子饮酒未必是不好。古代的女子倒是将酒饮出了一番情韵，也由此生发出许多情思与旷世作品。你看李清照的《如梦令》：昨夜雨疏风骤，浓睡不消残酒。试问卷帘人，却道海棠依旧。知否？知否？应是绿肥红瘦。再看她的《醉花阴》：东篱把酒黄昏后，有暗香盈袖。莫道不消魂，帘卷西风，人比黄花瘦。想想啊，这易安居士一定是位喝酒的高手。才会作出如此哀怨悱恻的绵绵情诗，流传至今。记得晏几道的《鹧鸪天》：彩袖殷勤捧玉钟，当年拼却醉颜红。舞低杨柳楼心月，歌尽桃花扇底风。从别后，忆相逢，几回魂梦与君同。今宵剩把银红照，犹恐相逢是梦中。晏词人不是女子，但诗中的"醉颜红"定是女子相伴的了。特喜欢那一句"从别后，忆相逢，几回魂梦与君同"，想来，也是酒后的真情流露吧。总说是酒后见真情、酒后吐真言嘛。

前些日子，见一篇写蔡锷将军的红颜知己小凤仙后半生的史料。义妓小凤仙貌美如花又剑胆琴心。"山青青水碧碧，高山流水觅知音"的歌声将蔡将军与小凤仙的侠骨柔肠和乱世中相知相惜的情事从八大胡同行云裂帛至人们的心中。蔡将军三十出头英年早逝，小凤仙半生颠沛流离最后下嫁给沈阳的一位厨子度过余生。有个细节令人心动并感慨良久：小凤仙的随身包袱里有一帧青年军官的照片，每日里，拿出来看一看；小凤仙每日里好饮一杯酒，一个人，默默地。那娶了她的厨子知她非平常女子，也自知走不进她的内心，每日里，在她饮酒之时总是炒上两碟小菜端将上来。想来小凤仙每次端起酒杯，那杯中酒，在她泪水的盈盈荡荡中，映出的，该都是蔡将军的少年俊影吧！小凤仙告别这个人世，厨子没忘了，将那青年军官的小照，一同随了小凤仙而去。那厨子到底还是有一点懂这个女人的了。

一次也见到一位文友写自己独自饮酒的全过程，很有意思。"携酒归，坐桌前，把酒盏，启瓶封，斟满杯，闻酒香"，"往昔那种唤青马、披战袍、战酒场、指点江山、激扬文字的豪情与斗志不觉涌来眼前"。俄顷，"三两黄汤落肚，顿时气血两旺，意气风发，精神抖擞，直欲将曹孟德和苏东坡唤来推杯换盏，同吟"青青子衿，悠悠我心。……何以解忧，唯有杜康。"……想必是这位老兄遇到触情伤感之事了。其实，这生命真的是个过程，太阳落星星起，谁没有烦心之事杂忧之思？也曾听他呀你的说喝酒可以忘却可以解愁，心中偶有些许纠结时，也曾隐隐地泛过念头：哪日，也放开，喝一点啊，看到底醉了是何样情境？是否能物我两忘？但终是不敢，未曾试过。

  偶尔，喝过一点点酒。英要远走大洋彼岸，不知道，这一走何时能归，哪日再见？她发信息：千山万水的不易呢，岁月长长何时再见呢？在那间临水的茶酒楼，古筝琮琮中，我们喝茶，我们说话，一小朵一小朵的茉莉花骨朵在晶莹的杯中玲珑地缓缓地绽放，香气四溢满眼芳华。忽地，她让服务员拿来两小瓷杯，玉手纤纤：是老家酿的女儿红呀，温过了呀，尝一尝啊。软声细语中，我们一人一小盅，琥珀般莹透，一点点甜一点点酸还有一点点辣。几小盅下去倒也未见异常。她一走已是几年，前些日发来照片。在墨尔本，在海边，白色T恤白色的棒球帽，清丽又优雅地朝我笑。看见她，想起那晚的女儿红；平素看到女儿红这样那样的广告，不期然，会想起她。

  想来，心甘情愿喝的酒，与知己、爱人对坐，哪怕就是一点点的酒，说说心里话，与对面的那个人，凝望中莞尔一笑，轻轻地举一举杯，也算是件乐事。那晶莹剔透的、琥珀黄的、玫瑰红的杯中物，想必都是熨帖无比地蜿蜒流转在眼底心中的。

对联闲话

知道自己是个古文功底较浅的人,对楹联、对联从词性到平仄之类的不甚了了,所以也从不敢妄加评说。但走南行北,有几副对联却在脑海中留下了磨灭不了的印象。

昆明大观楼。要说风景,大观楼楼影入水,波光映楼,这算得上是园林佳作,但类似的佳作别的地方也有。唯独楼前那由清代布衣诗人孙髯翁撰写的长达180字的楹联使大观楼独具一格。长长的楹联气势自是雄浑磅礴,而令人赏叹不已的则是那联中的词。你看,这一句"喜茫茫空阔无边"!那一句"叹滚滚英雄谁在"!你看,即使"费尽移山心力,尽珠帘画栋,卷不及暮雨朝云";更直击人心房的是下面的"只赢得:几杵疏钟,半江渔火,两行秋雁,一枕清霜"。秋风拂过湖面波光粼粼,将如火如荼的夕照映射至大观楼,楹联的字字都在波光夕阳中闪烁跳跃。当时是移不开脚步惊为天作,即一字字抄了下来并告诉同行。回来查了一下史料,方知自己孤陋寡闻,这长联好生了得,不但被楹联界誉为清代楹联的里程碑,连毛泽东也作过批注:从古未有,别具一格。

成都的杜甫草堂。踱步而进,心仪已久的杜甫草堂既无古意,也无诗意。只见苍松翠竹广厦敞轩,几间新建的草房,觅不见一丝杜诗中的苍凉。原以为这草堂该是狂风之中苦草飞扬,似一饱经忧患披头散发的老人"唇焦口燥呼不得,归来倚仗自叹息"。倒是一扇典雅的大门边的对联吸引了视线:知心联旧雨,青眼发高歌",好玩,联中头藏"知青"二字。再往里走,又一副对联就更有意思了:吃糠玩枪下乡经商适逢其会;喝酒饮茶打牌唱歌请入此门。有人介绍说这酒家是一位知青老板开的,怪不得。蹉跎岁月青春年华,是知青、战友来此一聚想必别有一番滋味,这老板也是个性情中人,不然何出此联。再仔细咀嚼,将杜甫草堂和上山下乡捆在一起,相隔千年的颠沛和动乱是那么的不同,但又有着那么相似的一股苍凉。花开花落,不知这酒家是否还在?这对联是否还在?

最触目惊心令人悲凉忐忑的是儿时看到的一副对联。30多年前的春节,穿着灯芯绒新衣和小伙伴在大街小巷转悠。那个年代的物质条件和今日不可同日而语,但家家户户门上为春节而贴的春联仍是红艳艳地溢出浓浓的喜庆。"风调雨顺,国泰民安"、"金鸡报晓,腊梅迎春"……我们一路咬着冰糖葫芦。忽地对面一间古式古香的房子紫黑色的大木门上一副白色的对联令我们驻足不前。是白纸黑字:"人家过年喜洋洋,我儿何处想爹娘。"那"喜洋洋"和"想爹娘"下面墨汁淋漓似一颗颗硕大的黑色泪水,十来岁的我心中一凛,寒意透彻全身。人家春联都是红色的,这家为什么用白纸呢?他家的儿子到哪儿去了呢?大我一点的表姐拖着我走:这家人有点反动吧?那是上个世纪70年代初的事儿了。走出去好远我还扭着头看那副惨白墨黑的对联。风霜雨雪世事变迁,这黑白对联始终顽固地盘桓在心中。

也有好多也许算不上对联的对子令人过目不忘。十多年前一个春节去亲戚的农村家,到处都是吉祥喜庆的红春联,最有意思是在鸡圈猪圈两边看到的两窄长条红纸,分别写着:鸡大如鹅,猪大如牛。我们笑得要死,那憨厚的五十来岁汉子不好意思地也咧着嘴笑：这是我的愿想（愿望）。那年春节前带着慰问品去看望农村的贫困孩子，那十来岁的孤儿姐弟住两间草房，外间桌上放着一碗肉圆，一把青菜，孩子说是邻居送的春节吃。石灰墙上贴着：一帆风顺，年年有余。孩子稚嫩的笔迹令人心酸，孤儿的心愿啊。对联原本就是人们反映和表达自己心中的感受和愿望的一种方式。

前些日在报上看到这样一副对联也颇有意味：为名忙为利忙，忙中偷闲且喝一杯茶去；劳心苦劳力苦，苦中作乐再斟两壶酒来。是一茶酒楼的对联。要放在 20 年前，这副对联又要被指责为消极了。其实现代人眼睛总是盯着物质和名利，有了名啊利啊物质什么的，又并不见很是幸福快乐；又为着更高的名利和更丰厚的物质去不停地奔波忙碌甚至钻营。真正令人幸福安宁的其实是一种实实在在的东西，譬如仨俩知己，清香四溢的一壶茶；再譬如抛却尘埃琐事，开怀共饮的两壶酒。

出门在外

这是间不足八平米的房子。倚墙是一张窄窄的单人床，蓝格子床单上放着一床薄棉被，床前是那种两抽屉的小学桌。一只三条脚的脸盆架歪斜在门后边，说是门，其实也就是芦柴门上面糊了几张报纸，没有门扣。灰蒙蒙的灯泡高高地悬在木梁下，洒下昏黄的光晕。满头白发的老校长搓着手局促不安地站在我面前：张老师，这海边哩没有像样的旅馆，您看这咋能住呢！刚工作第一次出差的我硬着头皮：没事没事的。这是一间乡间小旅店，总共三个房间，那两间是大通铺，是局里组织几个科室的人下到农村小学进行教改调研的，几个男同志住那儿，这单间自然就是我一人"享用"了。就着暗暗的灯光看了一会儿书，好不容易迷糊了起来，就被后窗外一阵笃笃的声音惊醒，吓得屏气息声，又什么声音也没有了。刚躺下去，又是一阵的笃笃。如此几番折腾已是睡意全无，不好意思惊醒别人，更不敢去窗口看个究竟。好不容易捱到窗纸发白，跑至后窗一看，却是茫茫的芦荡，有几株高高的被风吹得低下了白花花的梢，有风吹来就连梢带杆对着窗子的的笃笃响个不停，想想幸亏夜里没壮起胆子去看，不然知道是这一片茫茫芦荡，恐怕这房间是不敢待的了。这一说就近二十年了。

还有一次是至乡办联中验收合格初中。陪去的县教育股长很是热情，吃了晚饭后拖着我往小街上走，说是找个地方住去。有了那次的夜不能寐，也就没怎么推辞跟着走了，却发现被他领进了一户三间青砖大瓦房人家。那家似乎早有准备，大妈笑盈盈地迎了上来，将我让进了东厢房。雕花的宁波床，红绿两床簇崭新的缎子被，橘红的落地台灯，证实我的想法的是窗上两个鲜红的双喜字。我说这是新房呀！一直跟着我的大妈直说：不碍事的，不碍事的。被子全是新的呢，晒过了，干净的！我转身找股长，他已不知去向。盖着松暖暖嗅得太阳香味儿的大棉被，那夜睡得好踏实，一觉醒来以为是在家中，大妈已将热乎乎的荷包蛋放在了堂屋的方桌上，三说两说原来是那股长在小街上转，与人家一商议，儿子媳妇被赶回了娘家住。

更像家的是在上海文艺出版社80年代末的招待所，那次是为修改一本乡土教材去那儿的。说是招待所，实质是楼上楼下的两套房子，七八个小房间。几位老阿姨，一位老伯伯。老阿姨负责打扫房间和烧饭，老伯坐在一楼的窗口守着那手摇把子的黑电话机负责喊电话和信件的收发。在房间伏案时间长了，老阿姨会递过来一杯茶；到吃饭的时间，老阿姨会跑上来：不准再看了，吃了饭睡过觉再写字！吃饭是在那间厨房兼餐厅的屋子，几个擦得锃亮亮的钢精锅放着荤素几样菜。完全和在家一样，想吃什么就吃什么，想吃多少就吃多少。那次出去回来很迟就在外面吃了，刚进门老伯就说快去厨房，王阿姨没回家在等你。跑进厨房我说在外面吃过了，阿姨一脸不快：在外面有什么好！不干净，又花钱！将这碗汤喝了！看看阿姨端来的排骨汤，老老实实地将汤喝了，抬起头，阿姨的脸上笑成了一朵菊花。

这么多年经常地出差，四星三星什么的宾馆住过多少，真是记不住了，唯有这几次出差在外永远不忘。

你生命中的风花雪月

春风儿是从冰凌开化的咯吱声中悄悄地跑过来的，那份轻盈啊，你就是踮起脚轻轻地轻轻地提着气儿走路也学不到的。春风儿一路碎跑一边悠悠扬扬地对大地说：我来了呀！我来了呀！小草儿听见了，从沉睡一冬的大地中伸了一个懒腰钻出土来，小鸭子听见了，摇摇摆摆地推开鸭妈妈的护卫，向着清凌凌的河儿晃去，试试水儿是冷还是暖。你听过风的声音吗？不是那种呼啸而过的大风，是那种悄悄然的声音，树叶儿簌簌，好似风在对树叶儿窃窃私语倾诉友情；阳台上，五彩缤纷的衣物随风而动，那是风儿在吐露前世今生的牵挂和眷念。哪怕你夜深未眠，见着书桌你的身影，窗棂有着细微的声响，那是风儿轻轻提醒：三更寒啊快休息。你看过风儿的色彩吗？芭蕉之绿，樱桃之红，棉田白如雪，麦浪泛金波，这就是风儿的色彩呀。你能说出风的形态吗？你看那摇曳的柳杉，你看这起伏的稻浪，你看这着连衣裙的美少女，衣袂飘然婀娜多姿吸引着路人的目光。风儿日日夜夜与你为伴，你留意过吗？你关注过吗？

花儿是一小瓣一小瓣儿地开的，在阳光的照耀和雨露的滋养下，绽开绯红的小脸向着这万物浅浅地笑着；叶儿是一星点一星点绿的，在春风的拂扬在莺鸟的鸣啾声中，舒开绿绿的手臂向着世间得意地招摇。花儿啊叶儿的似一个小生命的成长，娇嫩、可爱得惹人心怜心疼。你看这娇憨妍丽的花儿啊，你看这绿意润滴的叶儿啊枝儿的，这些小生命就在你的身边就在你的目光下，夜夜抽长日日绽放，忽地一下子就妩媚成天姿国色的妇人，忽地一下子就挺拔出潇洒倜傥的汉子。花儿啊叶儿的生命太短暂了，有的短到只有一个季节，一如人总是叹生命苦短，不一样的是它们不叹不息，该抽芽时就可着劲儿伸展，该开花时就拼着力绽放。该热烈时热烈，该沉静时也沉静，收拢、闭合，美丽地在秋风中，从枝头上一点一点地优雅地向生命谢幕，从容得你听不到一丝一毫的叹息。这样的生命，你能够忽略她吗？这样的生命，你能够漠视他吗？你从家门边的灌木丛走过，你从办公区的花园边经过，你是否会驻足，与花对语相视一笑；你是否能仰视树干，向他致意深情回眸？若此，你的眼底心中有了她与他，花儿啊树儿的一生因拥有你的笑容和注视而无怨无悔，哪怕只有一季的蓬勃生命。也是啊，眼底没有一朵花一枚叶的人，心中还能有人世间吗？

　　雪儿纷纷扬扬纷纷扬扬，早晨你讶异又慨叹于眼前的这雪仙子，如此地洁白，如此地纯粹，如此地大气——给你好一个银色世界佳绝美境。一群孩童的哗笑声从远处隐约可闻，是在堆雪人还是打雪仗呢？你隔着窗子看满眼的雪花飞舞，伸出手去，一朵小小的雪花儿欣喜地向你扑来，迅即，融化得无影无踪，就没了？就消逝了！就好似这朵雪花儿一生的使命，只是为了与你来一次亲密接触，空前绝后的深情一吻，于是，如那安徒生笔下的小美人鱼，为王子的一吻啊，化作泡沫也无所顾惜。生命是什么呢，不就是爱吗？为爱而逝，是凄楚又绝美生命的最好版本。路上行人已是怨声一片：这该死的雪啊，自行车不好骑；汽车堵得一个接一个，喇叭按得震天响。想起那群小手、腮帮冻得红艳艳的孩子，想起那个胖嘟嘟一根胡萝卜做成金黄色大鼻子的雪人，你叹息，那儿与孩子们嬉戏的雪儿是幸运的。你想，你窗前飞扬的雪花儿是有情的，还有，那覆盖万顷良田的雪儿是博大又功勋卓著的，谁不知道雪儿对于冬眠的农田之重要一如水与空气于人类。如此说，与人行道结缘的雪儿是不幸的？要忍受路人的埋怨甚至辱骂？不是啊，只是看有没有欣赏的眼睛和宽阔的心灵。连一捧雪都忍受不了的心灵，你还指望他胸怀阔如蓝天深若大海么？

"半个月亮爬上来，爬——上——来"——歌儿中是这样唱的，眼前这景致也真是这样的啊！半个月亮慢慢地爬上了东边那座楼房的屋脊梁。先是淡淡的光晕，隐隐的黄，再过会儿就是那上弦月儿芽芽地黄呢，悄无声息微笑着自在在苍蓝的天穹之上，挺喜人的。升高了，爬到了你的头顶上了，这月华就哗的一下洒满了这老香樟这金桂花这高楼这草坪。一声鸟鸣清脆地划过夜空，近处的花园中小虫儿呢呢喃喃在说："月儿出来了，月儿出来了……"

月光朦胧了白日周遭的许多不洁，也模糊了生命中的一些沟沟坎坎。心情一丝一丝地柔和起来，心花也一点一点地舒展。月儿不问风霜雨雪寒暑秋冬，有星星相随也好，与乌云作伴出好，圆也好缺也罢，都一样地爬上来再翻下去，将全部的光华倾泻给万物大地人间红尘。应了澳门博物馆墙壁上那句"日无私而覆月无私而盖地无私而载"。猛地，手机不合时宜地响起，一位多日未见的朋友：干吗呢？看月亮？大笑中听得见他四周的嘈杂和喧闹，觥筹交错。笑声中知道是自己的不合时宜，是的，现在，还有谁晚上静静地看月亮？现今的交往与休闲早已简单到吃饭、打牌、搓麻将。一朋友曾笑曰：有人到下午五时半还没有人邀请，就惶惶然苦苦思虑这个晚上该怎样打发。

生命中的诗情与写意被忙碌粗糙的脚步早已碾得粉碎，你还在说什么生命中的风花雪月！

不是吗？谁还与花诉一腔情思？谁还会倾听风儿的低语？没有谁愿与雪花共舞，千万不要说有，若有，那么，今晚，有谁愿与我，我能邀谁，共享一轮被亘古文人骚客吟诵不绝倾慕永远的一轮明月？

徐行之美

与朋友相聚，某先生说：多少日没仔细地看一朵花开、视一枚叶绿。听日理百机的他如此感慨，心中有一丝欣慰：心中到底还是有红花有绿草的。我说，为什么不？他长叹一声：人在江湖。

果真如此吗？何至于此！

我们很忙，现代人都是很忙。我们上班来不及吃早饭，一杯盒装奶几片饼干就完成了早餐；我们下班顾不上回家，这儿的应酬那儿的饭局打发走一个又一个不再的夜晚。我们工作着忙碌着行色匆匆，一份份文件一份份材料一个个方案或是一堂堂课，从晨光起到星子落，一天天一日日下来，不知不觉皱纹爬上额头、银丝挤进黑发。我们叹这日子过得真快，我们甚至不感知春花秋月风起日落，怎就不知不觉一月又是一月、一年又是一年。

想起印第安人的名言：慢慢走，别丢了灵魂啊！说是在印第安人的传统中，赶几天路，就要停下来休息一天，因为害怕走的太快，把灵魂给弄丢了。

我们的灵魂呢？！

我们奔跑着忙碌着，迅速发展的形势，竞争激烈的职场，时不我待的责任感，无疑，这是需要我们的身心投入，需要我们的激情忘我。但若只是对马踏飞燕，千骑卷平冈推崇备至，为柴米油盐呼啸疾驰，对名车豪宅顶礼膜拜，对同样飞驰而过的生命，生命承载的真善美却忽略不计，那么，忽地有这么一日，我们会发现，岁月就这么毫无感觉地流逝，我们会后悔，怎地一下子还没来得及领悟和感受，就这么无滋无味地走了这么多年？！

现在的人喜欢和崇尚旅游。但又有多少朋友在拍下了许多"到此一游"的照片后，喜滋滋地回来，却说不明一处令自己心动的风景，道不清楚这处风景的前世今生？

人，大都是在勤勉地工作，整日里忙忙碌碌，但又有多少人用心思考，将生命的感悟与心灵的思考融入日常的事务，以求真正的建设性、创新型的工作？

柴米油盐酱醋茶，锅碗瓢盆交响曲，每个人避免不了，抱怨、埋怨，做不完的家务洗不完的锅碗。旅途中有风和日丽也有风霜雨雪，烦心事啊，令心中一地鸡毛，乱乱糟糟……

"莫听穿林打叶声，何妨吟啸且徐行"。苏轼在被贬黄州时，尚且能"何妨吟啸且徐行"。

工作再忙，也得让生命缓缓流过，留有感悟生活美好之心，如一朵花的绽放，一株树的萌绿。

生活再杂，也得拥有对平凡日子的珍惜与体味，亲人、孩子是我们视为珍宝的，这每一日每一天都是生命一去不复返的至爱。

还有读书。一目十行是一种读法，一字一句品味才是真正的阅读。书是要慢慢地捧着读的，用心去体味去欣赏，于书本中发现人生，于人生中发现书本，阅读、体味、思考、发现与互证，这样在书中徐徐行走，是最美的阅读姿态。

再忙的时候，保有一颗"徐行"之心，让心慢下来，小憩一会儿，发一个呆，春风中再做个白日梦，如何？

再忙，三两知己，几盏香茶，润一润干燥的口舌、枯竭的心，相互作个交流与滋养。偷得浮生半日闲，何妨？

在旅途上行走，慢慢地，用心来走，静观流水远眺青山，看见杂花生树群莺乱飞一派美丽，对不？

徐徐地行走啊，万分珍惜只有一次生命中的拥有，爱我的我爱的，亲人朋友与同事；慢慢地观感万物啊，不辜负这春风中的红花绿草，不放弃这生命中的慷慨馈赠。

岁月递嬗，快走并没有错，加速度有时也是必须。但，生命是一个过程，心慌不得、急不得、躁不得更不能盲目而行。

"知止而后有定，定而后能静，静而后能安，安而后能虑，虑而后能得。"这是孔子对世人的谆谆教导。走一段，停下来，细赏风景，再启程；再启程，别忘了，刚才那一段的岁月或是旅程，有没有疏漏，有没有石子硌了脚，为什么？给疲劳的躯体和灵魂留一个缓冲的时间，给紧绷的神经上一上润滑剂，这样才能发出更悦耳的声音。有可能，再备一包香茶，携一朵花儿上路，认准目标，心怀憧憬，品味人生、享受人生，不急不躁徐徐而行，会在人生的旅途上走得更稳更远滋味悠长。

现代与古典

喜欢现代还是喜欢古典？

既喜欢现代又喜欢古典。

喜欢现代的快捷，出行的时候现代化的交通工具令你早晨在小城，下午已到海南甚至更远的地方；小小的手机轻轻一拨，天涯海角若咫尺之间。喜欢现代提供的便利和舒适，外面冰冻三尺室内暖意融融，日头七月吐火家中沁凉如云；发一个电子邮件几秒钟，一张薄薄光盘存放的内容超过几大橱的书本。更喜欢现代观念的多元和生态的自由，你喜欢什么尽可以去做，你看中什么尽可以去选，你想跑哪儿有钱有时间就去吧，你想说什么想唱什么你就尽情地去说去唱再放开嗓门儿吼——耶！

怀念古典。喜欢古典的含蓄，你看古人言爱，是"十年生死两茫茫，不思量，自难忘"，是"何当共剪西窗烛，却话巴山夜雨时"；喜欢古典的雅致，六月到了，古人不这样说，只是说"红了樱桃，绿了芭蕉"。感受到春了，偏说"春江水暖鸭先知""春风又绿江南岸"；还喜欢古典的细腻和纤巧："红藕香残玉簟秋，轻解罗裳，独上兰舟"；古人思念，没有 E-mail 可发，是"欲寄彩笺兼尺素，山长水阔知何处"……古典是芭蕉细雨，是梧桐叶飘，是一把竖琴你用纤指自上而下一个长长的下滑，音韵丝丝入心点点滴滴珠泪盈盈……

用花来比，现代是红艳的牡丹、张扬不羁的天堂鸟，古典是淡淡蓝蓝的勿忘我、绿绿依依的垂杨柳。从光来看，现代是七彩霓虹是泛光灯射灯华彩四溢，古典是一灯如豆风灯似莹，在旷野中与星光一起闪烁。拿女子作比，现代是王菲式的冷艳，银粉在面庞上闪烁，冲天辫和黑皮裤，古典是婉约柔媚的浣沙女美西施，哪怕是怀抱瑟琶半遮面"老大嫁作商人妇"的卖唱女。拿男人作比，不好说，焦仲卿那样的男人太软弱，还是偏爱苏轼、项羽，有真情有侠义有豪气的真男子，现代男人中是难寻难觅的了。万物食为先，从食品来看，古典毫无疑问是精心配搭的中餐，一样样配料佐料精心调制，再配以诗式的菜名，哪怕是青菜豆腐汤呢，也要冠以"白玉翡翠"之类的，现代是西餐或是快餐，一个盘子端上来，名字实在得很：肯德基、啃得香什么的在刀叉飞舞中到嘴入肚。

那么，是否更喜欢古典？

物质上喜欢现代，精神上倾向于古典。感谢古典，那些坚实的美德是人类真善美得以延伸的汩汩之泉；现代有现代的好，不然，何以有社会的不断发展和进步？

但终究，这个快餐式的时代经过沉淀、发酵的东西正越来越少，就说感情，那种铭心刻骨似刀子剜般的浓烈思念越来越稀少了。思念和真挚的情感在这个现代很欠缺。也许，这又是现代的好，反正，一个电话就能解决问题，可视电话又要普及了。

你说：找一株梧桐树，搭两间小木屋，丢下你的手机，感受一下思念好不好？古典一下好不好？哇噻，几天半月可以，时间长了不行。

享受着现代，空谈着古典；生活在现代，怀念着古典。

飞絮犹在肩头

不知你有没有过这种感觉：在一个春风拂面柳絮纷扬的清晨，在一个热汗淋漓蝉儿鸣唱的午后，在一个四野澄碧桂子飘香的黄昏，你或许是在路上行走，或许是在房间忙碌，或许就是在办公室的窗前漫无意识地向外眺望、凝视，忽然，就有一种感觉击中了你。你蓦地觉得，在什么时候在多少年前，也曾有过一模一样的场景：你也正在背着包默默、然而心情很好地前行，一阵风儿拂过，柳枝轻摇，柔白柔白的飞絮就飘飘洒洒在肩头鬓间。你有些恍惚，侧目一看，果然飞絮就在肩头襟前。甚至前面传达室的门卫也是这样捧着一只紫砂茶壶若一尊塑像静坐。

你使劲地想啊想，是何时在何地？10年前？20年前？想也想不起来，但感觉明白无误地告诉你，的的确确就有过这一模一样的情境。多少次啊，你在恍惚的感觉中与这种似曾相识的情境相逢，重新经历一次已经消逝的人生甚至是青春。多有意思。总说是时光不可倒流，不可倒流吗？那一刻，你的心你敏锐的感觉完全与生命中曾经的一瞬切合相逢。你称之为与记忆相逢。

生命的旅程已经走了这样远，人生从青春的飞扬青涩到灿烂如花似乎只是刹那的事情。于是，与记忆相逢，能看见时光隧道中稚嫩、轻飘渐然成熟稳健的脚步,还有快乐的悲伤的舒心的甚至疼痛的泪水。你后悔吗?不。你在回忆中烦恼吗?你审视内心,仍然是不。有人说,人生最大的烦恼,就是记性太好。于是哲人说:如果什么都可以忘掉,以后的每天都将会是一个新的开始,那多好。于是古人说:有一条路叫黄泉路,有一条河叫忘川水,河上有一座桥叫奈何桥,有位老婆婆姓孟,去那儿喝杯孟婆汤再走向奈何桥,会忘记一切,会有一个全新的人生。你偏还说什么与记忆相逢?

其实,没有记忆的人是悲惨的。为什么要忘记呢?记忆中所有东西的总和,构成活生生的自我,任何人不可替代的自我。都认为死亡是自我的消失,忘记其实不也是生命中悄悄存在的另一种死亡的形式?忘记得太快,所以"死亡"得更快。也有人说,那就将该忘记的忘记吧,记忆能洗掉吗?那样,那种撼动生命的,刻骨铭心的疼痛;那种心动如潮,心儿如花儿绽放的甜蜜,不也会全都失去?那么,情愿记忆,情愿被曾经的伤痛所扰所思,那是真实生命的原版写照。在一次又一次与记忆相逢中感受自己发现自己甚至痛恨和爱上自己。

于是,你愿意就这样守着一切的记忆,守着不完美甚至有缺憾的人生。甚至,在走到生命的尽头时,你也不喝那能忘掉今世的孟婆汤,即如老人所说:不喝那汤就不能走向来生。肯定不喝。如果没有今生的记忆,还要来生干什么?如果不能与今世的亲人在来生相逢,相逢不相识还要来生干什么?如果没有今生的爱,还要来生干什么?于是,你庆幸自己有着很好的记忆,你高兴自己永远能清晰地看见自己一路走来的脚步。于是,在一个云淡风轻的午后,你走在绿绿的柳树间,任柳絮再次飞上肩头心间。

将光芒洒向更开阔的地方

是无意中见到这句话,并瞬间喜欢上它的:"将光芒洒向更开阔的地方。"这是何等的境界,何样的胸怀,又是对自己怎样更高更远的要求!

总说是每个人的生命都若一颗星辰,日复日月复月年复年,绕着命定的轨道行走的同时,绽放着或强烈或微弱的光芒。不是吗?

常想起平凡若里下河平原老柳树般的祖母。夏日的傍晚,门前的小桌上总是摆满了五盘小菜,有时是煮小毛虾,红的小虾绿的青椒莹白的是玉脂般的蒜瓣;有时是红烧茄子,油汪汪的一层绿绿的蒜茸再漂着碎密密的肉末;也有的时候就是一碟清炒萝卜干,金黄金黄的萝卜干丁和青红椒丝簇簇拥拥的。夕阳西下一排房子五家的小桌上坐满了人时,祖母就指挥着我们将四碟小菜端到邻居的餐桌上,还有那中间一盘留着自家享用。看着邻居吃得津津有味,摇着扇子的祖母就笑开了花。前些日,遇到儿时的邻居,还在怀念吃祖母翻着花样做的小菜的时光。

也常慨叹爱心恢宏若天使下凡的德兰修女。从富有的家庭走向肮脏的贫民窟,一生亲力亲为地去为相遇的一个个穷人洗刷、治伤,教穷孩子读书,与疾病、传染病为伍,为孤苦贫民送终,那双不穿袜子的赤脚走遍了加尔各答的每一个贫民窟,人称其为"贫民窟的天使"。没有家庭没有亲人,无所不在的大爱天使——德兰一生为穷人中的穷人奔走、努力,即便她去挪威奥斯陆领取诺贝尔和平奖,她也只是朴实地说:我个人不配得这个奖,但我是替世界上所有的穷人来领奖!朴素又宏大的德兰,她的爱使她将一生全部捧给需要帮助的穷人。德兰的本名为"龚莎",在阿尔巴尼亚语中是花朵的意思。一生在爱中行走,用爱去看待世界,有谁的生命能若德兰这样如花绽放?!

前些日子,市里评选感动盐城人物,放弃自己学习的机会背着残疾哥哥上南京中医药大学的滨海小伙子,他与残疾哥哥的兄弟情深不离不弃令人感到怎一个"义"字了得;从十五岁就侍奉高位截瘫的养母,并带着养母出嫁的东台姑娘,以她的善良回报着善良,以她的爱心在世间高扬起"孝"与"情"的大旗。我是个易感的人,我感动于北京咨询委员会的那几位德高望重的老人,一生的戎马生涯鞍马劳顿,在本该是颐养天年之时,却为故乡或是曾洒过热血之地的发展,风里来雨里去殚精竭虑;我感动于那一对摇着水泥船起家创业的农民夫妇,为100多个孩子的学业慷慨解囊,一年又一年说是只要孩子走多远就陪孩子们走多远;我更感动市委书记急步走上台去与著名企业家的真情相拥,那是代表几百万人向为这块土地做出巨大贡献的英模的真挚厚重的致谢!

也有人说,这样那样的评选与宣传是一种需要和作秀。其实,这是一种真情与真情的互动,善良与善良的交融,是爱与文明之光的折射。每个人心底都有着向善向美的希冀与渴求,这个还不完美的社会也真的需要树立起一批又一批高大又伟岸的榜样,让这些在不同领域尽可能做得更完美的人,将自己的光华洒向更为开阔的地方。

每个人的生命都若一颗星辰,日复日月复月年复年,绕着命定的轨道行走的同时，绽放着或强烈或微弱的光芒。光芒照亮自己的脚步，是独善其身；光芒洒向更开阔的地方，是更高意义的兼济天下。总说是"达"，方可兼济天下，其实，有爱和真情，有善良与温柔，有坚韧与自信，即使不达，也能将生命之光洒向更为广阔的地方，照亮自己，辉映他人，美丽人世间。

让我们展翅飞翔

　　紫红色的丝绒大幕缓缓开启，身穿黑色礼服的乐手——来自加拿大安大略交响乐团的艺术家们正在候场。舞台左侧十六席小提琴手四排而就，右侧则分别是中提琴、大提琴还有大贝斯。双簧管、单簧管、黑管、长号、圆号还有长笛……打击乐手一般都是排列在弦乐手后面向观众，定音鼓手握着鼓槌挺拔又认真地等待着——与我们一起等待与期待着。他从上场门（舞台左侧）上来了，身着黑色燕尾服的指挥，加拿大著名指挥家杰瑞米·萨默斯走上了舞台中央的指挥席，手中的棒轻轻地虚挑了两下，乐手们瞬间进入了一种状态，是临战的状态，眼神聚集向着指挥。

　　只见他右手轻扬，铜管群在低音区的怒吼开始，粗犷、强烈而沉重，是被誉为芬兰人第二国歌的《芬兰颂》，一种受禁锢的人民所蕴藏的反抗力量和对自由的强烈渴望，随着指挥家的手势缓缓地漫溢在偌大的艺术中心，铺陈在观众的心中。你看指挥上身微微前倾，双臂轻扬，弦乐若春风般四起，一片广阔富饶的土地，缕缕来自旷野的清新的空气……《芬兰颂》这首举世闻名的杰作，曾对芬兰民族解放运动起过很大的推动作用，它在向全世界诉说位于北极圈的这个小国为生存而进行的殊死斗争。音乐的节奏突然加快，只见指挥忽儿向右忽儿向左，指挥棒有力地挥舞，将听众带入充满紧张冲突的战斗场面，掀起了一个强有力的高潮……一直投入专注地等着，等那一个姿势，可是一直到这支乐曲结束，指挥微微地向观众鞠躬，我没等到那一个姿势——指挥家双臂张开向上扬起，若大鹏展翅飞翔的经典的指挥姿势。

　　想起那年那月，初识这个姿势。文工团为市里一盛事排练大合唱，人数不够就不显气势，团长们让舞蹈队学员上去凑。我们20人被告知：参加合唱，唱低声部，声音要小点啊。嘻哈着我们排到了队中。第一次排练，就见识了这种姿势。那日排练的是《祖国颂》，以往都是背面看指挥，站到合唱队列中，就正面看指挥了。指挥朱老师瘦瘦的，白白净净的小脸上有着一个硕大的高鼻子。平时走路一步一步似乎总是数着步子的，怎么小棒子手中一拿，人就忽地精神起来。朱老师用南京普通话说：大家好！舞蹈队的学员们注意看我的手势。只见他执棒的右手轻扬，乐声四起，"太阳跳出了东海／大地一片光彩／河流停止了咆哮／山岳敞开了胸怀"，领唱的男高音唱得真是好，朱老师挥着指挥棒满面笑容，忽地向着前排的我们轻扬起指挥棒。右侧的声乐队学员捅了捅我，一惊不敢再左顾右盼了："江南丰收有稻米／江北满仓是小麦／高粱红啊棉花白／密麻麻牛羊盖地天山外……"我们卖力地唱起来。朱老师眉头却皱了起来，瞬间又微笑着向着我们舞蹈队这一边，右手挥棒，左手却向下轻按着又往下按着，我倒是看懂了，是让我们这些未受过声乐专门训练的调门低点再低点呢。看懂了我就张嘴不发声，可再也忍不住地笑了起来：小圆眼睛大鼻子表情异常丰富的朱老师怎么看都像米老鼠呢！笑是会传染的，我悄悄地说了声"米老鼠！"，舞蹈队的"南郭"们歌唱不好但反应快，迅即笑声与歌声一起在乐声中飞扬。乐队一片诧异，朱老师将指挥棒收了回来大声说：你们能不能唱？不能唱，下去！全场静寂。

向着乐队，向着我们，朱老师肩膀耸了耸又放下，认真又耐心地说：我们爱我们的祖国吗？我们为我们美丽的山河而骄傲吗？我们的眼中看到了江南江北的高粱红棉花白了吗？我们全神贯注，只见朱老师嘴角与右手再次轻轻扬起，小提琴、大提琴、大贝斯、单簧管、双簧管、长号圆号小号……乐声中歌声再次四起：鸟在高飞花在盛开，江山壮丽人民豪迈……随着朱老师越来越有力的指挥，向左侧向右侧向正中向后排，向领唱，向领诵，向首席小提琴，再将眼光投向远方。随着指挥棒，看着朱老师，我们认真投入，我们情绪饱满，我们歌声愈发坚定豪迈。昂扬的歌声催开了梧桐树的绿芽，合欢花茸茸绽放，排练厅外挤满了艺校园的人。春暖乍寒，脱掉了外套只穿着毛衣的朱老师额头上沁满了汗珠。定音鼓一阵猛地打住，朱老师双手向下划了一个半圆，停顿，忽又高高向上扬起——若大鹏鸟那样展翅飞翔的指挥姿势，朱老师在歌声、乐声中激情迸发：让我们振翅高飞吧！我们伟大的祖国，进入了社会主义时代！我们伟大的祖国，进入了社会主义——时——代！

岁月流逝，当年温良随和的朱老师在排练时，那短暂的冷峻带来的冷场，在乐队、演员间的，一根小小指挥棒的沟通调度与倾情挥洒，老师丰富多变的表情与激情四溢一直留在心中。常想起老师所说的：演员也罢指挥也罢乐手也罢，只要站到舞台上，你的每一根头发丝每一根汗毛都是紧张的。从表情到肢体语言，从耳听到眼观直到你的第六感觉，甚至，因是背对观众，好的指挥好的演员连后背都该会说话的。更加难忘的，是他那若大鹏鸟般展翅飞翔的指挥姿势，和他那句高亢的"让我们振翅高飞吧！"一直伴随在人生的漫漫旅程中。

自那以后，每逢听交响乐或是音乐会，心底都会悄悄地期待，期待这个展翅飞翔的指挥手势，等待这个将乐团、演员、观众都带入激情与高潮的经典姿势。可眼前这台新年音乐会，奏过了《芬兰颂》，奏过了德沃夏克的《第九交响曲》，还有《泰坦尼克》的主题音乐，都没有等到那个激情奔放的姿势。乐团按音乐会的惯例返场演奏时，压轴是新年音乐会的保留曲目施特劳斯的《拉德斯基交响曲》，欢快热烈，在最后终场时，大师的右胳膊抬到了肩肘上，而左手还是沉稳若定的九十度摊平，观众报以礼貌的掌声。瞬间，那年那月，那有着株株老梧桐树和秀美合欢树的艺校园中，那简陋的排练大厅，朱老师的生气、朱老师的微笑、朱老师丰富的表情，更有那句"让我们振翅高飞吧"的高亢和若大鹏鸟展翅飞翔的姿势，和着《祖国颂》的歌声，在2012年的新春，铺天盖地奔涌而来……

有多少好书成全着我们的生命

每个生命都有与之相关的第一本书，或是留下深刻印记的一本本书。

当柳枝曼舞婆娑袅娜起层层轻雾绿烟时，心中总是闪过儿时翻阅的第一本连环画《神灯》。那个名叫阿拉丁的少年，善良、智慧、勇敢、乐于助人，并在神灯的帮助下惩恶扬善，最终赢得了公主的爱情。如果说，3岁时在做教师的母亲的帮助下，是从画面上感受这个神话故事的，那么也是自此对连环画着了迷。那时候老电影院门前有着几个连环画的书摊子，是那种有一人高的斜坡式书架，一排排五颜六色的小画书诱惑无比地在春风中向我招手。那个年代的小学生没有若今日孩子如山的作业似海的习题。下午两节课后就是我们若迎春花一般灿烂的笑脸在校园中四处绽放。我不玩也不跑，总是背着书包急急地跑到电影院门前，运气好有小凳坐，去迟了就坐台阶。凳子也好台阶也好，从《神笔马良》到《木偶奇遇记》，从《在人间》到《西游记》，这些连环画呀，在幼小的心灵洒下七彩斑斓的种子，那些美丽的正直的善良的花儿就这样在春风里，在夏阳中与秋空的大雁冬日的雪花一起在心中斑斓出对生命对未来无比的畅想与神往。

从三年级开始，已不满足于连环画寥寥的笔画与简洁的文字。父亲的书橱成了自己无比向往的圣地。个儿矮就爬到椅子上，一本一本地翻。一本竖排本的《红楼梦》成了自己的主攻目标。吃饭看睡觉前看，父亲也没有提出异议，于是最终发展到将书偷偷地装进书包带到课堂上看。用小刀在原本就有裂缝的木板学桌上掏啊掏地掏出一个两指宽的缝，上课时就有了无比幸福的阅读。现在想想，九岁小人读红楼，竟也读出了喜欢与伤心，喜欢黛玉的才情，喜欢尤三姐的刚烈，喜欢心比天高命比纸薄的俏丫鬟晴雯。为黛玉焚帕的痴情流泪，为宝、黛镜中月与水中花的无望之爱心痛，更恨那拆散宝、黛的王熙凤、王夫人还有几面讨好的袭人。其实，那个年龄又哪知道什么是爱情，但就是从红楼中懵懵懂懂地感知其美好与无望的凄凉。再后来读《欧阳海之歌》《三家巷》，总觉得没有《红楼梦》那样好看。应该说是一本红楼启蒙了自己对文学、文字还有诗词的向往。陆陆续续地读来读去，与书籍作伴的漫漫岁月自此开头。

随着年龄的增长，家中的几本小说、同学中相互借来传去的小书，还有订阅的《少年文艺》《儿童时代》已远远不能满足自己对书籍的渴求。于是，在一本小红书令万书齐喑的岁月，跟随父亲到其供职的宣传部去，在那三间打通了的平房资料室读书，许多封存的"封资修"小说整整齐齐地或躺或立孤寂又清冷地与灰尘蜘蛛网作伴。现在想来那一段读书的日子成全了生命与文字与文学作伴的姻缘。从《叶尔绍夫兄弟》到《苦难的历程》，从《钢铁是怎样炼成的》到《青年近卫军》，有《战争与和平》，还有《茶花女》……只记得苏联小说特别多。于是，认识了保尔·柯察金，认识了卓娅和舒拉，还认识了安娜·卡列尼娜与《战争与和平》中的娜塔莎，认识了那位相貌平平却自尊自爱的家庭女教师简·爱。为保尔和冬妮娅无望的爱情惋惜，被那些十二月党人的妻子抛下一切义无反顾地与爱人共赴荒凉的西伯利亚充军而深深打动……在这些书籍中我认知着理想、信念，感受着高贵、自由、浪漫，还有对自己来说隐隐约约的爱情。十三四岁是一个人理想与价值观萌发并奠定的时期，苏联卫国战争时期壮烈牺牲的女英雄卓娅在我心中播下了英雄主义爱国主义的种子，那时莫名地，希望做一名战地女记者，渴望战斗渴望为祖国献身，这样的信念且不随岁月和时代的变迁而弱化和转移。

如果说，半生以来，你一直喜爱的书喻示着你的精神走向，那么，可以说许多书中所欣赏的人物的性格已深深渗透进你的血脉和气质。花开花落风霜雨雪，在生命的旅程中行走，有过磨难有过痛苦，有过心儿在苦雨中浸得萎靡和酸涩的日子。人生的路啊曲折悠长，反反复复，哪一条是该走的？该怎样走？在信仰和精神之类早已成了饭后茶余调侃的话题，有一些追求是否还该坚持？有一种付出是否值得？不劳而获、尔虞我诈、坑蒙拐骗、投机取巧，快餐式物化的喧嚣社会还需要精神之类的东西和品质吗？在苦闷和彷徨时，在夜色中在白云间，牛虻常常会不期而至，带着他惯有的嘲讽的微笑注视着我。于是，30年前那一个不眠之夜的阅读，读了《牛虻》后不可抑制的泪水，那情感和灵魂上的震撼，会一次又一次地涌上心头。已不是理想主义生存的年代，象牙塔一座座倒塌了。但牛虻、简·爱，包括《钢铁是怎样炼成的》中的保尔真的让我学到了许多，让我看到在纷繁复杂中怎样锤炼人生，在挫折和磨难时怎样坚持自己的自尊和骄傲，甚至面对死亡时，怎样的坦然和从容不迫。

不能不提到的是一本泛黄的小小的破旧的词典。那个时候考到文工团去学芭蕾舞，不停地去部队、下煤矿，到车间、田头演出，不可能背上沉甸甸的书，一本小词典成了排练与演出空闲时最好的朋友。一组组词一个个字撒下漫天飞舞的色彩和意义的符号，诱我不停地感受、体味并在现实生活中对照捕捉。词典更把辽阔的空间和漫长的时间浇灌给我，把一些关于高贵关于生命关于理想的信号传递给我，譬如"信仰"，譬如"至死不渝"，譬如"风萧萧兮易水寒，壮士一去兮不复还"；词典还将无数的智慧和美好对比着愚昧与丑陋一起呈现在我的眼前：达观、清明、宽厚、狭隘、奸佞、猥琐，还有雅致、妩媚、清灵、秀逸……这些字、词深深嵌入生命与成长。很难说就是词典给了我一生文字乃至人生的储备，但毫无疑问，相对单调、枯燥的阅读岁月因这本词典而丰富芳醇，我也因此燃起了对文字的热爱，找到了通向文学和写作的缆绳。

成年后直至现在，读书应该已成了生命的一种常态，案头、床边、随身的包包内，总有一些随手可及的书本。从事机关的工作，从公文写作到活动策划到管理方式再到人际交往，切身地感到好的书籍令自己受益无穷。想来挺有意思，喜欢的书中，有自己欣赏的人物也有自己讨厌不喜欢的角色。谁也不能保证自己事事顺心，谁也不能希冀日子永远风和日丽，偶尔地心中狭窄或是情绪波动之时，自然而然地心中会闪过那些书中自己所不喜欢甚至讨厌的人物性格，心中一凛会提醒自己参照，呵，注意啊。也有时会用喜欢的书中人物的视角来参透自己的境地与短促的生命，于是，知道不过如此，知道顺其自然，更知道生命不言长短，有许多可为还有许多不可为。

常有人说：读什么样的书好？其实，这是一个很难说得清的问题。自己总是想，读自己喜欢的书，读那些能让自己悟自己思并使自己更加纯粹与美好的书。当然，有人喜欢《三国》，有人喜欢《水浒》。一如生活中有人喜欢呼朋唤友大碗喝酒，有人喜欢独自一个听雨品茗。有人说三毛矫情琼瑶太假，我倒也是喜欢那披着长发在撒哈拉沙漠，吟着梦里花落知多少的率性女子，也喜欢琼瑶笔下那群不识人间烟火，浪漫美好男女的纯真爱情。你说世间没有，是的，正因为没有，琼瑶笔下的爱情神话才值得世俗红尘间的人们向往与追求啊。也有人说余秋雨有商人气息还有戏子的表演成分，但他的《文化苦旅》《山居笔记》自己还就是喜欢看啊，更有周国平的深邃、梁衡的大气……

一生啊长长短短，有多少书伴我们走过一个又一个生命阶段，又有多少好书的精髓对我们的生命进行着不可或缺的滋养。不敢想象没有书读的日子，一如这世界上哪天断了空气和水。

有多少好书成全着我们的生命啊。

第二辑

感激你美好如初

雅士绍先生

青砖黛瓦，小巷曲幽。卖古钱币的、摆邮票摊的，还有土黄的玉石、似乎注满岁月沧桑的青瓷花瓶，与一群粗陋的小小的佛像、古铜色的香炉，依次坐在摊开的灰糊糊的布上。茂密的梧桐、高大的香樟为这些真假宝贝们遮蔽风雨，就这样从夏日一直坐到春天。这些个古钱币、老邮票、弄不清真假的古董，倒也将这文化街的小巷子点缀得古意盎然。那些卖文房四宝的铺子、卖盐雕工艺品的门点，还有裱画裱字门市的主人们倒也挺乐意这些人在自家铺子前摆摊设点的。每日里上、下铺面的门板时，下一块看一眼小巷北：王先生来啦？上一块门板看一下小巷南，李老板准备收摊啦！有时，还有绍先生。

摆摊设点的大都是一群七十来岁的老人，架着一圈又一圈年轮的老花镜，与自己意出售的上了些岁数的真假古董们相得益彰又相互依存，绝对和谐。唯有绍先生年轻，四十来岁的年纪，清癯的面庞，中等个头。秋日，他第一次坐在文化街的西侧的小马扎上，铺开一块军绿色的帆布，将他随身背的大吉普帆布包打开，将一堆泛了黄的线装书，一册又一册地摆放在了金色的秋风里。秋风瑟瑟，卷起绍先生长长的额发，翻起那册册线装书的页边眉脚。

长时间盘踞文化街的"老杆子"们相互打量：是哪儿钻出这么个小子？绍先生却不管周围的诧异眼神，摆放完毕，从包中掏出平板电脑，两只手就在屏幕上龙飞凤舞了。也有的卖主生意清冷，就凑过去看这小子在电脑上捣鼓啥，绍先生笑笑说是写文章，却原来是在"博客"上写文章。是博客，不是"扑克"！王先生肯定地对着小巷对面的卖钱币的李先生说。绍先生一手好字也是好文笔，很快老人们就喜欢上这小子了。他和他们不一样，他不是每天都来，他每个月逢十逢五，且这逢十逢五的日子是双休日他才来。老杆子们很快知道，绍先生是公务员，且是那个热门局的公务员！他们又很快知道，绍先生毕业于那所著名的大学，而且，那日有俩人走过文化街，竟然叫：绍处长，你在这儿干什么？他是处长？！

处长绍先生写得一手好书法，懂的人说是"范体"，绍先生还真习的是范曾大师。摆摊之余，在那间卖文房四宝的铺子里，提腕、悬肘、落笔："德不孤，必有邻"。再是一张："满招损，谦受益"。酣畅淋漓潇洒俊逸，且有几分仙风道骨。端了紫砂茶壶在案边仔细端详的文房四宝铺子的老板，喜得两眼在镜片后面闪闪发光：高人啊！高人！和范曾大师的帖子一模一样！这两幅字留给小店作镇店之宝何如啊！绍先生想了想在自己的墨宝下方添上"习范曾大师"，老板摇着头直是叹气。春节之前，卖古钱币的、倒邮票的几位喜滋滋地捧着红纸，由绍先生写上斗大的"福"字捧了回家。

绍先生在博客上谦虚：没有家学，没有师承，没有起伏的人生；不藏书，不用功，不会思考问题……可十天半月，博客上读书笔记的更新总是让人眼前一亮，谈《老人与海》，论《诗经》，释卢梭的《忏悔录》……经典中另辟深意，诠释中溢满新解，还真是学贯中西纵横捭阖。绍先生将自己的书法、淘来的古书、偶尔还真的卖出了好价钱，立即呼朋唤友去了东进路的那家酒店，谈起读书聊起书法一干人神采飞扬，绍先生喝酒豪放，吃菜文静，从来就是吃靠近自己的那盘，有人就笑：还说自己无家教无学养，只有大户人家下箸才会有这样的习惯。笑声中忽地绍先生放下了筷子侧耳：缕缕胡琴声隐隐约约，是《二泉映月》，在寒风中如泣如诉。他一脸凝重，弟兄们都停了下来。面有戚戚意，绍先生摆摆手说是出去一下，一同事也跟了出去。过了好一会儿，裹着一身寒气的绍先生进得门来，与他一起出去的那位说是终于找到街头那位拉胡琴的老人，绍先生执意将其送到了对面的快捷酒店，为其开了房间并给了钱劝老人明天就回乡下的家：天太冷，身子骨禁不起。等开春了，到文化街去拉胡琴。老人流泪：那我就去找你。绍先生给了老人自己的手机号码，说是行，你就找我。

麻石老巷豆花香

九曲十八弯，步步青石板。这麻石老巷啊，倒真个是小桥流水秦砖汉瓦名不虚传。出得巷口，对面的墙边，偌大的遮阳伞下，一矮个中年汉子一豆腐花挑子还有一方窄长的木桌，静静地守候在淅淅沥沥的春雨中。

来一碗吧。好嘞！只见得他麻利爽落地揭开挑子的木盖，用滚烫的豆花汤烫了碗，老抽、香菜、红胡椒，麻油、味精、细密密的绿蒜茸，一勺子又一勺子，奶白的豆花滑进了碗中，也就是瞬间的功夫，三碗香气四溢、红绿相间的豆花展示在眼前的木质小条桌上。想起儿时，五分钱一碗的豆花是美滋滋的童年享受。抬头，接住卖豆花的笑意微微，那汉子笑眯眯地看着我们吃，像是看着自家的孩子。

豆花好卖吗？汉子一脸的笑意：好卖！都卖了三四十年了！抬头细打量，矮矮的个头，款式陈旧的皮衣，红黑的面庞。汉子笑了：我今年70啦！赶忙站起：老师傅贵姓？坐坐坐，敝姓王。一天有多大的利润？四五十元吧。

这豆花啊，成本小，南来北往的人多，好卖。你们这时是要到中午了，人少。早晨，排着队等呢。你们看过电视上我的豆花挑子吗？放过的。你们是来看百年的红山茶还是寻千年的绿古槐？它们可比我岁数大多了。我的豆花摊子小，但来过不少名人呢。邓小平的大女儿邓林，来吃过我的豆花，她是回家乡的，她应该回来看看的，她在我们这儿插过队的嘛！还有那位82岁的台湾商人，有钱人哪，省里多少大官陪着，喏，也是坐在你的位置上，对，就在这方小桌上喝的豆花。喝了一碗又要一碗，两碗。喝着喝着，那眼泪就掉了下来。

你们说五分钱一碗？那是毛泽东年代的事儿了，一家子，就靠我卖豆花才养大了两个姑娘一个儿子。现在，儿女都有钱啊，大姑娘包了150亩水面，养的蟹啊鱼的，想吃就拿点来，每年腌鱼吃到菜花黄啊。儿子在工厂，小姑娘家有个门面呢。孩子们有钱我日子也好过啊。你们说70岁了还不歇歇？还真是歇不下来呢。我这豆花好吃吧？我家不做豆腐，浆水只做豆花那才是真好吃。你们不懂吧？辛苦？不辛苦。打头是石磨，寒来暑往，夜里两点钟就要起来磨豆浆，现在是电磨嘛，快啊，早晨五点钟起来就行了。七点钟，太阳升起来了，我就在这儿了；晚上，星星升起来了，我才回家。哎，在这儿几十年了，这条老街路口拆了建，建了拆，不变的，就是一粮站一医院一饭店，还有啊，就是我和这豆花挑子了！这白墙黑瓦青石板都认识我，我也认识它们呢！

老人笑微微地，说着笑着，笑着说着。老人真的不见老，个儿不高腰背挺直，头发黑乌乌的，满面红光，笑的时候眼角才有一点点溢满了知足的笑纹。

老人就这样守着这豆花挑子，守过了多少个风霜雨雪烈日炎暑。大半辈子过来了，就这豆花摊子，全家早也安然晚也安然，冬也安然夏也安然。

老人手在不停地忙碌，那木挑子上上下下擦得光洁锃亮。锅里的豆花少了，又从挑子边上的桶中一勺子一勺子舀进锅中，一朵又一朵，洁白洁白的，在翻滚的沸水中上下飞旋。

一碗豆花余味无穷，再来一碗！好嘞！

瞬间，红绿相间、香气四溢的豆花，白生生幼滑滑的又绽放在青瓷大花碗里，绽放在我们眼前。

作女丫丫

说是丫丫出书了，有点意外，想想还是情理之中。

丫丫是个能"作"的人。当年，丫丫是一心想当作家或是老师的，师专毕业以后却将到区教育局的报到证锁进了抽屉里，不顾那做了一辈子教师的母亲的软硬兼施，死活说是要开服装店。丫丫用自己当家教的小钱和多年的压岁钱在儒学街租了一个小门面，要开小城最最时尚的服装店。丫丫的妈妈打电话给我，气急败坏又伤心欲绝：无论如何帮我劝劝这个走火入魔的丫头，几代人的书香门第到她这代被断送了！丫丫的圆眼睛一瞪披肩发一甩：我喜欢呀！老师您别跟我妈那老古板一样，路是人走出来的！没想到丫丫这路一走竟然已是10年。

一开始丫丫是从浙江、上海进服装，淘着自己认为好看的衣服一件件挂出来，开始还行，可高速通了南来北往是多么方便，小城的商店里有，小城的姑娘们自己也往外跑。两年下来小店颗粒无收还倒贴些房租。好在丫丫有家还有认了命的妈妈，回家饭总是有的吃。丫丫圆眼睛全是笑意，卖不掉的衣服将妈妈和自己还有七姑八姨、闺蜜们打扮得花团锦簇。

丫丫跑到学院里回了一阵笼，每周末晚去服装设计专业旁听，听着听着自己去买了布料，正红、乳白还有纯黑，在城南老裁缝家转了几日。忽地一天黑上衣白长裤偏还背了个宽带的红布包，大大的在腰臀间摆着，一直摆到我的办公室里，直惹得机关里同事行注目礼。也不怪，这丫丫那短短的黑上衣是掐腰的小铜盆领，乳白色长长的阔腿裤，宽带的红布包两侧分别是两粒硕大的黑、白扣，极端显眼又十分和谐。1米68个头的丫丫看我赞赏的目光嫣然一笑，风摆杨柳般留下妩媚无比的背影给一路的行人。

丫丫的服装店是第三年开始火的。红火的小店里面一年四季款式都在变，不变的是红、黑、白三种颜色。红衫黑裤白包，白衫红裤黑包，这三种颜色成了小城时尚的风向标，将小城和下面县城的女子们都引得往儒学街跑。丫丫精明，在其他仿冒品出来之前就得意洋洋地申请了专利和商标。第四年在妈妈的支持下又在新城区开了两个门面，老城区的几个大商厦都有了她的专卖柜，那红、黑、白三色耀眼比肩在那些大品牌服装之间。

忽地一些日子丫丫不见了，去选衣服却只是看到她选的店长，似丫丫般优雅地微笑：老板去印度了。再过些日子，又听说去了俄罗斯。去年底，收到她在英格兰发的明信片。她妈说这丫丫就是能作，作到国外去了。去作钱了，作掉算，我也不替她备嫁妆！听不出是埋怨还是得意。是了，小时的丫丫，曾喜欢过徐霞客的。

几年了，老见不到丫丫，却在她的店里看到了俄罗斯的白桦林，伏尔加河的纤道，是金色的油画，将景色镶在一个个小木框子里挂在墙上；见到长长的七彩木珠项链啊、牛骨挂件什么的，风情万种地配搭在模特儿的肩上颈间；引人注目的是丫丫在店堂中间那张原木桌上，铺着的大大的镶了黑白流苏的红围巾（台布？披肩？），上面有着几本小书：《雕刻时光》《行走的歌》《萌动的乌云》，比连环画开本大一点点。丫丫的文字、丫丫自己的简笔画插图，全是这几年丫丫东奔西跑的心路历程。没有出版社没有书号没有定价，和一般书不同的是最后一页上有丫丫公司招聘店长、导购和设计助理、企划主管什么的小广告。和那些小油画、项链、挂件什么的一样，顾客买到一定价钱的衣服，丫丫就免费送。于是，就有了为买衣服而得到挂件的，也有的是为了那几本小书或挂件而去买衣服的。

  翻了翻，真的喜欢这些小书中文字的感觉，清新、有点固执又很有风情的短句子。丫丫圆眼睛大大的，巧笑嫣然：只是我喜欢。脆亮亮的声音和丫丫的红衫白裤还有那又黑又亮的披肩长发在初夏的晚风中漫舞飞卷。

小丫卖蛋

霓虹灯流光溢彩在眼前晃晃悠悠，数不清认不识牌号的小汽车来来往往。天要黑了，坐在上海这大超市的台阶上，等人的小丫有点堵心又有点想哭。小丫不是为自己来上海的，小丫是为卖鸡蛋来上海的。小丫要卖的也不是一斤两斤十斤百斤蛋，小丫身后是村里的大养鸡场，禽蛋合作社里所有的鸡蛋。

小丫是两年前报名去这个村的，小丫的褐色皮面笔记本扉页上是诗意又励志的两句座右铭："嗅着泥土的芳香，让青春在田野间飞扬。"依依的绿柳，清澈的河水，遍野的油菜花满目的金黄，这是小丫勾勒的田园青春梦幻的最初影像。到了苏北这个小村以后，尽管有足够的思想准备，在田野间奔走脸早吹得红红的小丫还是发现要做好这个田园梦，是多么的不易，要付出多少的辛劳。村里人均年收入不足4000元，让农民的钱包鼓起来是摆在面前最最迫切的大事；外出打工的多碰上这金融危机又回来一拨，让原来的村民和回来的人都有事做，又是一个问题；张家长李家短，还有几户没有劳力没有收入的残障户……

小丫是学旅游管理的，在大学里她笔记本上的座右铭是"读万卷书，行万里路"，可毕业前夕学校组织去华西村，听了吴仁宝老书记的讲话后，头脑一热就将座右铭换掉了，报名当了村官。那次到村里去拉那家婆婆媳妇吵架被冷嘲热讽一通，第二天又被来检查工作的乡干部一指点，坐在宿舍里看着床上金黄绒绒的大米老鼠掉眼泪，差点小包一收拾买张车票跑回家。可小丫到底是好强又要面子的姑娘，翻开笔记本就看见：让青春在田野间飞扬；闭上眼看见村里老人长辈热情的笑容，推开窗又看见绿绿的柳枝金黄的油菜花。

  小丫跑乡里跑县里请教老师学长，还有村里的老支书，将废弃的小学校舍利用起来养鸡，有钱的出钱有力的出力，小丫将自己的两万元钱都贴了上去，再和老支书一起在门口挂上了"禽蛋合作社"的牌子；村里的大姑大妈要么摸小牌要么敲麻将，学旅游管理的小丫能歌善舞，成立了女子健身队，隔两天教她们舞舞扇子唱唱歌。秋去春来，沉在村里的小丫常常在村里转转，他家一条长凳你家一碗水就张家大爹王家奶奶地唠叨上，从他家儿子当兵你家媳妇打工一直说到宝贝孙子带回的成绩单。村里的人已认定这小丫不是来"玩一阵子的"，是"真心对村里好的"。小丫住在乡里的宿舍，去村里总是骑辆红色的小自行车，到县里开会个把天不见，村民们会相互打听：书记骑小红车子上哪儿去了？

  这次，小丫真是犯难了，小丫最不愿做的事一是去求人二是做买卖。可她也是知道的，她不是为自己去求人去做买卖，是为村里的事求人，是为那几百养殖户1600多个男女老少求人。小丫在县里市里跑了几日，好像每个市场每个超市后面都跟有若干个养鸡场，小丫脑筋转转打电话向留校当辅导员的班长求援，又请老师打电话，终于找到了在这连锁大超市当部门主管的大师姐。小丫从床下面找出自打到村里就再也不碰的高跟鞋，又从箱子里找件银灰风衣再系上红丝巾，就在老支书的左叮咛右嘱托和养鸡户期盼的眼神中踏上了卖蛋的征程。

  都晚8时了，掏出手机刚要再发信息，肩膀上被拍了一下，是师姐到了。小丫说到我们村去看看,小丫说我们的鸡不吃添加剂下的蛋很香的,鸡蛋个顶个都是红壳的……到底是同窗,到底是一个大食堂吃饭的师姐啊,在看样、验样等程序后,超市要与小丫村签约——600吨鲜鸡蛋!小丫抱着师姐眼泪哗哗地流,小丫打手机给老支书又是笑又是叫,小丫买了长途车票家都没回就去了村里。村民们欢迎英雄似的将小丫围在中间,她递一把瓜子你送一碗茶水……

前些日子小丫参加优秀女村官座谈会,我找到这位个儿不高浓眉大眼的村支书兼镇长助理:卖蛋卖出大名堂了,又要卖什么啦?这小丫眉毛在红扑扑的脸庞上一扬:卖西瓜呀!我村引进的早春红玉又甜又沙,口感特好。您在市里,认识的人多,帮我们宣传宣传联系联系好吗?……

"教练王"如意吉祥

教练姓王,但我们不叫他王教练,都叫他"教练王"。

第一次在练车的场地上,我们喊:王教练!那一堆人坐在墙根掼蛋,没有人理睬。我们扯着嗓门大叫:教练王——!即刻,那坐在小马扎上打牌的人向我们转过身来。个儿高高的,脸黑黑的,虎背熊腰身着吉普上衣牛仔裤的男人向我们绽放出满脸的笑容:新来的学员?全体都有,列队!我们即刻笑翻了:学开车考驾照,怎么搞得跟部队操练一样的。教练虎着脸:学开车,第一,态度要认真;第二,态度要端正,你们是来学开车而不是考驾照的;第三,官兵一致。都得服从我指挥!解散!明天准时到达!这第一堂课上得我们欢天喜地回味无穷。

没过几天,我们就明白为什么王教练在驾校被叫作"教练王"了。其一,作为退伍回来的驾驶兵,技术顶呱呱。其二,训练学员时严格甚至苛刻,不问学员是何方神圣,教练就是"王"。第三,他带的学员驾考通过率从来是99%,就有一次,一学员考九项时马失前蹄。每每提起这事,"教练王"总是痛心疾首:就他过单边桥时半个车轮滑下来将我的100%毁了!一世英名啊!

正进库、反进库、移库、踩刹车、打方向盘,向右打两圈向左打一圈……搞得头昏脑涨，教练虎着个脸：为什么老是记不得？为什么老是打迟啦？你这个四只眼看得还没我两只眼清楚啊？那个报社老总脸涨得通红：晚上值班头昏看过头了。教练王丝毫不客气：在我这儿，都是学员，官兵一致！在我这儿，你作弊都没门！那一阵子，我整天都在背这左一圈右两圈，踩住；再左一圈，方向盘打死……我这睡眠不好的人，每晚上床想着这训诫，想着想着就昏昏然了。

我们这一组学员共14人，有报社的老总，有医院的护士、药剂师，宾馆的服务员，因为大都要上班，每次总是来不全的。教练很生气：有组织没纪律！教练很聪明，他的车上有着红、蓝、黄几盘胶带，他在后车窗贴上一点，在右前车窗贴上一点，在车前后视镜底贴上一点，让我们看着彩色的小标记在何时对准哪根标志杆，如何扳方向盘。我们练车时就瞟着这些亲爱的小红点、小蓝点、小黄点，右一圈左两圈的练着移库、九项等技术含量极高的项目。不知道现在的驾考取消了标志杆，教练是否为学员又想出了新招。

教练王的名言是"狠师出高徒"，在他的"高压政策"下，我们学起来倒也挺实在的。较之于相邻的班组，每日里我们这个组人气总是旺一点，我们教练脸上也有点得意。那日下雨只有我们三人去，而李教练那儿去了六人，教练王的脸色比灰蒙蒙雨淋淋的天色还要阴沉。下午雨停了，我们组来了九人。教练让他们看我们三个练车，行S弯，直角拐弯，坡道起步、侧方停车，一遍又一遍，就是不让他们上车。那几个急：为什么不让我们上车？教练高高地抬着头遥遥地看着那片片乌云，慢声细语温柔异常：问天吧！下雨你们为什么不来？要是打仗，有敌人，下雨就不冲锋啦？那一下午，我们几个练得好过瘾。

教练是在西藏当的汽车兵，教练的妻子八年前因病去世了，教练一人拉扯大孩子，今年职校毕业进了汽车厂工作。年过四旬的教练看上去比实际年龄要年轻。那两个在医院工作的学员就想着给教练介绍女朋友，可教练眼皮也不抬。后来才听说教练对着重病的妻子许过愿：一定等孩子结了婚以后才考虑自己的事儿。教练的手机铃声是崔健的摇滚：脚下的地在走，身边的水在流。可你却总是笑我，一无所有……知道了教练的故事，听来听去，就听出几分忧伤和苍凉。

路考前，教练让我们列队进行战前总动员：胆大、心细，百战不殆！教练用力拍着男学员的肩头，对着我们温和地笑，这是我们第二次看到教练的笑容。教练这次百发百中，我们组的14个人个个过关，教练嘚瑟：老李，听说你12个掉了4个啊？不错了不错了，过了三分之二啦！我们请教练喝庆功酒，教练得意洋洋：不要怪我对你们凶啊——我们齐声接上去：狠师出高徒啊！在西藏当了几年兵的教练多喝了几杯，满脸通红地站着，双手合十行着藏人的大礼：徒弟们如意吉祥！

春节，想着给教练电话拜年，可教练的手机总是崔健在吼：你何时跟我走，你何时跟我走……想想发出短信：教练王，如意吉祥！

大小姐

大小姐，这是旧时对大户人家闺秀的尊称。

大小姐贤淑端丽，袅袅娜娜进得了厅堂，洗洗刷刷做得了美味羹汤。无论何时何地，大小姐不变的是那份从容与优雅。

想起郭婉莹，那上世纪初上海永安百货的大小姐，自幼喝牛奶咖啡说英文在伦敦生长，回国就读于基督教会中学、燕京大学。无论是做富商的千金、尊贵的少奶奶，还是"文革"中家里所有的东西悉数充公、连结婚礼服都不剩下的时候，她永远不变地讲究与优雅。她穿着旗袍去清洗马桶。她穿着皮鞋站在菜场里卖咸蛋。八分钱一碗的阳春面，她似对着锦绣美食，慢慢悠悠地一根两根，那么雅致地享受着。当她独自从劳改农场回家，听法院的人来宣读对她那冤屈去世丈夫的判决书，她平静地听着不闹也不嚎啕，泪水只在心中流。80年代有外国记者问起她在那些劳改岁月时，为何能好好地活下来。她优雅地直着背：那些劳动，有利于我保持身材的苗条。她在86岁的时候，与三个年轻女子相约外出，在一起走了几分钟，那三个女子就感到情形像是三个男子陪一个迷人的美女去餐馆，而不是三个女子陪一个老太太。

大小姐风和日丽时锦衣玉食琴棋书画。风狂雨骤，大小姐不会娇娇地躲到父母或是男人的身后，只是挺直腰板去迎风遮雨。

想起严幼韵。作为第一个将小轿车开进复旦大学校园的校花，嫁了当时驻菲律宾马尼拉领事馆的杨总领事。日寇侵华疮痍满目，杨总领事因拒绝为日军筹集军资，与七名外交官一起被枪杀在异乡的稻田里。已有三个孩子的严大小姐，携领事馆另几位遇害人员的遗孀子女，在花园里种菜，在小岛上勉强生存。她卖掉了首饰珠宝，她学会了做酱油与肥皂，养鸡养鸭……唯一没有变卖的是钢琴，晨曦晓露、夕阳西下，她会叮叮咚咚敲响琴键。日本投降，她携儿带女到了纽约，联合国礼宾司招礼宾官，她以流利纯正的英语、优雅大方的气质在几百人中胜出，工作到65岁退休。在她百岁生日的派对上，她身着宝蓝底红玫瑰花的旗袍，与孙子翩翩起舞。主持人曹可凡说严先生你穿着高跟鞋累吗？她嫣然一笑：我一辈子穿高跟鞋，习惯了。

大小姐沉净内敛心若明镜。社会跌宕起伏，尘世灯红酒绿，大小姐志若磐坚、胸中千沟万壑。

想起百岁老人杨绛，著名的翻译家、作家、外国文学研究家，稳稳地行事，静静地做人，不高谈阔论无豪言壮语，不鸡毛蒜皮更不喊喊喳喳。当女儿钱瑗、丈夫钱钟书相继离去，杨绛依旧做自己的学问，散文、小说、剧本、译作。读她那本于2003年92岁时写就的回忆一家三口数十年风雨生活的《我们仨》，那与丈夫与女儿的一世情缘看得人心恸泪下；96岁又推出《走在人生的边上》，坦诚对于命运、灵魂、灵与肉、鬼与神的思考，思路缜密激情内蕴，文字一如她本人沉静与端庄。她在清华大学设立了奖掖优秀学生的奖学金，却不以自己或是亲人的名义命名，她说就叫"好读书"奖学基金吧。是是非非，坎坎坷坷，杨绛云淡风轻：我从不愿与谁争，与谁争我都不屑，呈现给世人一个骄傲大气的背影。

当下美女也多，娇媚可人的、雍容华贵的、风情万种的，大街上随便抓一个都是明星样。可要找一位大小姐，着实不易。林语堂先生在《京华烟云》里写了一个大小姐姚木兰，可经那很有名气的演员扮了，看来看去还是缺少了一些大小姐的气场。

　　优雅美丽，博学多才，开阔大气，意志坚韧，心海又深又蓝，灵魂晶莹剔透。这些大小姐啊，真正是女子中的极品，漫漫岁月中闪烁着璀璨夺目的精华。

杜鹃花开

太阳晒得人酥酥软软的，柳丝在眼前飘呀拂的。金黄黄的油菜花，在清凌凌的小河边耀眼地晃呀晃的……她一下子就醒了，原来还是在火车上，是太阳光将她晃醒了。揉揉眼睛她知道自己还是舍不得家，舍不得那遍野灿烂的油菜花，那串场河畔的绿柳成行，还有亲爱的妈妈。

又将回到贵州黔西，回到那满是大山石块的地方，回到进一趟小镇要跋涉几十公里的那山间小学。两年多前她走进大山支教，两年就是七百多天呀，捱一捱就过去了。她想警校毕业的她总是得回家，她喜欢那一身警服，她得去找工作，更得去养家。她唱着歌走到这一群孩子中间，她不知道，这一走进大山，她再也无法放下。

这是一群脸黑黑红红的孩子，这又是一群特别听话的孩子，他们上学从不迟到，他们上课总是坐得端端正正，他们放学总是齐声叫着"老师再见"。可这些孩子的鞋子常是张开着鞋帮子，因为每天上学他们要走很远的山路；这些孩子经常是中午饿着肚子，那次她煮了一锅洋芋，孩子兴奋得脸红红的，那个男孩放学还省了半个洋芋说是带给小妹妹。第二天，男孩羞涩地给她一枝红红的杜鹃花。孩子们的眼睛湛蓝又纯澈，可孩子的眼睛只看见大山和大山上方的天空；这些孩子的想法单纯得让人心疼：我要是能去趟县城三天不吃饭都行！

她想想心中很是难受，她将"一位支教老师的告白"倾吐上网络。那些天她白天黑夜总是想着，她想她肯定是在做梦：能不能让她的学生走出大山，走进上海的世博？她不知道她的真情让别人感动，她的梦想有那么多人与她一起放飞。"顶""赞""支持你"！她的"告白"后面那么多滚烫的跟帖令她不能自已，她的泪水洒湿了键盘与衣襟。从"照片在相框"的网友到热情的贵阳车主，2000多公里行程，一路一路一程一程，30多位网友车友自发参与爱心接力，途径五省六市、辗转六天，就这样将她的梦想与她的学生们，她的10个从没有走出过大山的学生，一程一程地送到了繁华的大上海。孩子们在30多度的骄阳下在世博园中欢呼雀跃，她掏钱为孩子们买了吉祥物海宝。孩子们开心，她笑了，心底更感恩：这么多的好心人成全了她的心愿，成全了这10个祖祖辈辈没走出大山的孩子们的心愿。兴许，这次世博之旅让孩子们看见大山以外的地方，能改变孩子们的一生。

两年的支教瞬间而过，她回到了江苏的串场河畔，柳丝绿、菜花黄，空气润润的，还有妈妈侍弄的粉红嘟嘟的月季花。可是，回来了，梦里醒着却又回到了大山里，她想起那10个孩子为去上海，都穿上了自己最好的衣服，可有三个孩子的鞋子早就开了胶张着嘴；那个男孩高兴地背上了他的破书包，路上好心人发的矿泉水他留了一瓶，一直背回了山里，说是这瓶子多好看，那水要带给爷爷喝；没出过门的孩子第一次坐车啊晕得厉害，那个女孩晕得不行了吐黄水，有顺车想让她回，她哭着说我奶奶看不见，我答应她去看上海看世博，回去要跟她讲……更常在她眼前闪烁的还是杜鹃花，自打那个男孩感激又怯生生地送她一枝杜鹃花，她插在案头的玻璃瓶中，她那瓶中就没断了花。记得那日从上海几天颠簸回，那日下午，晚霞中家长们排成一排站在山坡上，手中捧的都是红红的杜鹃，她笑着接过一束一束的杜鹃，看着满怀的花儿泪水就扑扑簌簌地直往下掉。放不下啊，真的，她无法放下。

她又在网上发帖"让孩子们有一本字典吧"，呼应者风起云涌。两千本字典！学校里每个学生都会有一本，还有今年暑假的新生。亲吻妈妈告别月季花，坐在火车里，她嘴角向上轻扬，她看见大山的孩子们捧着字典是怎样地欢呼雀跃，看见她这个"老师姐姐"回来是多么地开心。她这个美丽的江苏女孩也笑了，她看见杜鹃花开了，粉红嫣红深红，装点着山坡缤纷了天涯。

素心若锦

　　飘雪了，纷纷扬扬中看到素抱着个大扫把，在花园小径上，唰唰唰的一下又一下，艳红的围巾一前一后绕在她的脖颈上。那个夏日，第一次见到素，也是在这花园小径上。白色衬衫，深蓝色长裙，齐耳短发，细长的丹凤眼。她手中牵着一双小女，十来岁吧？也是白色衬衫，短短的蓝裙，只是孩子们的蓝裙束在衬衫的外面，童花头上扎着一对白色的蝴蝶结。她牵着孩子们，就这样绕着小径慢慢地安安静静走着。听说是她在行政局工作的丈夫癌症去世了，单位照顾，让她看管这大院的车库。

　　楼西侧的车库很大，好几百平米的车库容纳着这个住宅区大大小小上百辆的摩托车、电动车还有自行车，先来的放好了，后来的车子乱插。每次去搬自己的车总是费老劲儿的，一辆辆地挪再一辆辆地顺，才捣腾出自己那辆红色的小捷安特。可她来了，车库面貌焕然一新：地上整洁，墙壁白亮亮的，她去请行政局将车库全粉刷了一遍；三块红白相间的指示牌指引着摩托的区域自行车的区域；角落里头陈年的一堆破纸盒子、烂沙发终于不见了。一块醒目的标语牌架在入口处，白底红字：请各位注意停车文明。

　　那日，车胎瘪了，想着借气筒用一下，一脚踏进了车库北侧两间小小的平房,也就是行政局安排给她的住处。白色花边的桌布,白色花边的窗帘,窗下,几盆虎皮兰、吊兰茂密繁盛绿意葱郁,瞬间,眼底心中绿意荡漾,十来平方米的外间,洁净明亮甚至明丽。她笑笑地递过来气筒:要帮忙吗?忍不住探了探头,她家的里间,两张床,整齐地蒙着床罩,竟然也是乳白色的,淡绿色的小花星星点点洒了一床,还有床头的台灯,淡绿色的丝罩,纤尘不染。连一台缝纫机上也蒙着白色带花边的罩子。真好看!在哪儿买的呀?素浅浅一笑:自己做的。她和女儿们的衣服,都是她自己做的,冬日的格呢大衣夏日的裙衫。今夏说是流行什么"波点服",看了一笑,想起十多年前就看见她母女仨,穿着白底小黑点的连衣裙,在花园小径上盈盈地走着,轻轻地说着话。

  独居的女人看着车库带着两个女儿,竟然这样一点不潦草甚至诗意地活着。再看她时,平添几分敬重。从不见她高声大气说话,也不见她家的孩子咋咋呼呼,就这么在那两间小房子内,安静明亮地过着日子。日子过得很快,一年又一年,花园的那十来株香樟早已枝繁叶茂,夏日里金盏花灿烂成一堵金色的花墙。素却还是那样,洁净又轻盈,甚至,秀丽的面庞上,看不到几许皱纹。她的两个女儿争气,从上中学到考大学,一点没让人费心。师院毕业后又都做了教师成了家。素没去和女儿一起住,仍是一个人的素还是在车库、在家中拾掇,在花园小径间静静地行走。每逢周日,两个如花似玉的女儿会回来陪素一起在花园里散步,还是那样轻轻盈盈、安安静静走出一片风景。

  自打素管理车库以来,车库没发生过失窃事件更没发生过争吵。上下班时,车库拥挤,但大院里的人进出车库也总是安安静静,素的笑脸在看着呢:上班啦?下班啦!那日,园艺工人在修理花园的冬青,见到素将修剪下来的冬青树枝,抱了几大抱回去,坐在门前剪剪修修,又用了几个大玻璃瓶插了起来,阳光下,一片翠绿。

冬青枝很多，玻璃瓶中的翠绿就一直漫溢到车库的门里边。大院门外的一间便利店搬了，几只红灯笼扔在垃圾堆，素去捡了回来，洗洗刷刷，挂在了车库门檐下，红艳艳的真是好看。

要过年了，素又要忙了，她铺着红纸，她的女儿一手好字，在写对联。自打素来了以后，这两间小平房门上春节都贴着艳艳的对联，这车库大门的红灯笼下，有着斗大的"福"字，两侧也贴着对联："新年大吉，万事如意！""心好家好，人顺国顺……"红艳艳又喜气洋洋，映得进出车库的人们一脸喜气。十多年了，春节那天，洁净端丽的素总会围着那条自己织的大红围巾，立在车库的门前如立在自家的门前一样，对着进出的每一个人递上一份温婉的笑意：新年好！

日记人生

午后的阳光有点热辣辣的了，清脆滴哩的是田野间扑棱飞翔的不知名的长尾巴短尾巴的鸟儿。

走进海丰农场职工宿舍这家的水泥楼梯，是那种二三十年前楼房的格局，朝南两间卧室，一间小小的客厅兼餐厅。我说田先生我来拜访您，他在楼上笑微微地候着我。他为我让座，他拿出青瓷茶杯用开水烫了烫，又用洁白的毛巾擦拭溢在杯外的水，他将金澄澄的香蕉放到我面前。他甚至都不问我是从哪来、为何来、姓甚名谁，就这么意定神闲地坐在我对面，微微地笑着看着我。于是，我走近了他，就是大丰市上海知青纪念馆第一展室那黑白照片上的小男孩，上个世纪五十年代上海农场第一任场长的小通讯员，这片土地的见证人与守望者。

1948 年，战火纷飞。凛冽的寒风中，身为国民党中将的父亲赴湖南之前，赶到上海来看望 12 岁的他，还有他 7 岁的妹妹。将儿子搂在军大衣中父亲交代两件事：你一是要带好妹妹。第二，每天写一篇日记，长短皆可。爸爸再来时要检查的。那时他和父亲均未想到，这一别就是整整 40 年。

1988 年，秋高气爽。早已从台湾军界退休的父亲千方百计寻找到了他，又从台湾到香港辗转至大陆来看望他。在农场职工宿舍居住的平房内，他指着妹妹对父亲说：我13岁在农场当通讯员，供妹妹读完了中学，并为她介绍了对象成了家。我是等妹妹一切安顿好，自己才考虑成家的。他又掀开印花床单。从床下拖出几只木箱，那种自己用木板钉起的小木箱，里面都是大大小小的笔记本：您临走时让我写日记，您说您要回来检查的。这是40年来的日记，一天也没缺！耄耋老人哽咽了，紧紧抱着儿子的肩头，蕴积心中几十年的泪水滂沱而下……

他对父亲说：你生我但没养我，不全是你的责任；我是你儿子这么多年未尽孝道，也不是我的责任。父亲带回来几万美金，他拒绝了：您辛苦这么多年有点积蓄不容易，继母无收入，留着你们自己用吧。他犹豫了一下：还有您百年以后，母亲要用。我们在农场有工资。他的继母，那位高山族女子泪流满面。父亲征求意见：要不，你们和我一起回台湾？阿里山下的别墅足够一大家子住。他说我和妹妹在农场每月有工资，虽不富裕但足以够用，很安定也安宁。

他说是您生了我，是共产党养大、培育了我。从首长的小通讯员到学文化到工作班长到场部的管理工作；从风餐露宿到住三角工棚到泥草苫的房子中成婚再到今日的砖瓦房；从小小少年到共产党员到年年是先进，您看看，这些奖状里都是您儿子的名字。您可以从我的日记中看到，不管多忙多累出差还是生病，每天我记着日记，就想着小时候你对我说的"人要有毅力"的话，就想着哪一天您回来要检查的。

父亲临行时再次提出让他随行，他说父亲我在这土地上几十年了，这海滩上的盐蒿子草我认识，这海风中咸丝丝的味道我熟悉，这农场的砖砖瓦瓦、房房舍舍我闭上眼都不会摸错门，这么多的老兄弟老战友还有场部的这棵广玉兰这株老雪松……他说不下去了，他拥抱着父亲说对不起；他向继母深深鞠躬说谢谢您照顾我的父亲了……

就这样，他波澜不惊地讲述着60余年来经历的风风雨雨，在这个端午的前夕，在这个静谧的午后。他搬出那一堆堆有着"大跃进""百花齐放""光明""人民公社好"标记的牛皮纸封面的、塑料封皮的笔记本，他说从父亲交代的那一天开始，日记一直记到今天，当然还要一直记下去。他翻开不同年代记下的张张页页，风风雨雨、艰难困苦、和美甜蜜、牵挂思念在字里行间漫溢而出。他13岁时的字迹就工整端庄、一丝不苟直至今日的笔笔见峰、遒劲有力。

彩霞御裘似锦，室内外一派金黄。他说有点热吧，他慈爱地为我打开那扇窗，<u>丝丝飞絮</u>与清咸咸的海风飘逸而入。满头华发恂恂儒雅若退休教师般的他眼神柔和，他指着书桌上那厚厚的一叠纸，说是最近在整理陈年过往的日记，将最值得的事情挑选整理出来。他说：70多岁了翻呀看的，就像看生活电影般的，回放自己的一生。他说：人要知足，我算是幸运的。人来这世上一趟不容易，生活，活着，真的是很美好。

桥头小店

阡陌条条，河港四叉。里下河平原上随处可见的是小桥，石板的，水泥的，早些年还有木板的。与这些个小桥相依相伴的，往往就是桥头的这小店啦。红砖瓦，小黑砖。好一点的小店有水泥桁条，差些的还有板棚外钉着铁皮的。相同的是小店里的物品，从香烟、肥皂、洗衣粉到毛巾、糖果还有学生的练习簿、花花绿绿的橡皮擦，时髦一点的小店也有巧克力、洗发膏。那墙边堆的还有铁铲铁锹、橡胶套鞋……都是庄户人家下田种地的必需，都是一家老小过日子的必不可少。

10多年前，小店的主人往往都是当家的男人，黑红黑红的脸庞，憨厚中透着精明；也少有的是麻利又热火的俏大嫂，高声大气中甜蜜出笑意和温婉。当然，小店里下午4时后，往往会又多出个趴在方凳上做作业的小娃娃，那是店主的宝贝和希望，桥头的日复日年愈年的驻扎与守望就是为了他。

南来北往、田头家中，桥头小店自是庄户人家的歇脚点。往店门前那长条凳上才落座，店主就将那大肚子暖瓶提起，蓝花碗里满满的，冬日里暖夏日里凉。一碗水，一支烟，两句话，嘴一抹，再买上几块小糖回去哄孩子。那推着自行车的，才将车在小店门口架下,那店主就从门后拿出了打气筒,帮着车主人对好车胎上的气嘴子,劲鼓鼓地打起气来。这年月电话大部分家中都有了,那些年,乡里的邮递员事儿多,骑到桥头就将一沓子信件扔到两尺宽的柜台上,店主人瞅住一个叫一个,天黑了信件还找不着主的,店主自会顺路带回村子里,送到主人家。

秋去冬来,眼一眨已开始忙年,店主家来不及蒸包子做米糕,忙着进年货出年货。乡亲们来来往往,店家的两口子就都忙在店里了,柜台上多出了毛笔和红纸,店家那粗糙的手指还能写几个大字。根据来买年货人的要求写上几副春联什么的,比如"人勤春来早,瑞雪兆丰年",比如"开春大吉,迎面是喜"。更有什么"鸡大如鹅,猪大如牛"之类的,通与不通、对仗什么的不讲究,硬朗中透着俊逸的毛笔字下,流淌的都是庄户人家美好的期愿与愿想。店主甩着酸了的手腕擦擦沁出的汗珠子,将笑意与祝福一起融在了毛笔下。女当家的包糖拿烟,眼尖、手快,招呼个不停。拿回三好生奖状放了寒假的儿子,放下作业本就帮着父亲裁红纸,为等候的大爷奶奶搬凳倒茶水。

暮色四起,炊烟袅袅,最早的那颗星子已在天上眨眼了。店主将最后写的"人寿康健,松鹤延年"晾了一会儿,卷了起来说是送给村东头的五保户王大爷,孩子背上书包哎了一声,刚走,那做妈的又递上一条糕一包绵白糖,说是一起送去,给王大爷拜早年!孩子背着书包捧着年礼走过小桥蹦蹦跳跳向村东头走去,沿着乡间小道,走进四野田间。小小的身影,将店主的目光扯得远远长长……

坝上美人

攀上那道水坝，顺着两侧黄灿灿油菜花的坡道拾级而上，迎面是插着五色经幡的玛尼堆，赤橙黄绿绚烂又协调地呈现在眼前。四处张望，长吸一口气，离蓝湛湛的天空更近了，伸手似乎就可触摸到柔软飘逸的白云，位于3500多米的高原并无不适，一股不可抵挡的阔大与宁静扑面而来。

眼前是两扇朱红色的铁门，两张巨大的金黄色"福"字与油菜花一起明媚在这蓝天白云间，"光荣军属"四个字闪耀在门楣上。"请问家中有人吗？"叩响了这扇门的同时，有人清脆地应答：来啦！循声而出的是一个个子小小的女子，一顶盆形牛仔帽，一袭玫红色的毛衣，眉眼清秀的她笑眯眯地打量着我们这群陌生人。当知道我们是因为在前不靠庄后不靠店的高原公路，因内急而寻不到"WC"时，立即转头迈着轻盈的步子领我们进了院子。

院落不大，两间正房一间偏房呈"L"形。小院子正中，一株绿树高过房顶，茂密的油菜花生机勃勃，那硕大油绿的植物说是土豆，叶片晶莹剔透竟然一丝灰尘都没有。这高原真是干净，这女子的小院子真是洁净。石墙泥地四处纤尘不染，就连那与我们苏北农村类似格局的自制"WC"蹲坑，半截蓝色的帘子遮了，一点异味都没有。解决问题依次出来,一浅蓝塑料桶清冽冽的洗手水已备在院间。

迎着玫红毛衣女子的笑容,我们走进了她的正房。迎门靠墙一排朱红色的矮柜,矮柜上茶盘上盖着一方红绸巾,青瓷酒瓶中插了一束金灿灿的油菜花。柜上方的墙上挂着相框,大大小小老老少少黑白彩色的相片错落有致,引人注目的是一军官的照片,气宇轩昂。还有挨着相框是半墙的奖状,三好生、五星少先队员等。东边的一间是卧室,床上的蓝格子床单抻得平平整整,粉白色的枕巾,粉白色的薄被,柔软又清新满是闺房的气息。偏房是堆放杂物和粮食的,土豆、南瓜还有几袋粮食。可惜语言不是很通,一个人住吗?她点点头,竖起了一个指头。日子好不好呀?这下她又懂了,抬起清澈若青海湖水的眸子,笑着竖起了大拇指。

女子见我们七八人东张西望,毫不在意,只是那样宁静、安详地笑。我们举起相机请她合影,她轻盈地欠起身来,对着那面贴了双喜红剪纸的镜子,整了整牛仔帽,在那株蓊郁绿树下,在那簇拥绽放的油菜花旁,在那贴着鲜艳喜庆的金色"福"字的红门前,在海拔3500多米的高原上,在离蓝天白云这样近的院子里,从容又娴雅地冲着镜头微笑。

坝下的车子长一声短一声地揿着喇叭,几分不舍地与她握别,又忍不住与她拥抱。趟下开满油菜花的坡道,绕下水坝,上得车来,那玫红色的身影,依旧在蓝天白云金黄色的油菜花间,在那扇朱红色的大门前,在那飘飘洒洒五色经幡的玛尼堆前,远远地向我们眺望。邻座后悔没问她叫什么名字,前座的又说没记下她确切的地址,后座的又说那奖状上的名字是写着"党云霞"的,她家该是姓党吧?我说,就称为"坝上美人"吧,这样从容、娴静、大方、柔婉的女子。

美人就住在西宁湟源县外的那个水坝上,今年八十有六。

永远的守望

> 妈妈说：孩子，你永在我的瞳仁里，永在我的身体里，永在我的灵魂里。
>
> ——泰戈尔

淅沥秋雨将苍松翠柏淋润得绿意盈盈，芦苇、柳丝在蒙蒙雾霭中相依相偎出缠缠绵绵。

一个身影在不远处的田垄中弯着腰，蓝底白花的上衣，是一个女子的背影，该是一位老人吧，那花白的头发拢在脑后挽起一个发髻。严格地说她不是在田垄里，是在陵墓中弯着腰缓缓地穿行。走近了些，看清了，她在拔草。一会儿弯下身去一会儿直起腰来一会儿用袖头轻轻地擦去额头的汗珠还是雨水？

您在拔草？嗯。

您的亲人？嗯。蹲下身去和她一起拔草。

一道岭，又一道岭，密密的墓碑。老人一座坟墓一座坟墓挨着拔着杂草喃喃自语：下了几天雨啊，这草就长疯了呢……

就这样，在五条岭烈士陵园，在这密密的墓碑间，在这安葬着2000多名烈士的坟地中，邂逅了这位老妇人。

您常来拔草？嗯。

拔了多长时间啊？几十年了呢。

秋风微拂中，老人的话语猛地击中心头，重重地。深深地凝视着老人：哪位是您的亲人啊？

老人直起腰：哪个是？老人的眼神迷蒙又温柔：个个都是啊！

六十多年前那场盐南战役，你们这个年龄不知道啊，七八里外就能听到乒乒乓乓的枪炮声子弹声，火红了西边大半个天，整整四天四夜呀！多少伤员往这边村子里抬，可是抬着抬着就断了气了。那伤员的血流得村子的地上到处都是，家中的被子都抱了出去，被单都撕成布条子也来不及包扎啊。还有好多遗体是从便仓那边装船运过来的。牺牲的人看年岁也比我大不了多少，有的头被打破了，有的被烧得焦黑。老人顿了一下，面庞上满是晶莹莹的泪水。她说你看你看，就往这儿埋，那天也是这样下着小雨，又冷又湿。挖开的一条沟，人都埋不下。又再挖第二条，整整挖了五条沟，可是，还是埋不下的。村里的那几口棺材能装几个人啊？就这样用白布裹裹、芦席铺铺，人摞人摞了三四层最后盖上土……你不要写啊记啊，你去看那门前的那块纪念碑，上面全有的。

"一九四七年十一月，解放战争进入全面反攻阶段，黄百韬兵团的三个师受蒋介石之令北上，企图挽回山东战场之败局。为保证人民解放战争的顺利进展，解放军三野第十一、十二两纵队受陈毅、粟裕将军的指令，于同年冬月十四日晚在白驹至伍佑一线设下埋伏，阻击北上之敌。次日凌晨，战斗在漫天风雪中打响，指战员们不畏饥寒，前仆后继，浴血奋战，直至拼杀肉搏在街头，激战四昼夜，歼敌近万人。战后，当地人民用棺木、芦席盛殓了一千二百余具烈士的遗体，安葬在此……"

五条岭，五条岭！从东至西五条隆起的田垄下埋着1200多名烈士的遗体。

这些孩子啊，小的十六岁，大的也不过二十五六岁，在这儿六十多年了。他们的家人也不知道在哪里，没有人来看他们，我家就住在旁边，喏，就在那边。这北边就是我家的责任田，分了有四十来年了。从那时忙自家地里的生活时，我就常来看看，到坟堆上来拔拔草，现在政府修了这个陵园，我还是来拔草，再与他们说说话。你们城里人不知道吧，纱帽（坟头）上不能长草的啊。这些细小的可怜呢，父母又不知在哪里——唉。老人拔着草，对我又似乎对陵墓说，声音在秋风中细若耳语又四处弥漫。

一片寂静，弯下身子和老人一起拔草。墓碑上有的有名字，很多无名字，眼前的这块墓碑上，只注明着二条岭92名烈士。老人细心地将墓碑前的一盆纯白的菊花扶正，又用手中的抹布擦拭着大理石墓碑。转向我，老人轻轻地说：过两天是八月半了，让小伙（儿子）去备些月饼，要来祭祭的。春节、清明、七月半，还有中秋，我家都要来烧烧纸，祭祭的。和祭祖先一样的。凝视着老人满面的皱纹，那沾满青青草汁青筋毕露瘦削的双手，忽地不能自已，转过身去，任在眼眶心底盘旋许久的泪水肆意流淌。

细雨不知何时停了，五条岭湿漉漉的。不大的陵园肃穆静谧，静得听见自己的心跳，还有老人拔草的声音。硝烟弥漫的日子久远了，炮火鲜血的残酷与惨烈对于我们许多人只是电影、电视剧中的观瞻。这些长眠于地下的曾经鲜活的年轻生命，会看见这位农妇月复月年复年地和他们作伴与他们说话为他们拔草吧？他们肯定会看见会听见的，他们心中呼唤的是姐姐还是妹妹？从八十年代到九十年代再至今日，四十来年了，太阳起月儿圆缺星星闪闪烁烁，看着莲一年年衰老看着莲白霜一丝丝将青丝覆盖，永远二十来岁的他们心中呼唤的是姨是婶还是亲亲的娘？！

晚霞御裳似锦，葫芦花翻飞出灿烂与金黄；暮色隐然四合，苍松翠柏挺拔出浩然与巍然。

晚风中，似有和声四起，所有宁静的灵魂，在五条岭壮美地哼鸣吟唱；瞬间，白的、黄的、蓝的、粉色细细密密的草花，就这样纯净无比又生机勃勃地在湿漉漉的五条岭啊素素地绽放。

好好活着

有好几个人对我说起过她。说她气质好。说86岁的她走路总是腰杆笔直的。说她总还喜欢穿着带一点跟的皮鞋。

艳艳的大丽菊绽放着一派深红，站在那座小院子的门口等我的就是她了。她让坐，她拿出德芙巧克力，她说咖啡还是茶？坐在那把油光锃亮的老藤椅上，她架着一副肉红色框的老花镜，用了一点点的珠光口红，与她脖颈上那条肉色的珍珠项链相得益彰。豆绿色的真丝衬衫，灰杭罗长裤，灰色的浅口皮鞋。即使坐在藤椅上，她的背也是挺得直直的，似水流年的端庄沉静。

这么多这么多的日子，你让我说什么呢，姑娘？

从译电短训班，到上海的一家电报局，18岁到24岁的她是在枯燥的阿拉伯数字和发报机的滴答声中度过的。当那位气宇轩昂的军人向她伸出双手之时，一本李清照的词做了她和他的媒人。从南京到重庆，再从重庆到上海，从小寄人篱下的她找到了心仪的男人和坚实可靠的臂膀。战火纷飞风雨飘摇，多少达官贵人的家眷先一步去了台湾。被调住福州沿海地区作战的丈夫托人办了入台证件，她发电报：等你。秋雨过了冬雪飘了，她终没等到。她那同样喜欢诗词的中将丈夫，因厌战私下里与起义将军暗中联系，被送上了军事法庭。她等来了一纸遗书：亲爱的，答应我，好好活着……

刻骨铭心的疼痛令她端着茶杯的手微微颤抖：你吃颗巧克力？轻声曼语的她取了块椰蓉饼干，一点点地咀嚼着，似乎将岁月的疼痛生生地，一点点地，吞咽了下去。

割芦草、纳鞋底、搓草绳的事在农场她都干过。苦难的日子，她不愿意再提及。她说，别人能干的事我也能干。就这么将在农场几十年的酸甜苦辣轻轻地一句带过。后来，她由农场发工资进了一干部家做保姆。从有人侍候，到去侍候人，曾经的中将太太，这心理上有多大的落差？做保姆也就是一些家务事，是女人吧，都能做的。她只是平淡淡地说着。再后来，她又因有文化，被挑选参加短期培训后去了医院。有着高中文化的她，学习起来有着不要命的勤奋。夜深人静之时，她会对着一直收藏在身边的丈夫的相片，悄悄地说话，思念无际无涯。耳边始终回响的是：好好活着。

当那个年轻她十来岁的小电工师傅锲而不舍地追求与等待她整整八年，并在她挂着"反动军官太太"的牌子依然陪她扫地时，她心动了。满头花白的她坐在我对面，微笑得泪光盈盈：姑娘，你说我怎么办？我已耽误了他八年，我不能让他再等了。再等，我就老了，我就更对不住他了。他选了一条大红色的开司米围巾送她作为聘礼。那红啊，就如这大丽菊一般的红。她指着小院子门口那红艳艳的花儿，眼中是少女般的喜悦神采。2001年，他因病离她而去了，他挣扎着对她说：答应我，一定要好好地活着。75岁的她说：为了你，我会好好地活着。

拿着一千多元退休工资的她，一个人健康地活着。女儿和儿子都让她去上海，她离不开这个有着她青春、爱情的苏北农场。

常常是，上午，她伺候着门前的那十来株大丽菊。是丈夫为她栽下的，浇浇水看看花，再和花儿和栽下这花的男人说说话。

常常是，下午，她会做一些"好喝"的茶，一个人，也喝喝下午茶的。她的小茶几上，有着乌梅、枸杞、西洋参还有咖啡什么的。偶尔，她也去和邻居打打小麻将。

常常是，万籁俱寂之时，她还会翻翻那些烂熟于心的宋词：此情无计可消除，才下眉头，却上心头。她会轻轻地读出声来，苍茫辽阔的星空下，荡起岁月与爱情的漫漫回响。

我面对的哪是一位 86 岁的老人。

我面对的哪是一位经历两次婚姻受过很多苦难的女人。

走出老远我还回头看她，腰杆挺直目送着我。她的身后，是火红火红绽放的大丽菊。

也许，她就是一株历经风霜雨雪却不改其热烈与高贵，蓬蓬勃勃又永远挺直绽放的大丽菊吧。

永远的恋歌

2013年的早春，乍暖还寒。手捧鲜花，在陈中柱将军的墓前我久久伫立。隐约，有女子清脆的歌声遥远又清晰：国民党、共产党，抗日是一家，我们站在同一条线上……

循着这歌声，我走进那条青砖黛瓦，墙头摇曳着狗尾巴草的小巷。隔着72个春夏秋冬，看着这位叫着王志芳的女子，身怀六甲25岁的女子，手中携着6岁的小女儿，一步一步凛然决然地走进泰州城这条古巷，这刺刀林立悬挂着膏药旗的日军司令部。

"我来要我丈夫的人头！"美丽、羸弱的女子决绝无比的口气令日军司令南部襄吉一震。"我是陈中柱将军的夫人！我来要我丈夫的人头！"

南部襄吉倒吸了一口凉气，他没有想到这个女人竟然敢如此这般索取陈中柱的人头。陈中柱，是南部襄吉为之畏惧又恨之入骨的抗日将领，南部调集了大批日伪军终在兴化武家泽一战中胜了陈中柱部，但此时的南部忽然沮丧之极，他觉得自己败了，败在这个叫王志芳的小女子面前，败在陈中柱刚毅的头颅面前。香案上一大木匣里一尊大口瓶，将军陈中柱的头颅泡在药水中。拨开亲人额前的黑发，王志芳的泪水决堤而出。不就才几天吗！就这样阴阳两隔，我的嫉恶如仇的丈夫，我的坦荡磊落的丈夫，我的喜欢琴棋书画的丈夫，你就这样千呼万唤也唤不回啊！

1933年，出身于官宦之家美丽开朗的南京姑娘王志芳，嫁给了浓眉大眼英气逼人的军事教官陈中柱。嫁给军人就是嫁给颠沛流离，王志芳携着两个幼小的女儿追随着丈夫艰难跋涉无怨无悔。跟着丈夫，她学会了骑马、射击，更多的是参加丈夫部队的抗日宣传，爱唱爱跳的她和丈夫一起为部队的军歌填词："国民党，共产党，现在站在一条线上，抗战高于一切，他们贡献了全部的力量……"

1941年6月5日凌晨，丈夫陈中柱匆匆来到妻子的小船向她告别。"志芳，我是个军人，保家卫国是我的天职。志芳，我要走了，不管生男生女，都要取名陈志，要他继承父志……"志芳拼命把眼泪往肚里咽，痛苦又柔情万千："你要答应我，一定回来啊。我和孩子不能没有你啊！"陈中柱与妻子紧紧相拥深深一吻，他的泪水她的泪水交织汇流，湿了面庞淋了衣襟。他派人将妻子和女儿送上岸，藏身在一个农民家的大草垛中。看着丈夫伟岸的身影远去，她一遍遍地在心中呼喊：你一定要回来啊！

1941年，中日战火交织最为密集的日子。6月初，日伪军由苏北泰州、兴化、东台、海安、高邮五路调兵2000余名包围了陈中柱部。十几只日伪敌军汽艇来势汹汹，机枪弹炮"突突突"呼啸而至，陈中柱大吼：给我打！狠狠地打！将军气壮山河的呼喊是召唤将士们奋不顾身的号令，将军伟岸高大的身躯是指挥士兵们拼死而战的旗帜。"嗒嗒嗒"一梭子机枪凶狠地横扫过来，将军的白衣在初夏清晨的微风中，在武家泽的坡地上轻轻一扬，溅起飞天的血花。鲁苏皖边区游击总指挥部第四纵队少将司令陈中柱，在率部毙伤日伪军600余人后，身中6弹壮烈殉国，年仅35岁。凶残的日军割下将军头颅带到泰州向日军指挥官南部襄吉请功。

看着一言不发只是流着泪注视着丈夫头颅的王志芳，南部作了送客的手势，可王志芳秀目喷火：我要带走丈夫的头颅，否则伏尸二人，流血五步！……南部终于双手作捧送状，看着王志芳将装有中柱将军头颅的木匣，紧紧紧紧地捧至胸前走出日军指挥所的大院。在昏黄的灯光下，心若刀绞的王志芳，将丈夫的头颅与遗体一针针一线线地缝合：亲爱的，你疼吗？忍着点啊！我的心比你还疼还痛啊！我的亲人啊！王志芳将丈夫完整的遗体入殓，请人葬在了泰州西门外西仓桥第十根电线杆下面。

抗战胜利后，国民政府在南京为陈中柱召开追悼会，追赠陈中柱中将军衔；共和国更没有忘记这位为国捐躯铮铮铁骨的抗日英雄，追认陈中柱为革命烈士，1987年中柱将军的墓地迁往盐城烈士陵园，回到了故乡。

从25岁到97岁，独自将三个儿女抚养大的王志芳女士，总是不能忘怀丈夫的音容笑貌，花开花落日月流转，"抗战高于一切，他们贡献了全部的力量……"丈夫部队的军歌总是萦绕胸怀。2011年，对着盐城电视台的镜头，远在澳大利亚的九旬老人又唱起了这支军歌："国民党，共产党，现在站在一条线上，抗战高于一切，他们贡献了全部的力量"，老人的歌声激越高扬，老人的泪水恣意纵横，老人流着泪唱着，将今生今世的生死爱恋尽情挥洒……

歌声在南京挹江门八字山公园的"中柱亭"间萦绕回荡，那是人们对抗日殉国"断头将军"永远的忆念；歌声在南京三牌楼狗耳巷里回荡，那是将军牺牲后国民政府为王志芳及儿女居住而修建；歌声更在中柱的家乡，建湖草堰口中柱中学回荡，"中柱中学"，这是王志芳捐助的以丈夫名字命名的中学，她还设立了"中柱奖学金"，已连续十几届。

烽火硝烟的日子远去了，串场河畔绿柳若烟妊紫嫣红，烈士陵园青松伟岸紫薇柔情。志芳老人的歌声在岁月的深处在轻扬的春风中再次响起："国民党，共产党，现在站在一条线上，抗战高于一切，他们贡献了全部的力量……"

美人若荷

荷是团里的大美人，舞蹈队的主演。芭蕾舞剧《白毛女》中的喜儿A角。甜美又恬静，红上衣绿裤子一条大辫子的荷倾倒了小城的老老少少。"一帮一，一对红"，长我十多岁的荷成了我的舞蹈老师兼教练。

天还黑蒙蒙的，5:30，荷的红色小闹钟就催命似的叫个不停。敲着我的床框，荷发话：练功的时间到了！我一骨碌爬起来，军大衣一裹迷迷瞪瞪拎着芭蕾鞋就往练功房冲。荷翻了一个身，继续睡她的美容觉。一身汗淋淋地从练功房回来，7:30天大亮了。荷坐在小桌前，对着她那红塑料框的圆镜子，左侧侧面、右侧侧面，精心修她的柳叶眉。桌上，是一束带露的小花，在玻璃瓶中。

上午9:00排练。荷拎着芭蕾鞋一分也不差地来到练功房。荷会来看我：擦地，脚要擦出去而不是提出去，对！腰，腰拎起来不要松，胸挺起还有肩，向下沉向后开。要舒展！荷完成了老师的职责，就悠悠地走到排练场中间，与乐队还有杨白劳或是大春合成她的"扎头绳""北风吹"。荷的舞感真是好，一进入角色，一举手一投足无一处不到位，柳叶眉下又圆又大的眼睛流转顾盼，一颦一笑锁住了所有人的视线。

荷穿衣打扮非常讲究，衣服有时是自己做。第一次见她，她正坐在床上，剪裁一块粉色白格的泡泡纱，说是做夏日的睡衣。知了还没叫呢，荷早早地穿上白色的连衣裙，腰间宽宽的腰带系出精致的蝴蝶结，晨风中，飘飘地立在荷塘边。冬天，灰色的长呢大衣，同样束出细细的腰，配上一条长长的红围巾。也有女演员学着荷的打扮，但终没有荷的气质和风韵。

到外地演出，团长总是要带几位主要演员去拜访当地的文化部门的头头脑脑，荷从来不肯去，有一次走半道上了又折回头说是肚子疼。遇到这儿那儿请团里的演员参加宴会或是舞会，哪怕点着名让荷去，荷总是这不舒服那有啥事。荷端着她的饭盒，沿着绿绿的池塘袅袅娜娜向大食堂走去，静静地。

没见荷高声说过话，也没见荷大笑过，总是似笑非笑，也没见她生气过。荷不打牌也不串门，要不在房间看书要不就沿着艺校园的池塘漫步，一个人。荷叶绿绿，荷花粉粉，飘逸又冷凝的荷。荷离开得很突然，说是回省城结婚。帮荷一起收拾行李书籍，荷请我喝可可茶。

月光泠泠，星子疏疏淡淡。荷看着荷塘说她15岁穿件月白色的连衣裙到南艺去考试，其实开始学的是声乐。荷说，学东西，要用脑子想；跳舞，要让胳膊、腰、腿都会说话。荷又说：对外界的东西要有距离，保护与坚持自己，尤其是内心。荷似在对那一塘的绿绿粉粉的荷叶啊莲花的说话，荷的声音与月光一起冷冷地，飘进我17岁的耳畔直至今天。荷走了。也没有再联系。每每想起，是泠泠的月光，还有满池塘的荷，静谧无比地亭亭玉立，绿绿粉粉，凝露带霜。

三十年没有联系。陆续地听说，荷在那所学院教声乐，知道她嫁给了一位高个儿的华侨画家。在电视屏幕上很偶然地见着她。是高校教师文艺会演，三位女教师，在唱《星星索》。中间那位不是我的美女老师荷么？文工团团庆，许多人说荷可能不会来。可荷却回来了，大红的毛衣长外套，里面是修身的牛仔服，黑色的绸结绾起一束马尾辫。我有点眼花，大家都有点眼花：这哪是60岁的荷？这不还是30年前的荷么？！

　　光洁的面庞上，精致的柳眉下，是大而圆的眼睛。荷美人，似笑非笑又优雅淡定地向我们走来……

花妹妹的店

"花到了!"手机信息才一响,就有人敲门。请进!我知道,不是花到了,是她到了。

她总是和我说,想开间小花店。春风里,在柳树下遇见,她乌黑的长发上洒着星星点点的柳絮,秀丽的面庞上全是神往:要是我开间花店,柳枝是不可少的。你看这葱绿夹着嫩黄,这柔软的枝条,是春花最好的配饰呢。夏日的林荫道上,一袭黑裙袅袅娜娜的女子叫我,走近才看出原来是她。你说栀子花为什么花店不用?这柔白这清香!她把玩着手中一束栀子花认真地问着我,又将花插进我的发间。这秋风中知我小有不适,她坐到了我的面前。两句话问候,我抢着说:嗅到楼下的桂花香了吗?为什么花店没有桂花呢?香一季醉满心呢!她开心地笑了起来。

于是,照样还是谈花。她说:这现在的花店啊,花束也好花篮也好,千店一面,你看你看,康乃馨、玫瑰、天堂鸟都是按价格来配搭,不管和谐不和谐。室内的茶几上正好有朋友送的一捧花,很繁杂又热闹地绽放。她也说的是,这花搭配得有点乱,色彩太重了。喝着绿茶,她说这花色一定得和谐,这是插花的基础;这花型一定得协调,大的小的得放在该在的地方造型才漂亮。我说:满天星,绿绿白白的,安静素朴我倒很喜欢。她为我续上茶:满天星必不可少,每束花都需要这样的素朴,默默地做好配角。环顾着书房她兴致勃勃:其实呀,书房里如果就放一束满天星倒也真的不错。我说:客厅大,倒是可以放些丰满鲜艳的花儿,带点动感与喜气……她说她的花店要么不做,要做就做最有特色与个性的,与年龄与性格与送花人与受花人的职业喜好都要协调。她眸子里流光溢彩全是花意,她说开花店你得帮我取个名,我说早想好了就叫:花妹妹的店。你喜花你爱花你名字中又有个"花"。她抚颊浅笑出一派妩媚:正是。目送她窈窕修长的身影离去,想想这样蕙质兰心的女子开间花店肯定漂亮与雅致。

其实,她知道我也知道,她工作是那样地忙,也只是纸上谈兵口中说花罢了。想着开花店,只是忙碌尘世中一个美丽的梦。将来退休或是我提前退休总是可以吧?她这样安慰着自己。

那日去东边办事,就想着去看看她。走进机场,候机厅大门前是四株绿意深浓的迎客松,门边是硕大的有一米多高的花瓶,火红的天竺子蓬蓬勃勃很是热情。大厅里若有若无的是什么香气?是香水百合!服务台上那一束柔白与粉红证实了我的嗅觉。几位老外在天竺前指指点点满面笑意,一对背着包的小情侣驻足在香水百合前,那小姑娘拉长声调撒娇:新房里要有香水百合的呀!一位穿制服的服务员搀着一位老人仔细地将她安置在靠安检的座椅上。她不在,我去一趟洗手间,那化妆镜边的小花瓶中竟然插着绿绿的竹叶还有这个季节我们苏北平原上四处可见的野菊花,金灿灿绿生生密匝匝的很是炫目。她不在候机厅,也不在办公室,透过玻璃见她办公室桌上也是一大盆香水白合,茶几上一束粉白粉红绯红深红的小花,茂密的龟背竹在墙角撑开绿意一片,连西墙橱柜的小格也从上到下缀饰着小小的盆景。

她在会议室。她在那儿帮着几位空乘人员排节目呢,为机场开通香港航班的节目。六位空姐着深蓝制服,七彩丝巾于颈下斜系出一朵花结,在音乐声中拖着红色的拉杆箱走上台,且舞且歌。只见她做一个暂停的手势:不要紧张,要微笑,发自内心地笑,看过花儿是如何开放的吗?花儿是怎样微笑的吗?——对,满心喜悦,像花儿一样开放!你们,她走向边上三位在蓝天与巨大的飞机背景前做造型的小姑娘:别以为站在这儿没人注意到你,你们是这个节目展示的核心:机场人的向往与追求!对,手臂向高处扬起,还有,下巴也轻扬向蓝天,动作与表情要协调。面带微笑啊……

满面微笑的她转身看见了我,迎着她的笑意,我看见会议室靠墙的边上两排小盆,都是草花,瓜叶菊、一品红还有紫萝兰、红海棠,七彩斑斓又错落有致。循着我的眼光,这位民航站的美女站长,全国164个民用运输机场唯一的女站长巧笑嫣然:等不到退休了。你看,花,是多么好看啊!

此生只为牡丹香

粉红、嫣红、雪白还有深色的紫红的,杯口大、碗口大小、盆口大的牡丹花儿扑面而来。左边是,右边是,前边是,后面还是!看多了是一株半株的牡丹花,宝贝千金似的供奉在这个花盆、那个花亭中,可如这密密匝匝又丰润无比蓬勃绽放——这么多的牡丹花,还真是让人有点猝不及防,甚至震撼。你看,这茫茫的田野,这空旷的车道,忽地就跳出这幅华贵丰饶花事热闹的园子。这就是朱老先生的牡丹园了?是的,就是了。

听说这乡野僻壤有着一牡丹园与养花人是多年前的事儿了。说是一位朱姓农民,儿时听私塾先生说了牡丹花与武则天的故事,就在那座古庙旁,就在那株上了岁数的苦楝树下,八岁的孩童不知道什么叫"国色天香",但心中种下了牡丹花的种子,从此心心念念、牵牵挂挂、风里来雨里去六十多年。

那年那月,家里养的猪让十八岁的他赶到集子上去卖,猪卖了可以买粮票再买米面回来。他多跑了百十里地到盐城去卖的,为的是卖一个好价钱。摸着那几张薄薄的票子,他忽地不管不顾跳上了去洛阳的长途车,他要去找在他心中驻足了十来年,却还未曾见过的"国色天香"。从千里之外的洛阳回来,他手中的票子光光,只有怀中抱着那宝贝牡丹树根。

春雨春风，在他日夜的注视与牵挂中，来自洛阳的牡丹树根在自家的园子前，竟然萌了一叶叶绿一点点的嫩红！欣喜若狂的他蹲下身子看了又看，一如自己才出生的儿子恨不得搂着亲上一口。从这一株牡丹起，一株花、两株花、三株牡丹花，红牡丹、白牡丹、黄牡丹、绿牡丹直至眼前的这几株紫红发黑的牡丹极品黑牡丹。在牡丹园中徜徉，在花丛中随着小蜜蜂转悠，清香沁入心间。黑牡丹白牡丹红牡丹们在四月的春风中轻轻摇曳，灵性十足地绽放着丰饶的笑意。为这些牡丹，风霜雨雪太阳落星子起，吃了多少苦受了多少累？老朱只是淡淡一笑。

那三年自然灾害的日子，家中上顿顾不了下顿，他仍围着牡丹花打转，乡邻说他"花痴"了让他去看精神病。那一年，他被批斗游街：不长无产阶级的粮食，专长资本主义的花草，腐朽分子！他一脸无辜：资本主义是什么东西？那一年，"文革"结束，生产队叫他将牡丹花刨了种粮食，老朱要跟刨的人拚命，公社派人下来罚了501元钱，这张罚款单老朱保存至今。那一年，冰天雪地他跑到山东菏泽去寻牡丹，大雪纷飞啊，立在牡丹园门外雪人般的老朱感动了菏泽牡丹研究会的专家赵孝知。老朱开口就想买黑牡丹绿牡丹蓝牡丹这些稀罕花种，殊不知牡丹品种国家就少，这些个黑、绿、黄牡丹，在牡丹出口时也是一百株中很难达到一株。看着老朱叹气看着老朱红了眼眶，专家邀他住下连钱都不收送了他两株。都是爱花人呀。

老朱小园子的牡丹从最初的两三个品种扩充到四十多个品种。有着初中文化的老朱边干边学，摸索着牡丹生长繁殖中的劈根、授粉、嫁接。一般的牡丹都是春日间放华，唯有枯枝牡丹可以凌雪傲霜。老朱琢磨着，试验着，浇水、施肥、整枝再小心翼翼地嫁接、催花，比待自己的孩子还精心不怠。当那年中秋前夕的清晨，春日里已放了一季的牡丹忽地又打出两朵红红的花蕾时，老朱喜不自禁擦着泪水于凌晨中将家人全都叫醒，来见证、分享自己成功的喜悦。现在，老朱园子里的牡丹，谷雨、中秋、春节都有绽放开花的！

老朱喜欢有人来看花。老朱一如介绍自家得意的孩子：这种花儿呀，最大的直径有 20 来厘米呢！这种花色啊，你看粉红中有紫红还有深红，可是我园子中特有的呢！你看那株花儿，重瓣重了多少层呢！在牡丹花间转悠，老朱的笑意慈祥端端，老朱的眼神深情款款。牡丹花的姹紫嫣红，就漫溢在了老朱的面庞上，漫溢在大半辈子与牡丹相伴的岁月留下的沟沟壑壑中了。

看车人和他的书社

初夏午后的阳光已经有点热辣辣的了,站在这座位于城郊结合部,显然有点破旧的磷肥厂门前,我才知道我要找的顾吾书社还不在这厂子里边。传达室的小伙子一听说我是找书社的,立马热情起来,口里说着手比划着又送了我几步。于是,我折回头顶着太阳往西走,再顺着那条坑洼不平城中已不多见的泥渣路往北走,绕过那堆状如废墟的旧机器,再往东走,原来是厂里的职工宿舍。问及两个走路的孩子:认识顾寿义吗?知道顾吾书社怎么走?那两个孩子来了劲了:就前面啊,你看,那一排平房中间那间就是他的家,书社就在那东边嘛!

是现在已基本见不到的老式平房,那种上个世纪六七十年代常见的涂着紫红色油漆业已斑驳的木质门窗的红砖平房,一块白色木牌上赫然闪耀出四个红字:顾吾书社。这就是那由青工自发办起的全国唯一的工人书社?就是那培养出许多小有名气的文学爱好者,被誉为"工人作家摇篮"的顾吾书社?"顾吾书社"四个大字在阳光下鲜艳夺目,个儿不高瘦削憨厚的顾寿义站在那儿。我们通过电话,一听那鼻音很重的普通话,我就知道这就是书社的发起人和主人了。

二十来平米的顾吾书社因挤满了书而显得满满当当,北面靠窗是一台21寸的电视机，南面靠窗则是一张老式四方桌，四张拼在一起的条桌放在屋子的中间，围在四周的有长长的木椅还有长板凳，这就是阅读看书的所在地了。我的身后是写着陈昊苏赠、周克玉赠的两个大书架，里面的书满满当当，从政治理论书籍到《红岩》《钢铁是怎样炼成的》《欧阳海之歌》等小说还有贺敬之的诗歌等。更引人注目的是书架上方高高悬挂的贺敬之、魏巍、林默涵、顾秀莲等人的赋诗题词。再往上看是房顶了，我看见的是多年未见的木质桁条，不粗却散发着油亮亮的光泽稳稳地撑起这间简陋的平房。

青年工人挤满了书社。顾寿义说每日都有五六十人到这书社来看书，中午休息时，晚上下班后。1983年，18岁的顾寿义将一只小木书箱背到厂里到今日，23年来这儿看书的人不断，由此而爱上文学和写作的人有许多，有的小有成就，有的甚至加入了中国化工作家协会，还有位青工去年在《读者》上就发了五篇稿子。现今的许多企业都不景气，书社有没有专项经费？话到口边又打住，我看到摆在我手边的一次性口杯上面注的是中国联通的字样，我看到桌上放的记录本是一文化公司的赠品，顾寿义说他们还发动读书和爱好写几笔的人评报：《半月谈》《中华英才》《中国青年报》等近十种报刊，这样既可以无偿地看到报刊，每月还有二三百元评报费，我们还帮一些企事业单位搞策划，为农民提供法律援助。与市场接轨嘛。再说，关心和支持我们书社的人也很多，顾寿义的目光扫过了我刚才注意到的书架、条幅、题词还有桌上的口杯、文具和记录本。

顾寿义带着那厚厚的镜片一圈圈恐怕有500度的近视眼镜，他说他们自办了一份《吾园》的32开的文学杂志就要印出来了，我见他看手中的稿子眼睛几乎贴在上面，想了想忍不住问：你以前在厂里面是搞宣传的吗？顾寿义说：我是厂里看自行车的。我一愣：现在还是吗？顾寿义推了推镜片很认真地说：现在还是看自行车。

同名的女孩

你与我的名字一样，同姓，名亦同音，只是中间一个字"晓"与"小"的区别。我们的父亲在同一座办公楼里上班，自然，我们也住在同一个家属大院里。你比我大一岁，又同一个年级。自然，亲如姐妹。上学放学同来同往。

槐树花白白的、紫紫的，簇簇拥拥挨挨挤挤争相竞放，好似我们在学校大操场上练广播操最后一个造型的张张笑脸。背着书包我站在老槐树下出神，腿都挪不开呢。怎么以前没见着这么热闹的花事？脖子仰得酸了。你说快走快走，要迟到了。我一步三回头。你生气地将书包往地下一扔，抱着树干蹭地上去，我还没转过神来，一大把连枝带叶的槐花就到了我的怀中。清香啊直抵我的面颊与心房。上课去！你拖着我跑。

你是在乡下长大的女孩，今春转学进城的。那日，你父亲与我父亲笑笑地说：两个孩子一起上学，有个伴呢。你能干心眼又好，个儿高我半头。我真是羡慕你啊，打毛线两只手上下翻卷，一会儿毛线球就小了下去；你洗自己的衣服还有你爸的衣服，在搓板上"哧哧哧"顺溜溜地；你不会拍皮球，但掷沙包你又狠又准，我们这一方得胜而归。更重要的是，我们一起上学，途中再没有男生欺负我了。你一只沙包恶狠狠地掷过去,你要砸他的眼睛不会砸到他的嘴巴上。

你头疼的是英语和作文。在乡村学校读到初一的你26个字母读不全,你捧着英语书长睫毛一闪一闪地:为什么要学这个东西?长大又不当外交官。还有作文。你看着我那被老师画了许多红圈子的本子,愁眉苦脸:晓晓,你长大去做记者吧,或者去跟你爸爸做秘书。我是不行的。而你的数学成绩好,心算尤其地快。你说在以前的学校里,小学考初中算术是满分!就是这满分,才使你爸动了将你转进城读书的念头。你黑红的腮帮上漾出两个骄傲的酒窝深深的:我长大,做会计!你还有两个姐姐,都在乡下的中学读书。

才初二呢,你忽地就蹿个儿了,以前的衣服穿在身上紧绷绷地,胸前凸起两小块。你满脸通红地跑到我家说怎么办。你是有主意的女孩,你向我妈讨一块长布片,妈妈说女孩子发育很正常,这样对身体不好呢。你执意地要,都要哭了。第二日上学,你很得意:我和你一样了,什么也看不出来。我那时又瘦又小,妈妈老是说:哪像中学生呢!很快,入秋了,妈妈让你不要再裹着自己了,衣服穿多了,也就看不出来了。

你越长越好看了。头发长了我妈为你编成两根小辫子,系上了和我一样的咖啡色绸结。你脸上的黑红早已褪去,圆圆的脸庞上有白有红的。你长高了,两条腿长长的。妈妈喜爱地说:真是女大十八变呢!班上的好几个男生都在悄悄地注意着你,有事没事在放学和上学的路上搭讪你。连老师都看出你的漂亮,在广播操比赛时,将我的领操换成了你,说是让我重点准备朗诵比赛的领诵。我为你高兴心中又隐隐地不舒服,说不出来。

桂花香啊,我们上学路上的那排桂花树从招待所的墙头上伸出来,得意洋洋地灿烂着笑脸,我心底眼中全是那蜜甜的金黄漫溢的香气。可你已看不见我的心思,只是背着书包似大姑娘般地走着。

在学校,你也不再孤单,你有了很多朋友,男生、女生。两节课后,你在排球场上与邻班的男生扣打着圆滚滚的排球。为你看了一阵书包,我说回家不?你笑着喊:你先回吧!

那个寒假,你依旧回了乡下过年。走的时候,你说晓晓啊,回来我带玉米糕还有南瓜子给你吃!小的时候总是啊,上学的时候盼放假,假期中又是盼开学。好不容易开学了,第一天早晨你没来我家等我。我等了一会儿看时间不对,就去了学校。到了班上,你身边已围了一圈同学,手中有的是玉米糕,有的是南瓜子,满教室都香香的。你没看见我。坐在座位上,我拿起新学期的语文书独自读了起来:桂林的山啊桂林的水,最美美不过漓江水……

春风儿吹呀,小草儿疯一样地直蹿。有时候,放学我和你一起回家,也有时,难得的一次,你钥匙没带,我们一起做作业。但上学时,就各走各的了。妈妈还是说啊:要好好照顾你。隔三岔五要我叫你到我家去吃饭。其实,13岁的我隐约地感到,照顾,有时,也会是一种负担呢。月季花欲说还羞地悄悄地笑了,槐花儿在高高的枝头上向我打着招呼。仰着脖子看啊,白色的紫色的花。阳光斑斑驳驳金亮亮地,刺痛了我的眼睛。

这个春天短啊,好像没有穿毛衣的时间就穿衬衫了。妈妈替我织的淡绿的那件毛衣,阿尔巴尼亚针的,领口有着两只绒球,穿了几次就不能穿了。那日我穿到学校,女同学围着我都羡慕得不行。你长睫毛扑闪扑闪嗓门儿亮亮地:我也会织。其实,现在流行元宝针了。女同学立刻围着你讨教元宝针的打法。

我们宿舍大院的东边有一片大大的水面,现在想来是一个大水塘吧。小的时候,我们是称为东大河的。那次,写作文,为了形容水波的感觉,我和你去看河水,看太阳光照在水面上金亮亮的,风儿吹来啊,似一块金色又难以捉摸的丝绸飘忽在眼前,绿色的水草也在泛啊波的。"波光潋滟",后来,我在词典上查到这个词,毫不犹疑地用到了作文中去。你看到老师在这四个字下面打的红圈儿就有点生气：这个词，为什么不告诉我？！那日，我和你还在水面上照着自己的面容。你说，看晓晓多洋气啊。说这话时你有点忧郁。我说，妈妈说你好看呢！我们的笑声和着风儿在水面上漾起一圈又一圈的波纹。这样一说已经都快一年了。

风儿吹在身上热得很，午睡时，"知了——知了——"有只蝉儿都高一声低一声的了。忽然，一日中午，你神秘地在我家的窗外招手：晓晓啊，出来！快！好长时间你都不来找我了。我很高兴：干嘛？！游水去！反正下午没课。你耳语。你是湖荡边长大的女儿，你从来将"游泳"说成"游水"。我犹豫，我说我不怎么会。再说，妈妈从来不准我和小朋友们下水的。妈妈说这东大河很深的，水草又多。你拉着我说出来出来！你与我说话带着命令的意味。马路上，你已召集了七八个女孩了。

那个夏初的午后好静啊！除了蝉儿，似乎所有的人都去睡午觉了。老槐树的枝叶蔫着个头。

看着你的脸色冷了下来，我想了想：去吧，我替你们看衣服。你笑了起来：快！下水啊！东大河那时真是清澈得见底儿，都看得见小鱼儿在里面摇头晃脑甩尾巴。大院子尽管有了自来水，但许多人家淘米洗菜投衣服还是到这儿来的。你们几个从码头上走了下去，穿着红上衣的你得意洋洋地趟在最前面。这静谧的水面瞬间五彩缤纷起来，两只蜻蜓欢喜地翩翩而来。这河岸边的水真的不深，好几个女孩都站在齐腰深的水中泼水玩。你掬起一捧水向我泼来，没头没脑。我尖叫起来，你说衣服都湿了还不下来！我坐在码头上心中暗想：就是不下！我不喜欢你说话口气中的霸道。

美人鱼！你好似一条红色的美人鱼呢！你在水中领先向对岸游去。侧身，你的双臂左右交替，你大叫：自由式！正身，你双臂拨着清波，两条腿一蹬一蹬人就蹿出好远，你大叫：蛙泳！反身，你悠悠地躺在了河水上，或是河水托住了你，这样看来，你的腿更长了，两只手臂和着笑意打着水花，站在对岸的河边你又大叫：这是仰泳！我们在岸上的，在河中的都看得眼花缭乱，真是漂亮！你感觉到大家的赞叹，更加开心了。看我的！从对岸一下子扎了猛子，人就不见了。我在岸上，开始还见着你红色的身影在水波下翻腾，一下子又看不见了。才纳闷着，你得意地从我前面哗地一下钻了出：这是潜泳！你不会吧？！

太阳太热了，淋湿的衣服粘在身上，难受！我说：我回家了！你早已和她们几个笑到了一起。一路跑回家，换掉湿衣服，捧起一本书躺在凉席上，看着看着就朦胧了起来。水花，笑声，红色的美人鱼，绿绿的水草，清粼粼的河水……我是被屋外的脚步声惊醒的，许多人跑着，嘴中叫着。头好重啊，太瞌睡了，再睡，翻了一个身就忽地醒了！满脸的汗水。外面好像有人说：有人落水了！

穿着木屐呱嗒呱嗒我也跟着邻家的大人往东跑，河岸上密密地都围着人。从人群中挤过去一看，头就炸了！不是你么？！红衣的你湿淋淋地躺在那儿，脸上煞白白的，似睡着了，黑发好几缕散在了额头上，粘着水草，左面颊上还有一点泥巴。让开，让开！机关医院的两个穿白大褂的医生挎着药箱蹲到了你身旁，那个男医生双手叠起在你的胸部一下一下地按了起来。忽地，你嘴巴似乎动了一下，我失声大叫起来：好了！那男医生眼神冰冷地向我看了一下，又起劲地一下又一下地按着。四周一片寂静，那么多的人啊！蝉儿也没有声音了。那几个一起下水的女孩的脸都白了，湿淋淋地站在那儿。

忽地，听到有人一声大喊带着哭腔没命地挤到了前面，是爸爸的声音！晓晓！我奇怪爸爸的声音怎么这么怕人，抖抖地颤颤地天塌下来似的。我挤到父亲身旁：爸！满头大汗的父亲一下子将我搂住：是晓晓！是晓晓！后来父亲说是在办公室听说大院家属区一个女孩落水，正在抢救，好像是叫张晓什么的。没命地蹬着自行车回家，一看家中没人，头一下子就嗡了！你的父亲紧跟着也到了，面色煞白地蹲到你的身边，络腮胡子中都是泪水啊！你父亲替你将头发捋到脑后，你父亲用手绢擦去了你面颊上的那块污泥，又将湿淋淋的你抱在了怀中，一步一步地回家了。

我们一群失魂落魄地跟在你的身后，木木地跟在你父亲的身后。泪水满面。为什么是你？为什么是会游泳的你！她们几个说你反复地在河中穿来穿去，她们说你还教她们潜泳来着。她们说都不知道你什么时候不见了，还以为你猛不丁会从谁的脚边、腿旁笑着冒出来呢。后来她们的喊声在河水上打颤，惊破了夏日午后的寂静，也惊动了大人。不是在深水处找到的你，就在岸边不远，水草很茂密的水面下面。

为什么是你啊！如果，那次我不走开，就坐在码头上看你，看你们游泳，你不见了，我肯定一下子就会发现；如果那天一开始我就不去，也霸道地不准你去，你现在还和我坐一个教室；如果我们还如去年时的亲如姐妹，我真是可以不准你去的呀……在以后的岁月中，我上大学，我恋爱，我结婚，我生子，我的儿子上幼儿园、小学、中学，我都会想起你。如果你在，你也该这样了、那样了……

你就这样消逝了，无声无息地。初三开学时，你的座位上很快又坐上了一个女孩，从农村转学过来的。黑红红的脸庞，英语很差，代数很好。

白色紫色的槐树花又开了，槐花儿在高高的枝头上向我打着招呼。仰着脖子看啊，白色的紫色的花。阳光斑斑驳驳金亮亮地，刺痛了我的眼睛。

怀念一个人

你是在春节前来到我们团的。

那天雪好大。纷纷扬扬，纷纷扬扬。

练功房里却是热闹非凡，都在赶排《红色娘子军》。《泼水舞》上！导演扯着嗓子。欢快些，哎——笑起来！热烈！热烈是什么，不知道吗？！

几遍下来已是满头满脸的汗。

挟着一股冷风，披着黄大衣高高大大的你在副团长的陪同下站到了排练场上。你和蔼地笑着，与我们一一握手。当时，觉得你长相有点像毛主席。不过你一开口，我们就笑开了，地道的滨海方言。也是我们平时经常取笑北三县来的学员的口音。说你是部队转业的，从北疆转业回来，怎么普通话都不会说！那么，说湖南话也是可以的啊，我们笑成一团。

年轻的舞蹈演员，美貌如花。走在街头眼中无人又回头率那么高的女孩子们，骄傲得紧啊。随便地嬉笑着碰了一下你的手，就又舞开了。你好奇地摸摸把杆，又看看整墙的大镜子，说是还没看过这么大的镜子。你坐在那儿看了我们一会儿，看我们合成第四幕《万泉河水》那一场，笑眯眯地。你扭过头对副团长说：和样板戏一样一样的！一样一样的！后来，这"一样一样的"就成了我们的口头禅。

我们觉得你好老了，比老导演还老，其实，现在想来，你也就五十来岁吧。你脸上皱纹缕缕的，两鬓都花白了。你个儿高，人有点胖，走起路来背着手。那日，我们三个年龄小的学员排着队背着手跟在你后面踱步。你一回头，我们吓得就逃，你大笑：这些孩子们啊！老导演狠骂我们：团长是厚道人！你真是厚道人。你到团里一个星期，我们练功房里装上了铁皮管道，贴着墙的七拐八弯的铁皮散发着阵阵暖气。你说，寒冬腊月的，孩子们练功，穿得单衣薄衫的，冷啊！那时煤炭计划供应，偌大的炉子一天要烧多少煤？你想想说是个问题。据说你后来找你的战友解决了问题。反正，那个冬天，宿舍楼屋檐下冰凌当挂得一串串的，太阳一出，冰凌化了地上又是一层薄薄的冰，走路直打滑。但练功房里整日暖融融的。那两个最懒的男生也觉得被窝没练功房暖和，穿上练功服军大衣一裹也冲进练功房来了。你笑眯眯地背着手进来了，我们高呼：团长万岁！你舒心地笑着，手直摆。

但很快，我们就对你就有了意见。春节放假结束，家在苏州的两个女学员很漂亮地出现在我们眼前：鲜红的开司米长围巾，额前的刘海妩媚地卷曲着。这么洋气啊！男生的眼睛亮着，我们则迅速地打听着是在苏州还是在上海买的，是在南京路还是在淮海路妇女用品商店购的。南来北往的人多啊，很快我们就都武装了起来。我请人捎来一条大红的，也有的选那种深玫红的。大围巾一直包着脖颈和面庞，只露着两只大眼睛。小城还没有烫卷发的，可女孩子聪明啊，到有家室的老师家用铁火钳子稍稍一弯，就漂亮起来了。那日全团开大会，近百号人坐在会议室里，你才将工作布置完，忽地就开了腔：我看舞蹈队的女孩子啊，长得漂亮打扮也不错，一个个全是古兰丹姆么！你似笑非笑地：心思不要全用在打扮上，多用在业务知识的学习和练功上。老团长什么意思？散会后那两苏州学员红着眼圈说已被副团长找了谈过话了：不朴素！思想意识不健康！那以后，我们就不理你。看到你走过来，相互指着：女特务！古兰丹姆！

你很关心我们的练功。以前我们练功都是业务副团长问。你来了以后，主要也是定下《红色娘子军》"五一"要公演之后，你常常笑眯眯地背着手来练功房视察，你看看也不说什么。但那次你忽然大手一挥：停下停下！正是吴清华逃出南霸天家又被团丁追上挥鞭抽打的那一幕，我们几个跳丫环的欲解救清华又无法挣脱团丁。你虎着脸指向我们：还笑得出来？一点阶级感情都没有！我们委屈：是排练么！排练也要带着真感情！你嗓门大了起来。这话你说得是对的，但我们却不愿意听。一点艺术也不懂，还来指手画脚！其实，有次你在练功房说这动作很好看！你说的是我们练功组合中的"阿拉贝斯"，中译则是"迎风展翅"那个舞蹈动作。我们坏坏地笑着：是阿拉贝斯！你嘟囔着什么阿贝贝子？你看我们走"五位"足尖碎步，额头上全是汗珠，会心疼：脚放平了吧！非要别在那干嘛？我们立刻变成了脚跟走路。导演一脸无奈地笑，你大笑。不懂艺术，不懂舞蹈！年少轻狂的我们觉得你的笑有点蠢了。看也看会了啊，阿拉贝斯都不懂！"五位"做一个我们看看？你还是那么蠢蠢地笑着。

但我们嘲笑着你艺术上的无知，又理所当然地享受你对我们的关爱。你总是笑眯眯地指着那眉清目秀个儿高挑的中年妇人说：我家属。我们很奇怪高高笨笨的你怎会有这么个漂亮妻子，据讲是乡下的民办教师。每隔个把月，你家属会来你的单身宿舍拆拆洗洗的。每次来的时候，米饭饼、豆豉什么的也会跟着来了，有时候还有那种水灵灵的白萝卜，一咬脆生生甜津津的。你老是笑眯眯地喊我们：来，尝尝看！于是我们毫不客气地老去尝尝。你妻子浅浅地笑着，手中总是在忙碌着，我们吃着就会说：团长，当年你是怎么将师娘追到手的？你就大笑：是她追的我！你妻子脸就红了。春风拂啊拂，杨柳花儿飘飘洒洒。你和你妻子一起在自来水龙头那儿洗被子，一人一头扯着劲绞，蓝白格子的床单清清爽爽地已在铅丝上悠悠地舞动。团里也有单身的家在苏南的老师，遇上洗衣缝被的事儿，请女演员帮忙是常事。你从来不，你都是等妻子来一起洗。有次天阴了，你一个人吃力地在缝被子，两个学姐要帮你的忙，被你赶了出来：练功去！我在部队那么多年，这个活儿做得了。

学员的实习期满，要转正了。转正，是有指标的。35个学员，只有28个转正指标。谁心中不在乎呢！尤其是家在农村的和好几个苏南知青。但最忐忑不安的是那几对有着谈恋爱苗头的学姐学兄。不准抽烟不准喝酒不准谈恋爱，是文工团对学员第一条铁的纪律。但青春和春风儿一样，说来就来了呀！晚上，艺校园那向北的大道上，繁密的合欢树下，暗色中总有一对、两对的身影，回宿舍的时候，长发上粘的是粉粉的合欢花瓣儿，眼中亮闪闪的都是喜悦和神秘。大家心照不宣。在大会上被团长批过两次后，这几对就转入地下了，身影儿据讲转移到了城北的公园去了。同龄人好理解，逢到查宿舍的也都编个谎就过去了，再喜滋滋地等那逛公园的回来捎来好吃的。现在，到了收获苦果的时候了，那几对甜蜜蜜的都苦闷闷地等候末日来临，所有的地下活动刹那全部停止。那时我们不知道你也在苦闷，不知道你整日里跑宣传部跑人事局，更不知道你一直跑到分管的专员那儿：能给我们团增加转正的指标吗？我们的学员都是业务尖子啊！我们只知道你要处分那几对违反规定谈恋爱的，只知道你报复的机会到了，那其中就有那个老是当着你面拉着长腔：阿贝贝子呀！我们觉得你原来并不蠢，你的笑里藏着刀呢。喜讯是意想不到地降临的：除了声乐队两个苏南知青在插队之地得到回城的指标自愿走之外，其余33名学员全部转正。大家都很高兴，都觉得应该，甚至觉得是上面加拨的指标没有使团领导当然主要是你报复的阴谋未能得逞。

　　离"五一"越来越近了，转正的喜悦使大家更加地刻苦练功与排练，你很高兴，走路也哼着"万泉河水清又清"，黄腔走调。我们晚上合成得迟，你甚至到厨房去帮厨。我们衣服上带着汗会湿湿地冲进厨房吃夜宵，你正和大师傅一起坐在案边后唠叨，又似位慈父与大师傅一起往急不可耐的我们手中的饭盒中，放进红烧肉、菜馄饨还有榨菜肉丝汤。我们不知道感谢，我们觉得自己最辛苦，自己最有功劳：离了我们，还有芭蕾舞剧《红色娘子军》么？服装都做回来了，新芭蕾鞋也买回来了。只欠东风，只等4月30日的彩排了！

　　忽地，我们就不见了你。一天，两天、三天、五天、七天。我们忍不住相互问着、打听着，可导演说不知道厨房的大师傅也不知道，副团长冷冷地说出差了。有人说，前两天好像看到团长师娘来了一下，拿了些什么又走了。奇怪的是平时团里也常有他不在你不在，领导出差是常有的事，我们并不在意，而这一个星期未见你，我们是这样地牵肠挂肚。终于，听说了，你住院了，住的是肿瘤病房。我们立即乱了起来，我们找到导演问能不能请假，就两个小时，我们去看看你，要不，就一个小时！导演斩钉截铁：不行！明天都彩排了！"五一"公演后再去。不通情理的导演说就是你的交代，谁也不能影响演出！这是上面交下的政治任务。排练场一片寂静。"万泉河水"的音乐缓缓响起，我们认真地捧着斗笠，五位足尖碎步，飘然而出……

　　公演是意料之中的成功，地区的领导上台接见我们，都说：演得太好了！太好了！远不是地区一级文工团的水平，和电视上的样板戏一样的。瞬间：一样一样的！一样一样的！你的话响在了我们的耳畔！在高度的紧张和兴奋中，我们一场接一场地演出。晚上演出，白天排练，多少单位集体来订票，下面县里、公社包括农场都来订票，相邻的地区还派演员来观摩，导演说是建团二十年来从没有过的兴旺。你转院去了上海，我们盼着你早点回来，那个年代，十七八岁的年龄对肿瘤还没有什么害怕与恐惧。我们想着哪天你忽然走进排练场，笑眯眯地，手背在后面。

然而，我们没等到。我们根本也没想到你是被上海那家医院退了回来，腹部打开以后，肝癌晚期！扩散！我们再见你的时候，是在殡仪馆。你静静地躺在那儿。你的个儿大，那玻璃盒子怎么看也就觉得嫌小。我们辫子上都扎上了白绸结。我们一群疯了般地围住你哭泣，导演和副团长拖了这个又扑上去那个。他们自己也在哭，哭得不像样子。

漫天的大雪啊，纷纷扬扬，纷纷扬扬。

周围有人说：这些是死者的女儿吗？个个漂亮。

千金小姐

奶奶是坐着陈洋小街最大的花轿到爷爷家的。

秀眉丽眼的奶奶坐在花轿中,喜滋滋地。奶奶后来不止一次地告诉我:知道嫁给陈洋街小南滩家的书生,心里高兴着呢。奶奶的陪嫁多少个箱子多少擦被子还有红漆马桶惊了小街上的所有人,尽管知道张家的新媳妇家有钱。最让人多少年后还当话来说的是:貌美如花的戴家大小姐红绸轿帘一掀,先出来的是长长的水烟袋,全银的!在上个世纪三十年代春日的阳光中熠熠发光。

当我第一次听奶奶说这段历史,已是上个世纪七十年代。奶奶捧着她那承载了近半个世纪风霜雨雪的长长的银水烟袋,坐在藤椅上,夸耀地说着。看着奶奶的眼神自得地飘忽着,我心中的一个声音悄悄地说:地主的小姐,大地主的千金小姐!

奶奶的骨子里就是千金小姐。我那当教师的母亲老是这样说。

奶奶年轻的时候是美人,年老的时候也是个漂亮的奶奶。

奶奶每日里一早第一件大事好像就是梳头。刨花水一小盅,奶奶坐在梳妆镜前,用牛角梳子在刨花水中蘸一蘸再蘸一蘸,在头上左一抿右一抿,一忽儿那满头的黑发就更油光水亮了。奶奶夏天漂亮的白水竹布褂子冬日里枣红色毛衣,还有件黑呢子外套。邻居都说张家奶奶"俏正"。奶奶喝茶，枸杞子在沸水中与茶叶一起飘来飘去，红是红来绿是绿，家中有蜜枣，奶奶也会拈进去两个。父亲的同事来了笑：奶奶真讲究。奶奶走路用妈妈的话来说是"挺胸脯"，70岁的人啊腰背挺直，还要说妈妈：芬啊，批改作业腰不要哈着，你个子高，时间长了背就驼了。说来说去更要说我：女孩子啊，站要有站相坐要有坐相，走到哪儿都不丢份。奶奶还有一手绝活，就是将青蒜用刀划得细细的，用来炒肉丝。来的客人奇怪：冬日里哪来的韭菜？那个年月还没有大棚蔬菜之说。

老师号召大家加入红小兵，带着那张表格回来。指着"成分"那一栏我问，怎么填？父亲迟疑了一下，说填"干部"，妈妈脸拉好长，奶奶一声不响吸着水烟袋咕噜咕噜。第二天，表格被退了回来，我说老师说要填"成分"，妈妈说：你就填"地主"！父亲一声不吭，奶奶的水烟袋不咕噜咕噜的了，坐在藤椅上人似矮了一截。表格我没有敢交给老师，眼巴巴地羡慕着小伙伴左臂上那个绣着黄字的红袖章。在家里，看奶奶这样那样地，生出一股子委屈，进进出出就黑着一张脸。奶奶好似觉察什么，变着法子讨好我：晓晓啊，我替你梳辫子。晓晓啊，奶奶今天做藕粉圆子给你吃。晓晓啊，这是茉莉花茶呢，刚泡的。正在做作业的我手一挥，一杯热茶就打翻在书桌上，小小的茉莉花还没泡开呢，花骨朵满桌满地还泼洒奶奶一手。晓晓你要死啊！妈妈大声地呵斥起来。奶奶说孩子无意的，不要吵嘛。又没烫着。我霍地站了起来：我有意的！我趴在桌上大哭起来。妈妈劝了这个又劝那个。

其实，妈妈和奶奶不和，我早就知道。妈妈不止一次背地里向爸爸埋怨：你看你妈这个穷讲究！妈妈是贫农出身，师范毕业生，在学校又是业务尖子，课上得好，入党申请书打了好几次，可能也是与父亲这个什么成分有关吧。这是后来听讲的，但依我看，这不是她们俩人的主要矛盾。母亲的性格是较外向的，生活上更是不若奶奶讲究。

妈妈早晨用手将短发拢一拢，布包一拎就大步如风地上班了，奶奶叹口气会说：百雀羚手上也不擦擦。妈妈下班拎几捆菜几条鱼的带回来，奶奶看看会说：这菜蔫了这鱼瘟了呢。妈妈烧菜奶奶更是不入眼的：芬烧菜呀，总将锅台糟塌成垃圾堆呢！奶奶也真是挑剔，到底是地主小姐！妈妈悄悄地向父亲诉过苦。但妈妈做的菜真不如奶奶的好吃更不如奶奶的菜好看。我一会儿替妈妈这样想，一会儿替奶奶那样想。但发生了红小兵事情后，我看奶奶什么都不顺眼了。奶奶嘴巴比我们小孩子还馋，床头的大玻璃瓶子里，永远都有饼干啊油炸的馍头干，还有过大大甜甜的伊拉克蜜枣，夜里还吃，想来就是地主家小姐的坏毛病。我更不知道，妈妈以前在广播站做播音员，为什么又改行做了老师。成年后才知道，是奶奶整天在家中说：一大早就和一个男的钻到广播站的小播音室，人家会说闲话的。父亲说这是什么话呢，但奶奶天天唠叨唠叨，妈妈正好生了我，哺乳什么的不太方便，妈妈一气打了报告就调到学校做老师了。

  奶奶想掌控家中的大权，妈妈一直这样说。在我高中毕业那一年，奶奶的权力欲不可遏止地表现出来。一直活跃在学校宣传队的我，那年头对芭蕾舞着了迷。舞剧《白毛女》《红色娘子军》啊，看了多少遍还想看。雪花飘的日子，没有票翻墙头到地区大会堂看文工团的演出；烈日下跟到部队营房去看。剧中所有的音乐都会哼，所有角色的动作都模仿个八九不离十，甚至黄世仁、南霸天家团丁的动作。文工团要招舞蹈学员，这样的喜讯从天而降啊，直觉得天上的云彩都为自己而舞，树上的小鸟都在为我而跃：报名啊！奶奶捧着《参考消息》坐在藤椅上，顺便提及的是奶奶每日里报纸是必看不可的，从单位里将《参考消息》带给奶奶看是父亲每天的必修课。前苏联的"塔斯社"、英国的"路透社"发布什么，奶奶清清楚楚。奶奶一天不晓天下大事，就失魂落魄似的。那日，听我喜滋滋地宣布要报考文工团，奶奶老花眼镜挂在鼻梁上板着脸：不行！

父亲发话：也能。奶奶报纸往桌上一拍：就是不行！妈妈开口：也能。奶奶的权威受到严重的挑战，成了少数的奶奶涨红了脸：我们家的孩子怎么能去剧团唱戏！晓晓不准去！我也生气了：是啊，地主家的孙女是不能唱戏的！更不能唱样板戏！还不知道人家要不要我呢！奶奶嘴瘪了瘪眼圈红了，回了房间门"砰"地摔个山响。自然，我还是去了也考上了。父亲劝奶奶的理由是：不去，高中毕业也是要下乡插队的。孙女下乡劳动您舍得吗？再说，晓晓身子一向单。文工团不是戏班子，转正后就是干部待遇，以后再说吧。父亲送我去文工团，奶奶帮我收拾这收拾那又从她的小藤箱里摸了十元钱塞给我，哭了：女孩子在外，一定要管好自己！记得那年从扬州到高邮到兴化再到淮阴演出半个多月回来，宿舍里放了两封信，拆开一看，那娟秀的小楷上全是年逾古稀的奶奶对我的谆谆教导：不要挑食；要能吃苦；要听老师话；不要和男的来往。最后总是那句"实在不行，就回家吧……"

花开花落，奶奶老了，80多岁的奶奶与70岁相比远不止跨过了十来个春夏秋冬。自觉成了家人负担的奶奶不常住我家了，从姑妈家到叔叔家再到我家，轮着住。奶奶早已收敛了那颐指气使的气势，"不行""不好"这样的词奶奶早已不用了。只是，讲究依旧。头发每早还是梳得溜光水滑，只是用上了妈妈的护发素；奶奶的衬衣都是妈妈洗，奶奶说洗衣机洗不干净，50多岁的妈妈用手替奶奶洗，奶奶坐在妈妈身后挥扇子；奶奶喝茶还是很讲究，茶杯里还是五颜六色的花呀枣的，连妈妈也跟着喝上了；奶奶报纸看不清了，每晚7：30贴在电视机前看新闻联播，中央一套。奶奶看到我下班回来就老是喜欢地说：晓晓那年要唱戏去，我偷哭了好几次。但到底是我们家的孩子，考上大学，毕业后和她爸在一座大楼上上班！但奶奶真的老了，那次，竟然和我3岁的孩子打了起来。奶奶和重孙子一起玩八路军打日本鬼子的游戏。重孙子自然是想做八路军，奶奶也想当八路军，但只好依了小东西。"砰"地一声，日本鬼子被八路军打倒了，可奶奶坐那儿英雄似的巍然不动。小"八路军"双手叉腰说是鬼子为什么不倒下？可奶奶说我这一辈子就没倒下过，要倒你倒，你当鬼子⋯⋯小的又哭又闹赖在地上，奶奶拉又拉不动，忍不住手中的蒲扇就打了上去。一下班推门就见小的满脸是泥是泪是鼻涕躺在地板上，没问清原委就对小的来了几巴掌，忍不住又冲奶奶来了一句"你多大他多大"！拖住孩子就走⋯⋯

就这次后奶奶回了乡下小叔家，再也没来过。不是不想来而是不能来了，奶奶的糖尿病已是四个"+"字，胸膜炎、胆结石还有肺气肿、频繁发作的低血糖等并发症随着85个岁月的风霜雨雪一起向奶奶袭来。奶奶不让小叔告诉我们，说是老骨头能撑呢，你哥家大的小的都是公家的人，不好请假的。我们连夜驱车赶到小叔叔家时，奶奶已经平静地头朝南脚朝北地躺在那儿，枕头旁边是跟随她大半辈子的银水烟袋，在床头红蜡烛的辉映下熠熠闪光。儿子哭喊着扑到奶奶身上：老太老太你说你一辈子不倒下的呢？你起来起来啊，你当八路军我当日本鬼子你一枪打倒我，好吗？老太啊！挨着儿子跪下的我攥住奶奶那修长绵暖长满了斑点的手，那曾经为我编小辫子、为我收拾行李、为我泡花茶的手泣不成声⋯⋯

现在，每天第一件事，我会对着梳妆镜将自己打理得光鲜亮丽地上班；我会对孩子说，站要有站相坐要有坐相做什么事走到哪儿都不丢份；做菜，我会将操作台上收拾得光洁可人，再放上盆小花；看书写东西，先给自己泡上一杯好看的茶，红的是枸杞，绿的是龙井，有时还会扔进去一粒橄榄或是青梅。先生步入中年怎地有了低血糖，发作起来心慌心悸满脸是汗。医生说，得准备些甜点巧克力之类的零食备不时之需，发作起来大脑缺氧伤人的。那晚，我为先生准备这样那样的甜点，忽地想起奶奶床头放食品点心的大玻璃瓶子，想起不懂事之时以为奶奶嘴馋，顿时，心若刀绞泪如雨下⋯⋯

看大街上人来人往

昔日名媛、收藏家某女士——其实，大家都称她为先生的，日前在沪庆贺了自己的百岁生日。市政协主办的，还有歌舞晚会，热热闹闹风风光光，老人似乎并不在意。著名主持人手执话筒面对老人：当年，您将价值几亿元的宝鼎都捐赠给国家（我国博物馆保存的三只宝鼎有两只是老先生捐赠的），现在后悔吗？老人平静地摇了摇头：不后悔。主持人又问：您现在生活得好吗？老人微笑：我很快活。主持人来劲了，笑问：您最快活的是什么？老人兴奋了，手一指：看大街上人来人往啊。我那在现场的朋友打电话告诉我这一切，说是老人此时的眸子里闪烁着的是纯洁的喜悦。

看大街上人来人往！想想您坐在摇椅上，膝上搭着一块毛毯，一杯热茶（是龙井还是茉莉？）袅袅腾腾在身边的小几上。于是，您看大街看人生：春风斜剪绿柳笼烟，夏阳灿烂繁花争艳，秋叶静美雁子南回，冬雪飘逸万物洁然莹然。少女是蕾少妇若花中年妇人娴雅老太太持重安详，春夏秋冬真好啊，人生四季真好啊，持一颗能欣赏的心真好啊，看大街上人来人往真好啊！历经绚丽繁华，归于平静素淡，深悟人生真味，更加热爱生命与生活。老先生，您说得多好啊！

想想时下，能有几人有如老先生如此的境界和感受呢？尘世是这样的繁华，生活中诱惑多多。名是好的，利是好的，权是好的，漂亮的女人是好的，华贵的物质是好的。有限的生命指数，无限的渴望与欲望。于是，有了竞争，有了奋斗，有了拼搏，也有了投机更有了不择手段。有了事业成功辉煌者，也有了失败颓丧者；有以为天下之人造福为己任者，也有了恨不能将天下人利益据为己用者，更有了从繁华辉煌之巅落进牢狱囹圄却重又悟得"在春风中自由自在地行走"是最幸福者。

天之大，井之小，心之大，生之短。其实没有完美无缺的人生，但至少能争取少有缺憾的人生。那必得是有智慧，必得是有胸怀，还必得有精神上的追求和通透人生的眼光。竞争是好的，没有竞争这社会何以进步？奋斗更是好的，不奋斗，短暂的一生何以闪烁出耀眼的光华？权位也是好的，在好人的手中能为更多的人造福与谋利。但是啊，必得有人生价值的底线，必得知道人生竞争、奋斗、拼搏的最根本目的，更必得知晓地位、财富、成功、失败甚至灾难都是过眼烟云。"真实的人生其实该是一种既包容又超越身外遭遇的丰富的人生阅历和体验。"（周国平）

不过，也真难啊，再丰富的他人人生经验没有亲身的自我实践又何以信服？只有一次的人生没有品尝酸甜苦辣又何以心甘情愿？更有如《甲方乙方》中那个叫着嚷着嫌热闹而花钱买清静的著名女演员又承受不了清寂之重，复又投入到热闹中去的那类人。于是，还是"天下熙熙，皆为利来"，还是"天下攘攘，皆为利往"，红尘中热闹得紧呢。

也许，人生就是这样，必得历经绚丽繁华才能归于平静素淡；

也许，有时就得头破血流才知一箪食一瓢饮之珍贵与温馨；

也许，唯有在历经大风大浪之后，才能如老先生那样阅天上云卷云舒，赏庭前花开花落，心静如水从从容容看大街上人来人往。

城南旧事

儿时，喜欢去南门桥。不是因为它高高的桥头，不是因了它厚实实上了岁数的木质桥身，也不是因为桥下面清澈流淌的串场河水。喜欢的是，南门桥头的热闹和繁华。

南门桥头东北侧的杂货店，卖雪花膏卖百雀羚，卖五颜六色的小糖，还卖酱菜卖鸡毛掸红亮亮的马桶……上学放学的路上总是和同学要绕到这儿转一转看一看，再买上一块薄荷糖，一分钱一块，看上去黑黑的，吃到嘴里可是又辣又甜。其实，买糖呢又只是一个幌子，我和亚丽知道，更多的是，来看这儿卖东西的女营业员。女营业员可真是一个美人，20多岁吧，也有人说她30多岁了，长长的卷发高高的个子，吊吊的眼梢浓浓的眉，白皮肤红嘴唇，总是不笑的。女营业员见到大人从来不笑，印象中只有见到我们小孩子才笑。她坐在高高的柜台后面，长长的睫毛密密地覆下来，笑笑地看着我们。不像那个老头，见到我们总是看小贼似的，老花镜吊在眼睛下面，两只鱼眼睛从上面死死地盯着我们，其实我们在杂货店从不乱摸的。我很喜欢的是看女营业员卖雪花膏，雪花膏是装在那个大玻璃瓶中的，友谊牌的，雅霜的两个大玻璃瓶并排放在柜台上。买的人总是带着一个小瓶子，女营业员手指又细又长，指甲用凤仙花裹得红红的，她将一块竹片子在手中转一下，就在大玻璃瓶中挖上几块，再将小雪花膏瓶底在手心轻轻地拍上几下，拧上盖子就好了。店堂里满溢着香味，我们身上好像也有了香味，背着书包走出老远，还能闻到。我说是玫瑰香，亚丽说是茉莉香。

　　亚丽家就在桥头西南侧的下面。两层红砖小楼在那时很稀罕，现在想来也不过就是上两间下两间，楼下有一间是卖熏烧。下午放学，转完杂货店总是要到亚丽家做作业的。在门口摆上一只小桌子，她一面我一面，做着作业听得串场河上小轮船瓮声瓮气地和水流一起作响，做着做着就闻到扑鼻的猪头肉香。亚丽的爷爷做的一手好熏烧，但我们只有闻的份儿，亚丽说除了过年，她们家的人从来吃不到。天有点暗了，南门桥上的人影模糊起来，她爷爷就将马灯挂在了门楣上，黄油纸糊的罩，上面一个黑团团的"卤"字。有着两个妹妹一个弟弟的亚丽很懂事，作业一做完就去接她奶奶的班，接班就是哄她弟弟也是她家那个活宝贝。其实宝贝也不过就小亚丽六岁，看十岁瘦瘦的亚丽抱着肥头大耳的弟弟，我会说放下来放下来，那么大了还要抱！那宝贝就有点生气，跳下地，抓起我们做作业的铅笔就往地下摔，手上、脖子上的银项圈、银手镯、小铃铛响成一气，我们就哈哈大笑起来。那年夏天发大水，亚丽家地势低，一楼都进水了，煤饼都泡瘫了，塑料拖鞋五颜六色漂了一屋子。一家人在忙，她们家的宝贝一个人坐在大澡盆中，在水中漂来漂去，用一根竹杆四处打水，溅到谁身上那宝贝就乐不可支地大笑起来。忙乱的一家子都笑了起来。

　　南门桥向西去是去酒厂的路，酒厂开窖的日子南门桥头老是弥漫着山芋干子味道，闻了头晕，但南门桥下仍然人多店多摊子多。傍晚，炸馓子的卖金刚脐的蹲在煤炉边卖五香茶叶蛋的，路灯昏黄，各种气味混杂人声鼎沸。门面最大生意最好的要数桥北那坐西朝东的一家饭店了。饭店是国营的，门面大品种也多。清晨有早点中午摆桌子，晚上除了摆桌子，还在门口做点心卖点心。在亚丽家做完作业回家，要经过这家饭店的，黄澄澄的韭菜饼、金黄黄的油剪子，总是有很多人买了猪头肉再排队买这家的大饼，供不应求。于是那揉面的师傅就越发忙了起来。六月的天气，我们还没穿裙子呢，那师傅就赤了上身满头是汗，两只手在硕大的白面团中翻来捣去，直将一案板的面渣渣都团成一个个小面盆大的面团团，光滑无比地排列且整齐有序。那日随母亲排队买饼，母亲忽然惊呼一声就松开我的手，径直走向那揉面的师傅：你怎么能这样？！那师傅手中托着一只面团笑眯眯地说：老师哎，天太热了嘛！妈妈说了一句"不要喊我老师"，拉着我的手就气呼呼地走了。我说我们就排到了呀！母亲说这个饼不能吃！原来那师傅揉面时一头一脸的汗，竟拿起一只光滑的面团，对着脸上滚了几下将汗吸掉。那人还真是母亲教过的学生。从此，再也不去买这饭店的大饼，若干年后方想到，其实，油条、金刚脐的面也是这个人揉出来的……

　　串场河水流淌不息，三十余年的岁月有多长？南门桥早已脱胎换骨，旧貌换新颜，桥下公园五彩缤纷四季若画。亚丽早已远嫁他乡，随着城市的变迁和改造，也不知他家去了哪里住在何方，串场河水也不知道。杂货店自然也早已没了踪影，杂货店的美人倒是听说带着孩子回了苏南。有意思的是前些日，陪母亲上街，漫步梧桐树荫下，一个肚大腰圆的男人追着母亲叫着"老师"，又递上名片一张，一定要老师到他那儿坐坐，哪怕喝杯早茶。母亲微笑，母亲点头，母亲挥手。母亲让我看看名片，却原是一家餐饮公司的老总。母亲又说：你还记得南门桥下那个饭店？还有，那个用面团吸汗的人吗？

朗诵的日子

"春天的花开了,夏天的蝉叫了,秋天的果熟了,冬天的瑞雪也飘了……"周六下午两节课后,在学校高高的河堤上,我们在班主任老师的带领下高声地朗诵,红领巾迎着春风拂扬,清脆的声音中老柳舒展了新绿,梨花绽放着雪白,个儿高高的老校长总是笑眯眯地背着手从河堤下慢慢地踱过。

那时,我们班的朗诵真是出了名,继校园文化艺术节捧得金牌后,我们的朗诵已不仅仅是为了比赛了。每周六的下午,班上的男生女生都捧着老师钢版刻印的诗歌来到河堤上,大声地朗诵。从贺敬之的"情一样深啊梦一样的美,如情似梦漓江的水"到"几回回梦里回延安,双手搂定宝塔山",从艾青《大堰河——我的保姆》到杨朔的《雪浪花》。个儿不高扎着两根短辫的班主任老师音色甜美圆润:为什么我的眼里常含着泪水?我们立即跟上:因为我对这土地爱得深沉……常常是她读上第一句,我们全班就跟上了。老师朗诵时眼神往往是不看手中的本子的,时间一长,我们朗诵时,眼神也就都飘向了远方;老师朗诵非常讲究抑扬顿挫:声调该高的高、该低的低。同学们特别要注意,进去进去!我们都知道老师说的"进去"就是人要进到诗歌的意境里面去。于是，一个学期下来，我们都能"进去"了，《大堰河》的深情，《青年近卫军》的激昂，我们班的每位同学更将高尔基的《海燕》背得滚瓜烂熟：在苍茫的大海上……海燕像黑色的闪电……这是胜利的预言家在叫喊：让暴风雨来得更猛烈些吧！每每朗诵至此，我们都脸颊飞红，眼神坚毅，似乎我们就是那翱翔于乌云与海水之间的海燕。

在朗诵中，我们知晓着明丽动感的四季，春的清纯夏的热烈秋的丰硕冬的博大；我们感受着诗歌中的神圣、崇高、激情还有那种说不出却能感觉到的生命无可比拟的庄重，还有飞翔的梦想。对于诗歌美的音律，初中生还很懵懵懂懂，但我们慢慢也知道句子的押韵和整齐。每次作文写好后，我会一个人在家中大声地朗读，老师说过：好的作文读起来也应该是好听的。学期结束，我们班的语文考试成绩得了全年级8个班的第一名，作文的前三名都是我们班的，总分遥遥领先。老师很高兴，我们全班都高兴。记得那次班会，全班最后集体朗诵的是毛泽东的《沁园春·雪》，最后那句"数风流人物，还看今朝"全班人都放开了嗓门，震得玻璃窗都嗡嗡的，教室窗外围满了其他班的同学。

弹指一挥间啊，朗诵的日子离我们多远了？现在的学校还让孩子们朗诵诗歌吗？也可能有，但基本上都是为了什么比赛、演出，纯粹作为一种兴趣与爱好甚至情致与修养来培育孩子朗诵的老师，可能没有了。偶尔在舞台上，也看到着华美的连衣裙捧着讲义夹朗诵的美女，总感到更多的是在表演，很难感受到震撼心灵并将其传达给听众的那种情愫。但对于个人而言，儿时的爱好与习惯往往与生命是如影随形的。那年考文工团，除了考舞蹈的基本功就是要考普通话了，兴致勃勃地准备的就是高尔基的《海燕》。后来招考的老师说，音色不是太亮，但朗诵的那份激情是很感人的。读大学、走上工作岗位后多次的演讲与主持，想想都是得益于儿时朗诵的底子。现今，尽管人到中年，每每读到诗歌与美文，眼睛看着，心底也还是在默诵着。

　　前日在毓龙路上走着走着，也就是原来学校河堤、树林的位置，早已填平变成鳞次栉比的楼房与店铺。但校门口的那株老柳树还遒劲有力地挺立，枝头上，绿绿的全是新芽啊，毛茸茸幼嫩嫩的。恍恍然，柳枝与新芽间绽放出脆亮亮的童声：为什么我的眼里常含泪水，因为我对这土地爱得深沉……

叩访古籍书店

对古籍书店我一直是怀着一种敬畏的。想象中的古籍书店是整墙整壁的泛了黄的线装书，自然要是那种紫檀色的没有装上玻璃橱门的，一摇会发出几百岁甚至更长年龄的"吱嘎嘎"声响的老书架。书店里的店员呢最好是穿青布长衫的，明知在现时是不可能有这样装扮的，但是，也不一定啊，这儿那儿的古建筑景点什么的不也有高挑云髻着罗衫长裙的小姐吗？于是当在那个有着悠久历史的老城，一看地图上有标着"古籍书店"的，就瞅个空打了车直奔而去。

记得很清楚，和平路。可在繁华的和平路上转了一圈竟又未见，特意找了位上了点年岁的人问询，人家又不知道。就再在熙熙攘攘人群中穿着走着挨着门点瞧。走过繁华的劝业场，走过有着铜马车的步行街，再走再寻，蓦地"古籍书店"四个黄亮亮金灿灿的四个字跃入了眼帘。真的哎，是古籍书店。可是，门呢？从哪儿进啊？四个大字下面是一只巨大的龙口茶壶，两只鲜红的绒球在料峭的寒风中对着我摇头晃脑。

定了定神，对着守着龙口茶壶料理着芝麻茶汤的妇人问，这是和平路233号吗？是古籍书店吗？是啊。可是，书店从哪进呢？那妇人手向后一指，就再也不理我了。妇人身后一条狭窄的巷道，黑黝黝暗长长的，那巷的顶头闪烁着一块黯淡的灯箱，上面恍恍的四个红字：古籍书店。沿着脚下高低不平的砖路，踩着水洼，我疑疑惑惑地走了进去，走过挨挨挤挤的自行车，走过一堆暗红的煤渣，向右一拐，掀起厚厚的布门帘，是了，我走进了古籍书店。

是不足20平方米的一间方形房间，昏昏暗暗的。三面墙壁都立的是书架，走近五颜六色的书们，逡巡浏览一遍才发现，书是不少但不是当代就是现代的，大部分还都是畅销书，比如九丹的，比如台湾作家几米的图文书，也有余秋雨和董桥的文集。最老的是上个世纪五十年代出版的埃德加·斯诺的《西行漫记》，我想寻一本清人张潮的《幽梦影》，可我找不到。一转身却发现缓缓升腾的袅袅热气，原来是一老式煤炉上茶水壶开了，一堆蜂窝煤高高低低地码在那儿。一张老式的两抽桌后，两位中年妇人坐在那儿。你们这儿没有古书为何叫古籍书店呢？忍不住这句话就脱口而出，那稍胖点的一脸不屑：那不是吗？是吗，真的，她手指着身后右侧暗影那侧歪歪扭扭的书架，果然是一壁泛黄，总共几十本线装书，用塑料绳扎了，散散落落地静候在那儿，是在等候认识它的人？我问最长的是什么年代的？到底是古籍书店的，那营业员飞出一句：那就看各人的眼力啦。我没有这个眼力，只在那边书架上挑了一套《三国志》，看着营业员用裁得整整齐齐的旧报纸，再剪一根塑纸膜绳仔细地将书包扎了。谈问中方知这古籍书店原是两层小楼的，现已全部出租，只留一间书库做了书店，"以前，我们楼上楼下的呢，楼是三十年代建的，开始是小梨园，骆玉笙就是在这儿唱红的"，女营业员不无失落，她脚边煤炉中的水沸了，咕噜噜地泛出一派惆怅。

出得门来，走过那堆煤渣，走过那些水洼，再从那黝黝的巷子中走进人声鼎沸满目繁华。回头看看那"古籍书店"的灯箱恍恍惚惚，走过二十来米的小巷宛若走过了漫长的岁月。走着走着还忍不住回头看，古籍书店被淹没了，只看见巨大的龙嘴茶壶口上那两只鲜艳的红绒球在早春的寒风中晃动。

缕缕不绝咖啡情

生活中只有一种英雄主义,那就是在认清生活真相之后依然热爱生活。

说是海边芦苇荡那儿有了一间咖啡屋,有着正宗的苦咖啡,墙上,挂着一架手风琴,暗红的外壳,老旧老旧的。

真的吗?真的。

我说我去,我真的要去那儿喝一杯苦咖啡,去听一听那手风琴声。去那曾经的荒原,去那听得见涛声浪语的黄海边。

是无意看见,那年那月,来自黄浦江畔的"阿拉"知青们在茫茫的芦苇荡边,在那间为过往行人遮风蔽雨的小木棚中,在那株见证着农场几十年风雨的老柳树下,用搪瓷缸冲泡着咖啡。就那么一个带把子绿色的搪瓷缸,知青们你啜一口他啜一口,一扎短刷把的女知青拉起手风琴,忽地那位高个儿"阿拉"就泪如雨下。

是想起了那石库门的沧桑?

是想起了淮海路上的繁华?

还是思念着黄浦江边的白发亲娘?

咖啡的香味在坡岸边在芦苇丛中袅袅弥漫,手风琴嘶哑着在柳树下如泣如诉。

咖啡的香味令当地来往的行人奇怪：一股焦屑的糊味。咖啡的香味又令那个年代农场的管教者万分警惕：这小资产阶级的玩意是如何在朴实而纯洁的土地上飘荡？

在农场的狠批"修字一闪念"的大会上，泡咖啡者直诉衷肠：阿拉的爷叔（叔叔）也曾在这芦苇荡边喝过咖啡。从上海带来这咖啡，只是为了祭奠，为了一份不能释怀的思念与忧伤。

"阿拉"的检讨让大家的思绪穿越到五十年代，上海农场初创期的荒滩上。那一对从繁华大上海来的知识分子，曾经在这片土地上为理想耕耘播种，留下青春与汗水，偶尔喝一点咖啡，再将精气神全部投入盐碱地的改良与改造。场部划分的6万亩荒滩，从满是盐蒿子到芳草碧连天；从寸草不生到金色的苇叶在秋风中飘舞。春去春回草长草衰，得到改良的盐碱地在他俩的手中，在三年后回报出绿油油的玉米，沉甸甸的棉桃。与棉桃一起绽放的是夫妻俩伴着咖啡香的灿烂的笑容。他俩又带头改良沙土，对土壤成分进行全面的分析，得出此地土壤适宜旱植物的种植，高粱、大豆、山芋，茫茫土地秋日中呈现出丰收的喜悦。海边风大沙多，又在沿海路边种下白杨、泡桐、苦楝，排排绿墙为农植物遮风蔽沙。

青春的激情、价值的实现令他们甚至来不及要一个孩子，日日夜夜的辛劳，披肝沥胆的付出。每项试验千辛万苦成功时，她沏上两杯香香浓浓的苦咖啡，他拉起一直相伴的手风琴，琴声与咖啡香就这样弥漫进他们在盐碱滩十多年的岁月，弥漫进农场的沧海桑田和翻天覆地。

他老是说：等这一批土地改造、分析完，我陪你回上海去淮海路上买两件衣服，几年了，你一直是这两件衣服。她也总是笑得甜蜜：再买几大包咖啡豆，现磨的咖啡老香老香了。她还说，哪天啊，这土地全是桃红柳绿，我就在这河边，在这蓝天白云下，在这老柳树旁开一间咖啡屋，我煮咖啡你拉琴……

那场史无前例的"运动"令他俩万劫不复,"资产阶级"反动权威的帽子压得他们倒地再也不能爬起,连一杯咖啡都成了"复辟"的工具。一夜之间,近十年的研究成果被付之一炬化为灰烬。在一地纸灰中在被砸得支离破碎的小屋中,他与她深深对视,她与他紧紧相拥。洗净手,烧壶水,换净衣,手风琴喑哑着在深夜中轻轻响起……天明之际,最后的一杯苦咖啡饮下,穿戴整齐,自尊体面地双双悬梁自尽。桌上的杯中,是残存的咖啡汁,咖啡杯旁边,是那伴了他们在农场酸甜苦辣的手风琴。那苦咖啡的味儿啊,那隐约的琴声,在那茂密的高粱那黄灿灿的玉米那遍野洁白的棉花桃间苦苦悠悠地弥漫,无边无际……

全场静然肃然,泣声四起。

"真想,真想就在这河边,在这蓝天白云下,在这老柳树下,开一间咖啡屋。"岁月深处那柔婉的声音,在半个世纪后,在这个闷热潮湿的夏日,伴随着苦咖啡的香气伴着隐约的手风琴声,惆怅又无奈地在我的耳边心中一次又一次地响起,潮湿湿疼痛痛的。

芦苇荡边有了一间咖啡屋,那儿有正宗的苦咖啡。墙上挂着一架手风琴,暗红的外壳,老旧老旧的。

在咖啡屋里坐着的,是当年用搪瓷缸泡咖啡的"阿拉"知青本人,还是他的后人?还是听说过在这曾经的盐碱地上,那缕缕不绝咖啡情故事的人?

我说我真的要去那儿喝一杯苦咖啡,去听一听那老旧老旧的手风琴声。

去那现在桃红柳绿曾经寸草不生的荒原盐碱滩,去那听得见涛声浪语的黄海边。

感激你美好如初

"晓，昨夜在家收拾信件，看到包括你在内的许多友人的贺卡，有的人已经走了，回首往事，感慨万端！我对着一大堆贺卡，流泪了。原来，二十年的时光就这么短！"夜色中读着华这条"叮咚"而至的短信，想起上个世纪九十年代我们的初相遇。是作协的一次活动吧，午餐时，大眼睛短发的华引起了全场的瞩目。她唱黄梅戏，她唱淮剧，她唱京剧，珠圆玉润字正腔圆有板有眼。其实，我们是相互知道的，在彼此的文字中，见面却是第一次。在众人的"再来一个"的叫好声中，她得意洋洋手舞足蹈："我可不愿将我的绝活都拿出来呀"，就那么轻盈地一闪，举着杯子到了我的面前：晓，碰一下！似遇多年的故交。眼前的华，明眸皓齿灿若云霞。后来，在不同的场合，见她主持晚会，见她唱歌，也曾见她翩翩起舞……听着她的歌声，看着她的身影，耳畔总是萦绕着"我可不愿将我的绝活都拿出来呀"。其实，她的绝活还有大的，作为一名优秀的编剧，她的剧作才是最有分量的"绝活"，得了这个那个奖也是从报上知晓。但她的新作常常是发到我的邮箱。记得那次的《大路朝天》，看得我泪流。同居一城各忙各的很少相见，有时是文化上的会议，有时一起去做一些活动、赛事的评委。前些日因广电的一次活动，新春相见。一干人等欢笑、唱歌。华忽地毛衣袖子一捋，高亢且温柔：我——来——也！她唱黄梅戏、唱淮剧、唱京戏神采飞扬，唱"但愿人长久"深情款款，忽然又说要朗诵《海燕》。我喜欢朗诵，立刻很认真地听。老天，华竟然是用方言朗诵，而且是从大丰话到无锡话再到道地的盐城口音！笑翻了四座。凝视着率真活泼、美丽依旧的华，想起那年那月，如花岁月间我们的初识。

和琳在路上行走，在新春的绵绵细雨中。琳说人生有的瞬间是永远凝聚在心的。琳说起好多年前，在乡镇工作时，有一次，为团委的活动去一所中学借团旗。也是早春，也是乍暖还寒。走在乡间的小路上，忽地就看到小河边的柳丝绽放着新绿，忽地就看到岸边的小鸭子欢天喜地扑棱棱地到了河中。琳说那一刻是一种被什么击中的感觉，心动的感觉一直忆留至今。和琳的相识也久，第一次相见，是在政府老办公楼南楼门前的那条柏油路上，也是细雨绵绵，她裹着一条大红的围巾，只留一双秀雅的凤眼。相遇，她扯开围巾喜悦地叫着我，秀丽、婉约又清纯。那一日，我们站在路上说了好一阵，彼此的熟稔与相惜同样源于文字。于是，我说起她的《寻找北戴河》，她谈我的《与生命践约》……岁月流逝，多少日子多少事啊，却一直记着那日的春意芳菲，道旁是绿绿的柳丝还有淡红的月季。琳在机关工作很出色，在领导岗位上时间也很长，欣赏的是她身上无一丝丝的官味僚气，见人总是文静地微笑。我们偶有的交谈，大多是文学和文字。最近，我们又谈起了舞蹈。琳这两年喜欢上了舞蹈，有时，我们在一起习舞。琳说：那一日舞着，忽地，一下子就有着顿悟之感，举手投足之际一下子感到生命与舞蹈元素全部的融入与释放。真好！她由衷的喜悦与慨叹伴着第一场春雨娓娓而来，暮色中的楼宇街道还有梧桐叶片都呈现出晶亮亮的清新与婉约。

蓉是少女时的好友。不管是寒冬腊月还是夏日炎炎，拎着芭蕾鞋的我们总是一起去练功房。这个"一起"，源于她练功的坚韧与勤奋，更源于我们的一次倾心交谈。那个初夏的午后，我们在二楼的阳台上，说来说去。她从吴侬软语小桥流水的古城来到苏北插队，能歌善舞的她又从广阔天地考到艺校园中。那个下午我们说了些什么记不太清了，有对于人生的，有关于学习的，还有女孩子的什么事，但我们稚嫩的眼光都是越过了那高高的合欢树投向了远方，合欢花的翠绿与绯红就此镌印在了今生今世，常在心中浮起记忆的云霞。几年的习舞生涯，就这样说来说去，以至这个说了什么，那个就能接到下半句，而对于事物的看法，两人也往往很是一致。后来我读书，大家闺秀的蓉回到姑苏工作，挺着大肚子一门又一门地参加自考。再后来，她下了海，将公司操持得顺风顺水。经历过大风雨的蓉皮包里揣着老总的名片，我们还是在小摊上一起吃糖芋艿一道喝豆腐花。人生境遇不一、旅途各异，隔山隔水隔了这许多的日子，见了面却还是一抹笑意一丝眼神就能知道对方想说什么。前些日寄给她我最近的一本散文集，蓉电告：读书、读这些优秀的女子，也是读你。其实啊，我写这些优秀的女性，心中常常涌现的是蓉，优雅、坚韧还有永远的沉稳与大气。

岁月递嬗，沧桑且绚丽。这样的女子在经年累月中不因世事、不因境地而变而改的清纯、率真、活泼、优雅的秉性与特质，美丽着自己，斑斓了岁月，又璀璨着人间。总说是"人生若只如初见"，那么，我的朋友，感激你永远的美好如初。

第三辑

真好,尘世间有你在

真好，尘世间有你

　　游人大多已散去。白日与喧嚣一起憩息。古镇周庄狭长的街巷愈发显得静谧幽寂。巷子两侧的老宅前，红灯笼发着晕晕的微光，远处黑郁郁的，只有一线灰白的月光，轻浅地洒到马头墙上，洒进每一条小巷，洒进每一座老宅，洒进每一弯河流，就与串串红色的灯笼、黄色的客栈幌子，一起在弯弯窄窄的河道里，缓缓舞成了夜色中绝美的波光潋滟。

　　"真好，周庄有你在。"

　　是三毛的声音在月色中隐隐约约又清脆如许。月光随着我的脚步，在千年的木排门前，在这有着铜门环的木排门前停住。如若木排门有记忆，它是该记得的，记得二十多年前，那叫作三毛的女子，在这茶楼中坐着听琴品茶，她这一品，为周庄留下浓墨重彩的一笔，于是，有了一座三毛茶楼。爬上三毛茶楼，想着也坐一坐，也品一品清茶，与这才情横溢的女作家对视而坐，感怀一段人间真情。说是茶楼主人寄寒老先生与台湾女作家三毛之间有过许多通信，却是从未谋面。说是三毛一直有个梦：在这水乡月色的周庄住上一夜，再吃几只阳澄湖大闸蟹。说是她在给张先生的最后一封信中写到："真好！周庄有你在。"可惜，去了梦中天国与荷西相聚的三毛又到底未能践约。三毛,她大大小小的照片,挂满了这茶楼。多喜欢这长发披洒的红衣才女,你的文字与才情,你的故事与笑容留在多少游客的梦里心中?

三毛,真好,周庄有你在。

老宅从门板缝里透出细细的亮光,隐约传出含混不清的说话声。

是狭窄细长的小巷深深;

是高耸的马头墙影影绰绰;

是皎月满泻的一地清辉。

陪伴我的只有红灯笼映照下又斜又长的黑影子。那照耀着千年古镇,伴随着来来往往新人旧屐的暗红灯光,将岁月拉成一条又一条影子,与今日的昨日的前世今生的,与你的我的他的影子相互叠印在朦朦胧胧的夜色中,在月光中永远地晃荡。

在青石板上晃悠着,随着月光行到了富安桥畔。月光下的富安桥头影影绰绰,却原来是一块大石块,矗立在桥侧。伫其石畔,月光下看见原来是旅美画家陈逸飞的小传。

是的,周庄于陈逸飞,又是一种相辅相成。周庄因陈逸飞而名扬于世,陈逸飞因周庄的双桥而更为大众知晓,当其画作《双桥》,经邓小平先生在美利坚合众国那一相赠,东西方将目光都投注给了这一美轮美奂的水乡小镇,更将周庄加速推向了市场推向了世界。现如今陈逸飞先生已化羽而去,周庄依旧是千年周庄。有情有义且感恩的周庄人,就在陈先生画笔下的双桥畔的大石块上,为将周庄推向五湖四海的陈先生立了小传,也为与周庄有缘的陈逸飞先生,从天上到人间,随时驻足周庄,留了块风水宝地。

逸飞先生,真好,周庄有你在。

一条小船咿咿呀呀地从富安桥下穿过,一位汉子在船间拉胡琴,那只握弦的手,一下下地有节奏地摆动着,琴声就在这月色水波间荡漾,有点苍凉又有点凄婉。拉琴的是当地人还是游客?乐曲听来很是耳熟却又想不起来，月光的银辉清泠泠地在他的身上缠绕，与周边沉静的上千岁数的老宅、弯曲有致的河渠、岁月浑重又清悠的回声交相辉映、飘渺悠远在周庄的水面上，远去。

月光映入几个未曾关闭的木排门，是尚未关闭的小店，卖珍珠的、麦芽糖的还有丝绸。一高大的男孩与一娇小的女孩，倚在珍珠铺子的柜台上，与那中年妇人在侃珍珠。你看这串珍珠漂亮吧？个顶个的圆呢！那女孩仰起头对着男孩笑：你再让我们一点钱好吗？男孩说：我们真是想要呢！那妇人也在笑：真喜欢是缘分。我这么晚没关门，就是为了在月光中等你俩呢！三人都欢喜地笑了起来。

扯麦芽糖的铺子前也有三两人在看。一只大锅里，是汪了大半的绵糖浆。只见老人笑眯眯地，用一根木棒绞在糖浆上面，绞过来绞过去，一拖又一拉地，将淡黄的芽糖扯得若人间的岁月，细细长长的、柔柔韧韧的。月光下，凝神拉糖师傅的手与糖，恍恍然就被拉进那拿牙膏皮、玻璃瓶换麦芽糖的童年时光，香甜甜的。

咬着糖，晃进眼前的丝绸铺子，七彩缤纷。是卖睡衣的。百分之百的桑蚕丝！店主人斩钉截铁。要睡裙？京剧大脸谱的要不要？这红色多么正！太夸张了些。还是"月光下的凤尾竹"吧，雅致一些。真丝的睡裙，阔且大，是柔嫩爽滑贴心的温婉。这样的睡裙，披上，月色里，是可以做一个好梦的吧。梦里的情和景该有着桑叶的碧绿与蚕丝柔白缠绕？它们是丝绸的前世今生呢。

走进眼前临水而居的客栈，着蓝印花布的女子笑吟吟地问：是住店吗？我们说是看看呢。年轻的女店主说你们自己随便看看吧，我在陪住店的客人打牌。粉白的墙，蓝印花布的床褥，清清爽爽。厨房里，小方桌上，有两人在喝粥，却也是住店的背包客回来迟了，就似在家中一样去盛了粥来喝，几只晶莹剔透的青团子，蓝瓷花小碟里是青豆拌霉干菜。经过的一间客房，一长发女孩倚着古旧的雕花窗，夜风撩起她的发丝，对着河水就飘逸成千年周庄月光下的一幅画。

拉胡琴的汉子、扯麦芽糖的老人、卖珍珠的妇人还有客栈那依窗而立的女孩……在月光下寂静中，伴我心间漫溢的微笑：真好，周庄有你们在。

夜深了。

左一横右一横的小桥睡着了；

左一弯右一拐的小巷睡着了；

高一处低一处的马头墙也睡着了；

串串红灯笼下的木排门睡着了；

悬挂在客栈门前的只只油黄色纸灯笼也迷糊打盹了……

只有月儿没睡着，将小桥小巷马头墙红灯笼黄店幡，还有蜿蜒静谧的条条小河映照成了月光下的天上人间。

周庄，真好，尘世间，有你在。

东山静

是面面古墙。细密枯黄的老藤在白灰墙壁与黛瓦间蛰伏或是纠缠，遒劲无比地坚韧在两千多年的房顶上、马头墙上。

是间间老屋。斑驳的墙壁、老旧的木排门、硕大锃亮的虎头铜环、高高的门槛。想拉一拉这紧闭的门扉，想知道这里面藏着怎样的一个故事，又恐吱呀一声，打破与惊扰这午后的寂静。

是青石板的小路，是花岗石的坡路，是小青砖的小径，大多为人字纹的。是不同年代铺下的？洒过千年的月光星辉？踩着蕴有千年风霜的人字纹小路徐徐行走，听得见自己的心跳，还有隐约的，风与古藤的私语情话。一着蓝印花布衫裙的女子在远处的小巷口一闪，影儿又没有了；一梳着桃子头的小男孩坐在自家高高的门坎上，还有一条金黄色的大狗，匍匐在男孩的脚旁。

是静静的渡口。"落霞渔浦晚，斜日橘林秋。"浑厚的墨迹、粗糙的栏杆、青黑色的小瓦、青石帮的河埠、波光潋滟的河水，小村的渡口朴素沉静古意盎然。"寒谷渡"，这渡口好静啊，静得让你只去看那流动的河水，一直看到河水岁月的深处。这河水该记得，那年那月，一个又一个的着长衫的穿棉袍的少年郎，就是从这儿上了那一叶小舟，从这儿出了东山拐进了无垠的太湖从此走向更为广阔的天地，令陆巷生辉出彩？寒谷渡不语，河水依旧静静地向着太湖流淌。

两位老人，静静地坐在这三百多年的老房子里，看着门前寒谷渡的潺潺流水与流水般的岁月。一方木桌，两只烧饼一碗虾米烧冬瓜，一碟豆腐干，静静地伴着老人，在流水般的岁月间。墙壁上的镜框中，有着光荣退休的一方证明。金姓老人对着我微笑，沟壑纵横沉静安然的微笑：退休金两千余元，村中每月发老伴三百元生活费，于是，就这样，守着这渡口，守着这流水，守着这三百多年前的老房子，早也安然晚也安然，春也安然秋也安然。

一排排的小酒坛，深褐色又锃光亮亮的小小酒坛，安安静静地守在酒铺子的排架上。糯米酒、杨梅酒、枇杷酒……店主人与他的大大小小的酒坛子一般静谧。你若有意，可以去那同样上了岁数的长桌上自取酒杯，自斟自饮，有感觉有兴趣，掏点小钱拎上一小坛，于是，店家将一方红布裹住你选中的酒瓶（坛），你就拎着它在青石板路上悠悠地走着，绵绵地回味，回味这掺杂着无尽岁月甜糯的余甘。

一口老井，清清亮亮水汪汪地与我对视，与每个来到它身旁的远游客对视。当年，那明代大学士想必也从这井边走过，偶尔，也探一探身子，注视这清亮如许？还有他的妻女，想必老井也收纳了她们如花的容颜？老井是老宅的眼睛吧，一直是这样以为的。它就这样睁着深邃的眼睛注视着尘世间的人来人往。车闹马喧也好，门可罗雀也罢，老井不语，老井又将什么都收纳在自己的心里，年复一年的春花秋月风霜雨雪。

这座亭院就在这里，曾经繁花似锦，曾经高朋满座，曾经熙熙攘攘满目繁华。你看那花儿谢了，你看这楼却未塌。曾经的繁华曾经的花儿，以透雕、浮雕、线刻的技艺，秀丽清晰、圆润古朴又细致生动将花鸟虫兽，繁密地绽放在这廊檐这门楣这照壁，这随处可见的扶手与门坎上。是的，随处可见的精湛雕刻的花儿鸟儿，静静地在这里在那里，张着翅膀伸着触须，柔着叶儿蕊儿，似乎一声呼唤，这朵朵花儿，这只只飞鸟，即刻欢腾起满目繁华莺歌燕舞。可这声呼唤没有了，那些人那些事沉寂在岁月的湖底。还有谁能令它们随风起舞呢？

石板路长长，秋日夕阳斜斜地打在逼仄的小巷子中，光线中是经年累月的尘埃，徐徐地飞舞。头一抬，赫然就是"解元""会元""探花"的牌坊，飞檐灵动又俊朗嵯峨。那年那月，这里是笙歌箫语荣光耀祖之地吧？这王家的公子、叶家的少爷着红袍戴官帽，好不威风，家中无比热闹。花开花落，眼前这小巷这古墙静谧如斯，只有这灰白的牌坊，让你去想一想，那并不遥远的过去，那昔日的繁华。明清两代，出了一名状元、一名探花、十一名进士、四十六名举人的小巷古村，有过曾经的车水马龙，却以水流年的沉静，面于世人，也许，这也是一种纯正淳厚的大家风范吧。

暮色四起，东山更静了。

漫步湖边，残阳将七彩余晖洒金铺银般倾泻在了茫茫的湖水上，天地之间，扯起了御裳似锦般的华彩绸缎，端丽万方。

村庄枕着湖水入睡了，这湖水与古村相依相偎厮守了多少年？

湖之湄，有细微的呢喃。这些数不清的虫儿与星光月色缠绵了多少季？

湖水不语，清风明月不语，几千年的古村不语。湖水只是展现着浩浩瀚瀚的深情，古村只是沉稳着任湖水在身边温柔缠绵。就这样天长地久吧。

东山静，静得无边无际。静得让你不知今夕何夕，静得让你似乎圆寂又似乎重生。心中空空茫茫，心中又满满荡荡。

身边草丛间的一只小虫，是看见了哪一簇闪向自己的星光？喜悦着清铃铃地笑出了声。你知道，是夜深了，回去吧。

项王故里随想

没有红绿鲜活，没有富丽堂皇。就是这细细密密的青砖汉瓦，就是眼前这低低矮矮的一伏围墙。因了褐色门楣上"项王故里"四个字，这一进三出的小院，在小城城边的低洼处，矗立起岁月不湮的恢宏与伟岸。

西楚霸王盔甲依旧，战袍依旧，横刀而立，双目凛凛。

黄昏，没有阳光，没有游人。有风吹过，庭院里的项羽手植槐无叶，枝也瑟瑟。

静谧处似有丝竹管弦悲怆低回，是楚歌四面？继而有铿锵音乐响起，琵琶一阵急一阵铮铮琮琮如金戈铁马，是《十面埋伏》？思绪如潮水般涌来……

是垓下，后是数千追兵，前是滔滔乌江。乌骓马声声长嘶，项王岿然不动。

"且籍与江东子弟八千人，渡江而西，今无一人还，纵使江东父兄怜而王我，我何面目见之！"于是，你就谢绝那乌江亭长的好意，你就目送那含憾而去的一叶小舟，不肯过江东，至死！

"望苍天四方云动，剑在手，问天下谁是英雄！"

英雄的自尊本比锋刃还利，挥剑自刎处立着不败的英雄。满腔热血化作千古虹霓，远胜过王侯将相一世浮云。生当作人杰啊死亦为鬼雄！

还有虞姬，柔情万种又刚烈无比。剑舞若轻风，婉喉似莺语鸟啼。

回眸一笑万花失色，霸王霸王为之折腰。"人世间有百媚千红，我独爱你那一种！"

可四面楚歌，楚歌四面，虞兮虞兮奈若何！为成全英雄大业，为割舍缠绵之情，"让妾为大王舞一次剑吧！"舞之极美，仰颈拔剑，万般柔情付与一腔热血！

刚烈汉子柔情女儿，悲欢共，生死同。

英雄千万，如项羽这样至死不肯过江东的末路英雄世上有几？

美女万千，似虞姬这样以剑斩断万缕牵挂，古往今来又有几例？

"你用柔情刻骨，换我豪情天纵。"有如此红颜知己，项王大幸项王有福了！

"我心中，你最重；烈烈风中荡不尽绵绵心痛。"被这样的男子所爱，刀溅血花时，虞姬无憾了！

于是啊，西楚霸王盖世英雄，千年万年永立世人心中；于是啊，霸王别姬千古绝唱，回肠荡气，绝唱千古！

天色渐暗，远古的苇丛在项王故里在晚风中瑟瑟摇动。

如若，如若有转世轮回，如我是男儿，项羽，让我做你的兄弟，剑戟交错中共护一腔豪情，再创一番大业；若我是女子，我愿是虞姬，为你舞为你歌，与乌骓马一起追随左右。

乌江边，寻你。有星光照耀。

梦中的香格里拉

　　青砖黛瓦，雕梁画栋，仰首，无数飞檐翘角；俯视，满目五彩花石。条条清泉穿街绕巷入院过户，一路浅唱低吟；座座明清风格的石桥、拱桥、砖桥横跨于街巷之间清流之上。置身于此，总有一种似曾相识之感，在梦里？在书中？摇摇头，十月的秋阳艳艳地照着我，照着这依山傍水既有山乡之容又有水城之貌，具有"高原姑苏"美称的丽江古城了。踩着花石路，撑着花纸伞，我悠悠地穿行在光义街、现文街这些最古老最有特色的小巷中。小巷窄窄的、长长的，木排门，清一色小砖齐胸高的矮墙。好的是家家大门一律敞开，随行人观看。终捺不住对纳西民居的好奇心，伸头左窥右视走进了一户四合院。家中无人，我立在窗口看厢房，堂皇富丽的红木架大理石面的沙发、立橱摆满了两面墙，怎么看都好似汉族的一户殷实人家。头一回，院子里竟是有人的，一着水蓝色宽腰大袖镶边女袄的纳西女子蹲在那儿笑微微地看着我，不禁为贸然闯入感到唐突，她却举起正在铜炉焦炭上烤的硕大的土豆，"尝一尝吗？"竟是标准的普通话。

　　华丽典雅的东巴宫是纳西古乐的演奏场所，七彩斑斓的布啊纸的，满绘着被誉为世界上"唯一活着的象形文字"的东巴文和神异多彩的东巴画，明黄艳紫红鲜绿活，炫目又神秘，古朴而典雅。被誉为"国宝"的"老东巴"（东巴教祭司，集巫、医、学、艺等于一身，纳西族的高级知识分子）和国华老先生手执孔雀羽毛吹响了牛角号和海螺，平均年龄60岁出头的纳西古乐队琴瑟鼓号齐奏齐鸣，为阵亡将士而唱的《送魂曲》，女高音领唱行云裂帛，男低音和声浑厚低沉，一队身着纳西先民服装裸着上身的舞者，举着长长的招魂幡缓缓地从人行道中穿过，几百名观众寂然无声，身着汉式长袍清癯儒雅的主持杨宏老先生浑厚的声音在宫中回荡：孤寂的铜铃摇响着将士的孤魂，经大研古城到祖国的青海甘肃……淋漓尽致地体现了纳西人渴望和平和对中华民族同根同源的认同。绕梁悦耳的女声无词哼鸣再度响起，如天籁似仙乐，让听者真有那种"浩浩乎如冯虚御风，而不知其所止；飘飘乎如遗世独立，羽化而登仙"之感。

上到玉龙雪山的半山腰云杉坪，被告知已是海拔3840多米。曙色熹微，山路两侧的原始森林中，挺拔高大密密匝匝的树冠交错攀援、遮天蔽日，不时见有金色的牦牛安详而优雅地散步，圆圆的大眼流露出亲切和善良，几只野兔活泼地从我们身旁跃过。才拐了一个弯，鲜若蜜桔的太阳已悬在湛蓝的天空，缕缕白云似仙女舞动着长袖前后追逐奔跑。身后是蓊郁的森林，前方是皑皑的雪山，头顶是似乎伸手可触的白云，足边是绿意沁人的云杉坪。一位老妇几步一叩地朝着雪山膜拜，是那种你望了一眼，便感动得忘不了的虔诚。"啊——啊——"，高亢悠扬的纳西民歌从远处传来，缥渺且空灵，随着阳光下升腾的紫雾扶摇直上，漫漫扩延；一声"嗨——嗨——"！一群身着纳西、藏、彝五彩服装的姑娘就在草坪上奔放地起舞。无数无数的蓝的黄的白的粉色的小花在蓝天下，在离太阳这么近的地方，在雪山在草坪在舞者的律动下喜悦地绽放，构写着一首对生命对自然对已知和未知世界无比热爱的赞美诗！面对如此的美丽、和谐和安宁，我也才真的有点理解美国植物学家洛克先生为何从 1922 年来到丽江后一待就是 22 年，又为何最终躺在夏威夷豪华的医院中说出"与其躺在这儿，还不如倒在玉龙雪山的鲜花丛中死去的"一番深情了。

迫不及待地打电话告诉千里之外的亲人：我见到了梦中的香格里拉！不料，同行的那广东先生竟操着粤语普通话对我说：中甸，中甸那儿才是真正的香格里拉。那来自新疆阿勒泰山下的维族大胡子疑惑地说：听说是在西藏吧？我说你们才真的错了！"老东巴"告诉我，香格里拉，纳西人说是"心中的月亮"，即无比圣洁美丽的地方。这丽江古城的美丽空灵，这纳西古乐的纯正典雅，这玉龙雪山的缥渺静谧，还有纳西醇厚朴实的民风，还有那些自在安详的牦牛、野兔……这样的人神合一，人与自然、人与动物、人与人高度的和谐，构成了我梦中的香格里拉。于是我认定，丽江，就是圣洁美丽的香格里拉。

一路喝茶

从石林回来,车子在一座医院似的建筑门前停下,导游不无殷勤地说:各位累了也渴了,明日到丽江,怕有高原反应,请大家用一杯雪山红茶。我们说这导游还真是不错,想得挺周到的。刚在室内坐下,一位着白大褂的老者即走了进来,滔滔不绝地介绍起这所医疗机构和他们的研究成果,我们愣住了:这老先生为何自说自话?有机灵的反应了过来就说是导游拖我们来她的"点"上做生意了。俄顷之间,一杯杯殷红的茶水端了上来,我们面面相觑不知喝还是不喝,不要被宰了吧?更有人小声说:不会是迷药吧!儒雅的老大夫慈祥地端杯:免费的,我也喝。半日下来也真是渴了,端了红茶一饮而尽,还有的要再来一杯。老先生兀自在说着"灵芝益寿""蛤蚧补肾"……正在不耐烦之际,只见老人家双手一拍,身后的两扇门敞开,一队老大夫鱼贯而入,不由分说一对一地坐在了我们面前。一白须髯髯者抓起我的左手就是号脉,也就半分钟吧,老大夫就说我是"肾虚"、是"低血压""抵抗力差"……并随即向我推荐起药来。一问吓一跳,数十粒药丸竟高达几百元。掏出笔和纸,想讨个药方,老大夫见我无买药的诚意就冷着脸挥袖而去。

接下来几日,已见怪不怪,天天被拖到不同的地方去喝茶,有时一天会喝上两次茶。傣家的竹楼喝茶，为的是推销金银手饰；纳西人和院喝茶，为的是让买药材，其实走一路品一路茶倒也不错，我的方针是以不买应付万道茶。怨归怨，也有喝出了美感喝出了情趣的茶。在大理的木楼里，那身着民族服装的白族姑娘请我们喝了"三道茶"。姑娘翘起兰花指，优雅地用木夹夹起一只只如酒盅大小的紫砂茶杯，温壶、洗茶叶、去头道茶水等是"过五关斩六将"，一壶茶水高高扬起迅速斟满十来只茶杯是"韩信点兵——多多益善"……她满怀情感地说：香吧？甜吧？这茶是苍山的茶花，这沏茶的水是洱海的水，除了我们美丽的大理，哪能有这样的香茶呢？言语之间，饱含着对家乡的热爱。她并不强求大家买她的茶叶，送我们出木楼，甜甜地笑着：汉家的姐姐，别忘了金花的家乡，别忘了大理的香茶啊！

让我心惊肉跳的是在山城那个什么养生堂的一次喝茶。那位慈眉善目的老妇人搭着我的脉，上来一句：你失眠。我点头。第二句：你头经常疼。神了，我想，真的会头疼。她碰碰我的膝头来了第三句：你关节痛！我差点跳起，是啊：每到冬天是上楼梯都痛。我想真是碰到神医了。神医的第四句就让我大惊失色了：你曾经是芭蕾舞演员！妈呀，是医生还是算命的呢？我说：您怎么这样说？她却微笑着：难道不是吗？！当女神医又让买治关节疼和治失眠的药时，我实在无理由推托，就说家父乃老中医，家中有许多三七、灵芝的，只是没有坚持服用云云。我说闻到这苦苦的中药味儿，感觉特亲切呢！说着我就觉得脸在发烧：如此"神医、神算子"，岂不一眼就算出我那摇了一辈子笔杆子的父亲从未开过一张处方？忙不迭地拔腿就溜。

我由衷赞叹养生堂医术的精湛，驾驶员见我两手空空，愤愤不平地说：都是有名气的医生哪！这儿的药是贵了点，可人家的牌子大啊！自此就不再理我。那一阵我就想，多少千儿八百该买点的，也不得罪这一路上和我说红岩谈渣滓洞的师傅啊！想想又真替这些"神医"悲哀：如此精湛的医术，若用来治病救人真是大慈大悲，却为推销一些不知是否真"神"的高价药丸而忙忙碌碌，真是亵渎了治病救人的宗旨。如我等小民，你替我诊准了病，我又买不起那药，又不肯给我开处方，还要给脸色看，怎么办？谁的过错，谁的悲哀？

一路喝茶，真的回味无穷。

仰望斑头雁

纯蓝、澈蓝的湖水，柔曼、飘逸的白云，玛尼堆上七彩斑斓的经幡在海拔3500米高度的清风中摇曳翻舞，一队大鸟排着长长的一列，气宇轩昂地从远处走来。走近了，走近了！长长的脖颈，灰褐夹杂着白色、黑色的羽毛，黄色的嘴巴，引人注目的是它们从头部到白脖颈都有两圈黑色的茸毛，这就是斑头雁了。青海湖鸟岛夏日最多的"居民"，你看，你看它们收敛着肥硕的翅膀，高昂着头颈，目不斜视甚至是目中无人地以蓝天、湖水、五彩经幡为背景，稳健傲然地进入了我们的视线。

"一、一二一；一、一二一……"

长长的斑头雁一队足有几十只吧，整齐有序地走过，偏有两只磨磨蹭蹭地掉队在那玛尼堆彩色经幡，绿茵茵的芨芨草，金灿灿的格桑花间，这两位竟然屈腿席地而卧了，忽而相互对视轻嗫着对方的羽毛，忽而颈绕着颈，忽而头抵着头，是在说悄悄话吧？这该是一双情侣雁了，就这么在浩瀚的青海湖阔大的蓝天下缠缠绵绵依依恋恋。对爱情极为忠贞的斑头雁，相遇相爱后恩爱非常又相濡以沫。

从纪录片中看到，雌雁负伤或是孵化小雁时，雄雁一次又一次觅来食物，又一片一片衔来不知从哪儿找到的棉絮或是羽毛、碎布头，那么轻柔地一片又一片地往它的爱人身边堆垒，满是关爱和怜惜。然后，双腿卧下，张开大大的翅翼，尽可能地覆在了爱人的身上。就这样，在青海湖零下五十多度的寒冷天气里，在空蒙凛冽的苍穹下，一对斑头雁情侣，就这么静静、静静地相依相偎彼此取暖。若一方遇难或是去世，另一方则绕着其遗体哀鸣多日，终身不再选择爱人，忠贞深情的斑头雁只是在孤寂与思念中将爱与情完全奉献给这个家族，担当起警卫与守卫的职责，引颈肃立矢志不移。

用我的头碰碰你的头呀……

一只丰满的斑头雁摇摇晃晃得意洋洋地走了过来，她的身后簇簇拥拥地竟跟随着二三十只黄绒绒的小鸡崽般的小斑头雁。都是她的孩子呀？不是，在阔大青海湖怀抱里的斑头雁母性十足，有着博大的胸怀，攀坡爬石飞翔，携带着自己的儿女，但只要见到别人家丢失或是受伤的小雁，不管它来自何方哪个家族，斑头雁妈妈总是伸展开温暖的翅翼，将幼雁轻柔抚慰再拥入自己的胸怀。小雁们也就无比信任欢天喜地地跟着"爱心妈妈"行走飞翔在蓝天白水与格桑花之间了。

走，跟妈妈遛弯去，找爸爸，看格桑花！

如同天有不测风云，鸟类中也有强盗与杀手的。在鸟岛纪录片中看到的斑头雁们齐心协力共同御敌的场景令人震撼与赞叹。你看那秃鹫黑色的身影在远方湖面上方不怀好意、迂回曲折地盘旋，忽地就直冲向那在金黄格桑花间与妈妈嬉戏游玩的幼雁群中。那守卫的雁儿们瞬间凄厉长鸣，斑头雁似听到集结号令，从湖面从山间从草地石块间迅速聚集，形成天罗地网般的阵势向秃鹫铺天盖地压了过来。那秃鹫衔着挣扎的小雁站在石块中左看看右看看，几分迷茫几分惶惑，它转向东，是密密的斑头雁阵，它转向西，是步步紧趋的斑头雁阵，北面的玛尼堆上同样是虎视眈眈的斑头雁们，并一步一步地向前缩小着包围圈子。秃鹫终放下小雁，无奈"嘎——嘎"一声长叹向湖面落荒而逃……

阴霾散去，青海湖水轻回荡漾，在七月的金阳下泛起潋滟波光。仰望天空，柔曼白云与斑头雁们翩翩同舞，好一幅祥瑞和谐美不胜收的图景。

西津渡伫足

一个月时间,两次伫足镇江古西津渡,那青砖那黛瓦那木排门,那山坡那小巷那古渡口,萦绕不已挥之不去……

一眼看千年

是细密密的青砖,是层匝匝的黛瓦,是斑驳驳的有着虎头铜环的木排门,长约 1000 米的西津渡是有历史的。

从三国时的"蒜山渡"到唐代的"金陵渡",再到宋代一直至今的"西津渡",依山临江风景峻秀的古渡口,聆听过东晋农民起义军领袖孙恩率领"战士十万,楼船千艘",由海入江,直抵"鼓噪登蒜山"的呐喊;见证着公元 684 年,唐皇后武则天临朝称帝,徐敬业、骆宾王等发动暴动,兵败后徐敬业、骆宾王等渡江"奔润州,潜蒜山下"的足迹;更以滚滚长江水应和着南宋韩世忠曾驻兵蒜山抗御金兵南侵,梁红玉擂起的隆隆战鼓,气势磅礴……

许是看多了历史的波澜壮阔,许是听多了诡谲鲜活的陈年过往,今日之西津渡,是如此地波澜不惊。一条依山势而建的小街,向左右岔开的几条小巷,萧萧疏疏的几户开了门卖醋的卖零食的,还有一户暗哑无比的门面,是与这西津渡般沧桑的两位老太在卖观音像的。就这么将飞檐翘角、雕栏画栋的古渡风景映衬在春风中，还有黄色的茶肆布幌、红色的串串灯笼、袅娜的绿柳丝一起勾勒出一幅淡定从容的西津渡。

明明知道这古渡是有着岁月的，但当伫足于那泛着上了年岁的若枚枚古铜钱般暗绿青苔的墙脚下，在那"一眼看千年"的标识下往下看，还是有点惊心动魄：那赫然显现在眼前的是一顺坡道而掘开的地基，呈斜坡型长约两米、宽一米的沟渠里，是呈阶梯状的斑驳砖块与水，依次从低到高摆放着标志唐、宋、元、明、清的字样的牌子。江水原就在这古渡之下涛涛作响，沧海桑田，漫漫江水向下而退，现已距渡口好几百米了。是的，"一眼看千年"，就这么五个字将千年瞬间收进了眼底心间。

有历史有底蕴的城市需要记载，记载是为了让这座城市的命脉与文脉延续与延伸。眼前这依原地貌、水势而挖掘的地基，标上年代并用承重的透明玻璃精心覆上，让后来人通过这"一眼看千年"遗迹来知晓历史的创意独具匠心，令人为之慨叹。文化、历史不仅通过文字进行传播和记录，还需要地上的和地下的遗存来提供证据。想想当下许多大革命式的拆除是否是城市改造的最好方式？先人给今人留下这个渡口古街"一眼看千年"，后人能再看到今人留下的什么哪怕是"一眼看百年"吗？可能就是"千眼看一年"吧！

那一艘红船

小巧的院落，雅致的布局，一座小小的凉亭，三位着长袍先生的青铜雕塑默默地围着一张石台，一些红的花一些绿的草在他们周围在院子里闲闲地绽放。

与一般院子不一样的是两排面对面带走廊的青砖房之间，一艘红船，与真船一般大小的木船横亘在眼前。整个船体是红色的，高高的桅杆上一块黄色的虎幡，而船头上则同样是一巨大的虎牌。看了解释方知道这就是世界上第一个水上救生组织——义渡救生会当年用于在长江上救人的船只模型了。

　　江风白浪起，愁煞渡头人。《镇江志》上曾记载：西津古渡并对瓜州，江面开阔达四十余里，"每遇疾风卷水，黑浪如山，樯倾楫摧呼号之声惊天动地。"从唐到宋再到明万历年间，江面上常有船没人亡的悲剧发生。当时的镇江郡守蔡恍因此而建造了五艘抗风能力很强的大型渡船，各船分别竖立"利、涉、大、川、吉"的旗帜，并限定载客人数，用以"济渡救生"，这就是首次见诸史册的官渡和救生功能的渡船，也是后来救生会的雏形。而当时的所有官船（想是类似于今日的公车吧），都必须承担起"济渡救生"的职责，否则，就是失职。康熙四十二年，镇江京口蒋元鼎、朱永载等十五名乡绅带头，"劝邑中输钱，救涉江覆舟者"，捐白金若干，在西津渡观音阁成立京口救生会。它不仅是中国甚至是全世界最早的水上救生组织。说是"红船"出航救助时，船旗飘扬，敲锣鸣号，十分壮观。京口救生会的义举引起了社会各界的支持，纷纷捐款资助。五年后，救生会购得西津渡韶关晏公庙旧址，建屋三间作为会址。

　　那么，会址就是这儿了，这两排房子。现在，我知道了这艘红船的来历，那虎头幡与虎头牌就是红船官牌的标志，就是救生会德与善的彰显；现在，也知道了那凉亭中一坐两立的三位长袍先生是何许人了，想必是当年救生会的负责人。只是，不知道他们端坐良久，是在酝酿筹划救生会的相关事宜，还是对当下世态炎凉中，常有的车撞人，撞伤撞死而逃逸，江面上的救人、捞尸者，都狮子大开口伸手要钱的丑行劣态表示无言的愤慨？！

花开的声音

　　从横跨古街的韶关石塔往下走，短短几百公尺长的街道上尽是各种为船家、旅客服务的店铺，饮食店、木匠店、缆绳店……青石板上深深的车辙，一道又一道述说着千年古渡曾经的繁华，沿街"民国元年春长安里"、"杨柳青"、"德安里"等匾额清晰可见，这街道这些错落有致的小楼很容易将人带回那久远年代的觥筹交错、笙歌曼舞。

然而，西津渡却是如此地静谧。安静、宁静、寂静。

缄默。这个词在春风中跃上心头。一如寂静不是没有声响，一如缄默不是无话可说，一如有句话叫"此时无声胜有声"——你看这石板坡道上，每一条车辙的印记都诉说着昔日商贾云集西津渡的他来你去；你看这每一扇木排门上都有着岁月的手印，承接着哪一朝代何样人等的敲打与叩击？你看这沿墙而立在春风中摇曳的红灯笼也是无声无息，你看这小街上小铺子的店主们，只是静静地守候在自家的领地，那卖醋的小门面，女主人在翻看着一本书，见有人走过，抬起浓密的睫毛温婉一笑……

西津渡真是静啊，静得听得见这青砖这黛瓦共担风雨不离不弃的千年情话；静得听得见这昭关石塔与这青石板路在无数星星起月儿落间的俯瞰与仰望中的地久天长，更听得见这老木排门与虎头铜环间相依相偎窃窃私语的柔情密意……如此的西津渡需要这派静谧，一如千年的历史需要静下心来打量，需要静静地思考，再静静地用心来体味酝酿，再若这经年累月的陈醋，弥漫出长久的醇香。

一派寂静中，穿过观音洞，沿着栈道向后面的小山坡上攀爬。站在那西津渡的最高点，那间小凉亭间，看得见远处的长江水，看得见西津古渡所有的飞檐翘角、巷巷道道，有一些迷蒙，有好多想象。下栈道时，拐弯之际，似听到一阵瑟瑟作响，回眸，那一坛硕大的金黄花，已风情万种地欣喜绽放。

想你时在眼前

"我站在海岸上,将美丽的台湾岛遥望,日月潭碧波在心中荡漾,阿里山林涛在耳边回响……"幼时就熟悉的歌词与旋律啊,托载着一个遥远又似乎难以实现的梦幻。当东航 MU5001 班机在台湾桃园机场稳稳降落,夕阳中的晚风湿润清新地满头满脸袭来,心对自己说:是了,已跨越了说长不算长、说远又很远的海峡……

阿里山的同心树

巴士载着我们在盘山公路上行驶,"高山青,涧水蓝,阿里山的姑娘美如水,阿里山的少年壮如山……"歌声一直在耳边回荡。

云雾若乳白色的绸纱在群山间曼舞飘逸,透迤的苍峦叠翠满心的温润惬意:这就是阿里山了。较之于大陆的众多名山大川,阿里山不在其高不在其大,却尽在其绿、在其柔、在其青湛。你看这满山的勃勃茶树翠得养眼,你看这路边的椰子树、槟榔树比肩而立绿得怡心,间或,一树树、一串串金黄色的芭蕉黄澄澄地闪烁,还有许多小花,红的黄的白的斑斓在漫山的翠绿间。那带着明显原住民情调的小茅屋,门前向你微笑致意的是身着绚丽服饰的包着花头布的小姑娘……

沿着山中的环潭步道，悠悠前行。由于阿里山的独特气候，热带林、暖带林、温带林的林相变化，令人目不暇接。这边才是桧木若林树叶泛金的秋意，走没多远，却见贴梗海棠红艳艳地满目春色；一株巨大从未见过青绿绿的植物矗立在那儿，原来此公名曰"芥茉"；白耳画眉、青背山雀还有许多当地人都叫不出名的鸟儿，嘀哩嘀哩清脆地婉扬着，却原来到了芬芳四溢的梅园。攀过吊桥，走过巨木群栈道，一步一景，步移景换。金黄、翠绿、嫣红、宝石蓝……秋日的阿里山慷慨向我们呈现着春夏秋三个季节的美丽。令人叹服的是1400公顷的阿里山干净得令人诧异，无一丝纸屑无一件随意乱抛的杂物。在阿里山植物博物馆，我在那本小小的折页上找到了答案：树木发芽时，没有一点声响；树木倒下时，我们听得到。只要你愿意多爱地球一些，自己和下一代的未来就可以更好一些。维护环境，非你不可！

这些日来，回想阿里山，在脑海挥之不去的，其实不是云雾缭绕的峰峦叠嶂，不是伟岸巍然的神木和千岁桧，不是奇巧逼真的象鼻木，不是兼具传承、繁衍之意的三代木，也不是凄美情伤的姐妹潭……在心中眼底挥之不去的其实是那两株紧紧缠绕的树，那目前阿里山风景图册上还没有标注的两棵树。你看，眼前这两株相依攀援的树，根须，盘根错节在土里，躯干，遒劲莽苍紧紧交缠，而枝叶却又各自分开向着蓝天白云。山风掠过，这两株树的枝叶瑟瑟翠绿着相依相拥，直向云端。更奇的是这两株树木下半端盘根错节紧紧缠绕，绘就出一颗硕大的"心"，令人久久伫足浮想联翩：是情人？是朋友？不，它们是兄弟是一母同胞啊！

你看这分明是同植一块厚土，

你看这分明是共拥一片蓝天，

你看啊这千年万世不能分离的兄弟树相依相缠，怎么能分开？

一颗巨大的"心",怎么能分得开!

日月潭的相思月

日月潭的月亮,今日,为何出得这样早?

暮色才将面纱轻轻地扬起,那水中已清晰地映出一轮圆月。月儿出来了?果然,天际那朦胧中,一轮圆月轻柔地在云层中缓缓而行,忽隐忽现。"天上一个月亮,水底一个月亮。天上的月亮在水底,水里的月亮在天上……"一首熟悉的旋律从心底深处浮到了唇边。

是下午四时到的这早已荡漾在心上的日月潭。一怀软玉,温润婉丽;满潭碧水,波光潋滟。日月潭在群山包围之中,是一个高山湖泊,明净似镜。湖的东北面形状像太阳,湖的西南面形状像月亮,因而得名"日月潭"。有说由于太阳光反射不同,故日潭和月潭水的颜色也不一样,分别呈丹碧二色,只不过我们在暮色中,看上去都是水色茫茫,如诗如画。游船载着我们绕潭而行,细雨给湖光水色罩上一袭薄纱,潭景不甚清晰,这碧水又近在眼前。一片迷蒙中赏日月潭,倒也是别具风情了。

那自我介绍是邵族与汉族姻亲后代的游船掌舵的小伙子,一边左转舵一会儿右转舵将船儿开得风生水起,一边很快活地说个不停:祖国来的客人你们看啊,潭右侧那座建筑就是大名鼎鼎的涵碧宫啦,老蒋和他的太太宋美龄就曾住这儿,是他们的行馆(宫)啦,老蒋认为这儿风水好啊,前青龙(水)后白虎(山)啊;大家都知道日月潭的"岁寒三友"吧,这岛上的三位常聚这儿开会呢。听这小伙子说出"岁寒三友",我们都笑了:这松竹梅啊,走到哪儿不是咱中国人所欣赏的风情甚至风骨呢!大家知道这岛上的阿婆茶叶蛋吗?可香呢!这阿婆七十多岁啦,过去,一天卖七十多个,和大陆三通后，一天要卖一千多个！他这一说我们都说想尝尝呢！小伙子狡黠地一笑：可不好买哟，要提前预订的。不过，船到岸就会有，我的船每天都能拿到的哟！哪个再说与大陆"三通"不好，我们老阿婆第一个不答应噢！……

　　天更暗了，月色中的日月潭静谧安详，如梦如幻。与月儿深深地对视，"举首望明月，低头思故乡"，忽地，想到了海峡对岸的亲人，你那儿，也是这样一轮朦胧的月儿吧？也不禁笑自己：离家几日，就如此地思念，何况那少小离家、老大不得归的游子，那多少年多少回举首望明月的热泪涔涔。"你在海的那边，我在海的这边。你在何处观赏宝岛的美景？我在这边将你深深地挂掂。"此时，爱人的短信恰逢其时地飞到了手机上，是的，两岸的亲人，就是这样，你将我、我将你在心中深深挂掂……

　　"低头看水里，抬头看天上，看月亮啊思故乡，一个在水里一个在天上……"

　　这千年明月载得动多少思念？

　　这无垠月色洒在多少有情人的心房？

野柳的风化石

　　是高远纯净的天空，是湛蓝清澈的大海，是岸边平整的细沙，是因几百万年海浪侵蚀、岩石风化、地壳运动的渗透，满海滩千姿百态的海蚀洞沟、蜂窝石、烛状石等奇异的海岸景观，那酷似维多利亚女王的化石，纤细的脖子边，满是"来此一游"兴致盎然的留影观光客。——这就是野柳了。

　　想起我的亲舅父。第一次听说野柳，就是 1986 年他回大陆探亲向我的父母说起。读了师范又投笔从戎的老人说：野柳海边是台湾海峡离大陆最近的地方，一百五十华里。但是，走不了。已皈依基督教的七旬老人是从美国转道回的家乡。想起眷村的老兵，陪我们的高先生在车上说：上个世纪末，眷村（1949年大陆去的老兵居住的地方）的老兵曾有一批相约来野柳，来这离大陆最近的海边，看一看那有着亲人的对岸，路迢迢水长长。白发苍苍的老兵们一人指认一块烛台石，跪下来向着北方，那有着老娘的家乡……

想起余光中先生那首著名的《乡愁》："小时候，乡愁是一枚小小的邮票，我在这头，母亲在那头……后来啊，乡愁是一方矮矮的坟墓，我在外头，母亲在里头。而现在，乡愁是一湾浅浅的海峡，我在这头，大陆在那头。"想起国民党名誉主席吴伯雄先生在我们论坛上的讲话：现在啊，早晨在台北悠悠地吃早点，中午就可在上海的黄浦江畔了。是的，现在，这样的乡愁，已不再是，不再是那么地遥远和不可消弥。

可是，那扎着大辫子站在柳树下望穿秋水的姑娘呢？那站在村头满头白发将手在额头搭成一座屋檐久久凝望的娘亲呢？眷村的老兵，在思念、挂牵中垂垂老去，在遮云蔽日的乡愁中永不瞑目。"你们看，这一座座烛台（风化了的烛台状的石头），都向着海的对岸向着北方啊！"寂静，一片寂静。人哪，只有一辈子，就这么攸忽而过，那永远铭刻在心中那岁月载不动的痛得揪心的乡愁与亲情啊。"要葬高山兮望我大陆，大陆不可见兮只有痛哭。"是于右任老先生的悲恸与感慨吧！

野柳的海水哗哗地拍打着礁石，脸上晶莹透亮湿漉漉的。

是这海风挟着海浪溅湿了脸庞？

还是心中的不能自已漫溢出了眼眶？

眺望海心山

清澈滟蓝的湖水一望无际，飘逸纯净的白云漫卷游曳。水天交接处，影影绰绰的是一块隆起的小岛。菊拉着我：那就是海心山啦，你一直问的海心山。

海心山。海心山是偌大的青海湖中央的一座小岛；海心山上有一座庙，自汉代始就有的青海神灵显神庙；海心山有莲花教主的庙堂，有几间小屋叫莲花庵，十多位尼姑在庵中修行，尽管简陋但也晨钟暮鼓、法相尊严……自在西宁去青海湖的途中，听得一言半语，这海心山，就一直挂在了心头。

这儿是离海心山比较近的地方，28公里也就是湖面上的距离。顺着菊的手势，一群斑头雁忽喇喇从湖面从眼前掠过。我们能去吗？菊说目前还没有游轮开放让游客上岛。上个月，她随工作船去了一次。

身着红教（藏传佛教中的一支）僧人褚红色袍饰的十几位僧尼两列排开颔首合十，欢迎罕见的岛外来客。她们沉稳又轻盈地端来自制的酥油茶和糌粑；她们轻柔地回答客人们提出的问题，偶尔，抬起清澈若青海湖水般的眸子波光一闪又低下头去。僧尼中年龄最大的是年愈六旬的住持藏女西尼（音），年龄最小的才十三岁。大部分均为藏人，其中有一位汉女，是来自四川的一位女大学生。

这群女子，均是为信仰而以此为终生、终老之地？菊接住我询问的眼神：住持西尼，她曾经绕着塔尔寺朝拜 108 圈，她曾经沿着环湖周长 360 公里的青海湖"五体投地"整整一圈历时七个月，她更带着两位弟子，以最虔诚的姿态一步一叩，以最艰难的方式风餐露宿，三年零五个月终达拉萨大昭寺。她好看吗？话一出口知道问得傻，菊笑笑说：平和、冲淡、婉约、坚忍。

这座长 2.3 公里，南北宽 0.8 公里，总面积为 1 平方公里的海心山，形如螺壳，山体均是乳白色的花岗岩、片麻岩，远看在湛蓝的青海湖水中若雪浪漂浮，一如古人所吟：一片绿波浮白雪，无人知是海心山。怪石嶙峋杂草丛生的海心山荒凉又安静，美丽又凄清。这些不同年华的女子，在这儿生活也罢，修行也好，怎一个"忍"字了得？

清晨六时，晨钟响起，起床、打坐、静修、诵经；

晨课后，依次去山下那清泉泉眼中汲水背水，以作一日之用；

简单的早餐后，再是浇灌暖棚，僧尼们在岛上无有新鲜蔬菜，搭了十来平米的大棚，眼前绿的是油菜与油麦菜；

侍养牦牛、羊，挤奶打酥油茶做糌粑；

听西尼住持讲经授课"唵嘛呢叭咪吽"……就这样日复日年复年。

暮鼓在海心山在青海湖水在柔柔白云间缓缓回响，双手合十的僧尼们走过莲花生香泥佛像，走过加持菩提塔，走过岛上那叶如蔷薇、色若罂粟名为"佛花"的一派嫣红，走过暖棚边那满眼的翠绿，那鹤冠草、披针叶黄花的灿烂，更有那湖边山间的飞鸟鸣啾，她们就能心如止水，就能恒久安静淡然？亲人呢？爱人呢？只有一次的生命就这样彻彻底底地交付与晨钟暮鼓？

按教规，僧尼三年有一次探亲假的，而一般，她们都不用。有一位三十出头的僧尼，2008年曾下山出湖探亲，三年过去了，今年她却说不出湖了。那十三岁的小女孩，刚来时，伤痕累累的双手常抱着膝盖望着远方，泪水与湖水一起闪烁，而现在却宁静淡定得如她的师傅一样。从汉代至今的规矩，山上的僧尼一年有一次出湖的机会。那就是当数九寒天，青海湖冰封的那一日，在太阳出来之前，她们赶着牦牛从冰面上走出，去距离最近的刚察县城备足一年所需的日用品与食品。夜色降临，月华似水，湖面晶莹剔透，那冰湖上负重漫漫前行往海心山的，是牦牛与十几个暗红色的身影还有低沉轻柔的"唵嘛呢叭咪吽"……

夕阳下，湖光山色已是一派旖旎。海心山随着我们车的发动渐行渐远，车上的一行笑啊说的在讲，青海湖的神奇龙驹与神仙湖怪。可我睁眼闭眼依然看见那群女子在朝露晓岚晨钟声里打坐；听见那群女子在晚风和畅暮鼓声中吟诵经文；久久镌刻在心头的，更是月色中，那空蒙苍穹下冰雕玉琢的茫茫湖面上，在零下50多度的寒冷中，那一队负重蜿蜒前行，着褚红色长袍的女子身影……

漫步 798

是耸入云天那年那月才有的巨大烟囱，是光怪陆离今时今日才可见到的荒诞画作；是上个世纪六七十年代以粗壮的胳膊，举着红宝书戴着鸭舌帽穿着工装裤的工人雕塑，一行"我们工人有力量"的大字在斑驳的红褐色砖墙上依稀可见，是二十一世纪这年这境以瘦骨伶仃为美，绿色的连衫裙委实衣不蔽体，伸着长长的脖颈裸露着大半边身体的骨感女子雕塑张扬在众人之目光中；这边厢眼前店铺边黑乎乎瓶中装着的是老北京豆汁，对面那缀满鲜花的露天座间飘逸弥漫的是卡布奇诺浓郁郁的香氛……

古典的现代的、传统的前卫的、人工的自然的、吃的玩的欣赏的，这一切与这个春日午后的阳光丝丝缕缕水乳交融出一幅多元的写意，中西元素结合的画面，艺术与生活的展示还有无尽的思索与遐想。这就是798了，闻名的北京798艺术区。这个从传统工业到代表中国当代新文化的国际艺术区。

穿过长长的车间通道，通道墙体上均是巨大的且很时尚的彩色涂鸦，两侧是各式艺术作坊、工作室和画廊、摄影展览等。右侧橱窗中三位身穿时装的人形模特令人瞩目，走了进去，却原来是一家卖画品与雕塑的。巨大的黑白杨柳青画作挂在墙壁上，与真人大小相同的两个光腚胖娃娃扎着双鬏的雕塑很讨喜很可爱，吸引了几个小姑娘。陈列架上有小时候在家中见过的印有"抓革命促生产"红色字样的白搪瓷缸，还有印有"为人民服务"红色字样的黄挎包，挎包上面印着的戴着红五星军帽穿红领章军装的，却是美国总统奥巴马的头像，几名金发碧眼的老外兴致勃勃地在试这种挎包。一尊《红色娘子军》女主角吴清华舞蹈造型的红色雕塑抓住了我的视线，那舒臂那135度的扬腿那腰部的曲线那手势真是美得无与伦比，却被告知是不卖的，只能用相机拍摄了下来慢慢欣赏。

　　一阵乐声轻缓地在街道上回荡，循声走了进去，却原来是一杨姓艺术家的"85"艺术大展。展室有1000多平米，油画、水墨画、纸版画、木雕及陶艺作品的图片展示在墙上和陈列架上。可能是为了吸引观看者抑或是营造一种氛围，进门一侧的台上摆着许多杯红葡萄酒，盘中是切成一片片的金黄色的橙子，观者可以免费品尝。台后是两位乐手，立在那儿的吹着萨克斯，坐那儿的则抱着一把硕大的电吉它，旁若无人地让乐曲流淌在熙熙攘攘中。出得展室，午后的阳光有点刺眼，用手遮着眼，看清这房子上方高高的标牌上是"雅尚——新太阳艺术馆"。

　　巨大而空旷的厂房。墙壁有两面被漆成了朱红色，隔壁的小影剧院正在放映青年导演耿军的作品《散装日记》《青年》，对这两部片子不熟悉，据说是黑色幽默的片子，看了文字介绍却感到一种疼痛，一种茫然于这个时期这个社会尤其是青春期理想与现实交错的疼痛。

　　卖手工艺品的作坊。从蓝印花布的小手机袋到制作精美的手绘贺卡。竟然发现一种价格不菲的卫生纸，30元一卷，却原来是上面印着数独游戏，想必是让数独游戏爱好者如厕时不太寂寞，计算完了顺手作它用。想起家中有人酷爱数独，欣然买下一卷。

　　798街道上，冷不丁出现一个古旧的电话亭，衣着时尚的小女孩在那儿托着电话秀一下,让同伴给自己照相;中心广场上两位青涩的大男生坐在小凳上为过往行人画像,驻足伫立,那位长发女子坐在那儿,男生寥寥几笔勾勒,竟形神兼备,只需五元酬劳;眼前这间书吧兼营饮料咖啡,五六位早早穿上T恤的女孩,坐那儿啜着饮料翻阅着书本;印象最深的还是那间黑黝黝的门洞内,一进去就看见一个逼真的骷髅头,晃晃当当地摆动,里面全是经营老式铁皮火车模型、老式枪枝模型的,拥趸者也不少。古旧与时尚的艺术元素就这么不协调又无比协调地交融在一起,展示在眼前,给人带来一股冲击力,有对逝去岁月的怀想,更对眼前的这一切留下许多的思考。

春日午后的阳光无比温柔地依依缠绵,是"岁月静好、现世安稳"的气息。柳丝纷纷扬扬很细致地洒在眼前的这钉着上帝之子的十字架上,洒在广场异常夸张的胖嘟嘟裸男雕塑上,洒在这摆地摊卖廉价小玩意的老妇人沟壑纵横的微笑中,洒在慵懒又满心喜悦的我这个异乡客的心上……这个多元文化空间就这么坦荡开放地与阳光一起,慷慨地向每一个人敞开胸怀。

精神与艺术的结合,精英与大众的互动,先锋意识与传统情调的共存……以前只听说798是艺术区,也听说有很多顶尖艺术家的艺术盛事在这儿举办,许多国家首脑都来此感受"改革开放的中国"。而实地伫足,在感受鲜活的艺术生命力与时代气息之时,这画这摄影这景观布置还令人感受到浓烈的散漫气质、不羁的人生态度、特立独行的个性与品质,夹杂着些许的荒诞,些许的自恋自赏,些许的晕眩凌乱,还有张扬,这个时代能够允许的张扬……更感觉到一种气息,青春逼人的气息,创业与梦想的气息,尤其,是在那卖数独卷筒纸的小手工作坊,女孩店主的盈盈笑意间;在那为行人画肖像的两位大男生的灵气与执著上,甚至,在那向路人发送画展传单的美院大学生的热情中。有些看得清的艺术作品,还有些看不清的艺术意象，在这些青年人身上，努力向前的现在，成功或是不成功的未来。记下了这间小小书吧门前的这首诗：

> 我有一个梦想，
> 为相识与陌生的人们守候；
> 守候天上的日月与星辰，守候世间的艺术与儿童；
> 守候生命的点点滴滴，守候岁月的如影随形；
> 守候你曾经拥有的，守候你未曾实现的……

这，也许就是当初开创798人的梦想，许多进驻与徘徊在798间人的梦想。为自己的梦想为他人的梦想守候，为曾经拥有的为未曾实现的守候。

再见台儿庄

是青砖黛瓦,灰白色的马头墙在秋风中巍然耸立;是波光粼粼,几百年的古运河在石驳岸间宁静蜿蜒。柳丝绿飏,风情在每一间宅院的前前后后;灯笼红艳,喜庆在沿河房屋的檐下门廊……刹那间很是恍惚:是周庄?是同里?还是乌镇?这是台儿庄吗?是那个大半个世纪前以一场残酷与壮烈改变中日战场名震天下的台儿庄吗?!

青春年少之时,去看《血战台儿庄》,去1938年的那个春天,看那场惨烈悲壮直接影响着二战进程、发生在中国抗日战场的那场转折性战役。听炮弹铺天盖地呼啸而过,看军人前仆后继勇往直前。中方李仲仁、孙连仲部防守台儿庄,日军坂垣师团、矶谷师团进攻台儿庄。那么多年轻鲜活的生命在炮弹与机枪面前割稻子般倒下,血流成河目不忍睹。铭记心中的是那支令日寇闻风丧胆的敢死队,守城的师长宣布:"每名敢死队员赏大洋30块。"但勇士们决绝地将大洋扔在地上,头也不回身捆手雷手拿大刀冲入敌阵,有的用大刀砍杀敌人,有的受了伤倒在血泊中又爬起来,有的拉响了身上的手雷和敌人同归于尽……台儿庄于心底,是血腥是残酷是顽强是壮烈,既是中华民族扬威之不屈之地,也有着无数的废墟、瓦砾、折断的老树干与墙壁上的弹痕在苍天下坦露着战后的破败与凄凉……

而眼前的城池，是如此地繁华与绮丽——高大的城门楼巍然挺立颇为壮观；文荟酒楼雕梁画栋富丽堂皇；眼前的巨大的茶壶（疑似紫砂）上面镌刻着"天下第一壶"的字样大气磅礴；没走几步呈现在眼前的是台儿庄有形物质文化遗产船形博物馆，两头窄中间呈圆弧形的实体博物馆周长足足有三四百米，两侧均是店铺，从塑泥人铺子到煎饼铺，再到穿着蓝布长袍顶着瓜皮小帽吆喝冰糖葫芦的。这边厢蓝印花布铺陈出朴实的韵致，那边厢油纸伞鲜艳出炫目的金黄。还有门系高头大马的参将署、闸官署……走进台儿庄，知道这古庄是有历史也有深厚"家底"的。形成于汉，发展于元，繁荣于明清，曾经以"商贾迤逦，一河渔火，歌声十里，夜不罢市"的繁荣，被乾隆赐于"天下第一庄"。位于古运河畔的台儿庄，有水街水巷，可舟楫摇曳，也有高墙大院，茶肆酒楼。细细端详，和周庄、同里这些江南古镇还是有区别的。这脚下的青石板块儿大且质感厚重，这墙上砖瓦的线条粗放显示着鲁地的硬朗。更有那巍然的马头墙，那飞檐翘角描花图案在秋色秋风中彰显着大气与粗犷。一方水土养一方人，那巷头街尾的摊贩、那茶楼饭店的伙计一开口，嗓门大大的，说话爽爽的，笑声朗朗的。

运河畔的"兰婷书寓"，红绸绿缎将门前的牌楼花样缠绕，使这两层小楼在青灰色的建筑中扎眼又艳丽。室内脂粉气挺浓的装饰与那墙上"赛貂蝉"、"虞美人"十来个小牌明示着这是四百多年前的青楼。走过"闸官署"，走过老宅院，沿着绿意摇曳的修竹漫步，远处是一身穿灰色长袍的货郎踽踽独行。暮色渐映，人在何处今夕何夕的些许恍惚漫溢心间。拐弯，一抬头，眼前这青砖墙壁上赫然是两幅黑白照片，是台儿庄战役中国士兵的阵地，待战的士兵们卧伏在工事后面；再一拐，柳枝婆娑，摇曳生姿，这老柳树侧的墙上又是一幅照片，一年长的军人在对一穿军服的少年指点着什么，那少年腰间捆着一排的是手榴弹吧，头戴钢盔的孩子还一脸的稚气；走过石拱桥，这家客栈的粉墙上，又是一张照片，战火正酣，满目疮痍还有这幅满是弹孔的墙，似无数只眼睛，战争与历史的眼睛，与你凝视向你诉说……心凛凛的沉沉的，四周罕人，八方无声，静得听得见自己的心跳。可一种越来越近的声响呼啸而来，是震耳的子弹声是隆隆的炮声是厮杀呐喊声！闭上眼，喉头发紧、心揪疼了起来，那么多年轻的生命碎裂在炮火中，踉跄在血泊里……

慢慢睁开眼环顾四周，许多家客栈、酒楼已是灯火璀璨，静静流淌的古运河水波光粼粼，见证着这"天下第一庄"几百年的兴衰史吧？曾经市井繁华。曾经炮火硝烟。曾经断垣残壁。眼前这竹绿花鲜，哪一丛绿树间没有曾经的痛苦呻吟，哪一簇鲜花下不淋漓着曾经的创伤鲜血？刀光剑影烽火硝烟的日子只是在照片中、史书里了。说是台儿庄是二次世界大战遗存最多的地方了，斯大林格勒仅剩一处蛋糕房，华沙也只有两处，而台儿庄多达五十多处，那么，该有着除了照片以外的实地遗存吧？可能是我没看到，可能是正在抢救与整理中。

绿柳丝丝在暮色中随秋风飞舞轻飏，红灯笼临水摇曳出祥瑞万方的天上人间。鸽哨嘹亮，将我从四百多年前的二战、从七十来年前的台儿庄战役中拉出来。一行鸽子，扑棱棱从暮色中的台儿庄上空飞掠而过。一穿背带裤的小女孩稚声稚气："妈妈，妈妈，看啦，和平鸽啊！"仰首鸽子的队列，俯看孩子的笑容，心中温情漾溢：愿笑容永在，愿世界安宁。

陆秀夫故里畅想

"我走了。"你叫上书童，你提起藤箱，你撩一撩长衫的下摆，从长建里（今建湖建阳）飘袂而出。在那座木桥上，你最后一次回头——这儿时与少时读书的地方，这留下你稚嫩的笑声和若天下所有男孩子调皮淘气的所在。那翠竹正在拔节青青，那菊花正在绽放满目金黄，那青砖黛瓦的小院，一砖一瓦似乎都在与你对视凝望，还有，门前的小河，荷花谢了，几枝硕大的莲蓬在初秋的风中向你颔首致意，走出老远还嗅得到自家书院里那甜甜的桂花香……此时此刻，对于故里的一切都是如此的依恋与不舍，你伫立了一下回首又回首：我会再回来的。

是的，这是第三次走出自家的小院了。第一次，你3岁之时，睁着懵懂的大眼走出这小院，跟上父亲去了镇江读书，在那个叫西津渡的码头上的岸。第二次是你13岁时，回到长建里的这所小院，就着神案上那盏昏黄的油灯潜心攻读，日日夜夜。15岁时你参加乡试考取了贡生，16岁时再次去了镇江京口。这次，年方18的你参加省试，以优异的成绩与文天祥同登进士榜。邻居的庆贺、父母的荣耀，那喜庆的鞭炮在长建里响了三天三夜。看着飘摇的红灯笼，看着喜色满面的爹娘、兄弟，你并不感到多大的喜悦。自小读书，你一直得到老师的赏识：学举子文，下笔有奇语。不待师烦，日进不休，"非凡儿也"。你总是记着父亲引你在范公堤上行走，父子一起吟哦：先天下之忧而忧，后天下之乐而乐。"你总是记着：吾侪当思报国，相勉为天下第一等人物，方不负此举。这是十几年寒窗间执着无比的信念。

跨过这座桥（后人誉为景忠桥），离家就远了。盈盈一水间，何止是二十来米的间隔？当时你尚不知道，这一次离开故里，就是八千里路云和月，就是海天茫茫难相见。你再也没能回到长建里，再也没能见着这秀竹青翠，再也没能嗅着自家院子里的幽幽桂花香。

那是个风雨飘摇的年代，那又是个兵荒马乱的岁月。你从扬州的淮南幕府到奉召赴京掌管文思院；从升任司农寺卿管理农粮到宗正少卿兼起居舍人，管理宫中日常生活。无一人不称你干练、稳重、宽广，具有超凡的治世才能。然而，元军席卷大半个中国，两淮局势日趋紧张，大宋江山岌岌可危，你夜不能寐，如坐针毡，你在宫中在京城一天也待不下去。你辞去文思院的职务，以淮东参议官兼任淮南东路提刑的身份到淮东前线抗元。

然而，一己之力如何抵挡住势如破竹的元军人马？川、鄂全境几乎尽陷元军之手，赣、皖有不少州县的宋将或逃或降，苏北沿江及苏南地区城镇也大多未能守住。从扬州到临安，从温州到福州，再到潮州的南澳岛，宋王朝一路不敌元军的入侵如潮水般节节败退，但又因有你这样的忠臣力挽狂澜，终在潮州的南澳岛组成行朝内阁，南宋的旗帜就这样惶恐又坚强地在南粤海上飘扬。

艰难时世从来是试验一个人的刚刀金石。端宗皇帝病逝，军心大乱，朝臣几欲散去。你力排众议，8岁的赵昺在你及一些忠臣的拥立下，在硇州岛西南端的淡水镇登基了。你从代理尚书，加端明殿学士、签书枢密院事，直接参赞都督军事，升任为左丞相，辅佐朝政，总揽军国大事；文天祥为右丞相，在陆上发展义军，以图收复失地。忠贞可嘉又士子气息的你，不在乎什么职务却在乎因这个职务可以更好地为朝廷为社稷多做些事。你内调工役，外筹军旅，殚精竭虑，似一块巨大的磐石稳宁四方，令朝廷安人心定。几万军卒发展到二十多万。

厓山，厓山大海战！南宋最后的挽歌竟是如此的悲壮与惨烈。20万宋军在缺水、断薪的艰难条件下，与元军相持了22天，终被元军攻破船阵。当主力18艘战船乘雾突围，驶离厓山，逃往大海。淡水没了，柴薪断了，你护卫少帝在帝舟上凛然坚守到最后一刻。元军杀声四起，你仰天长泣，你仗剑驱妻、儿跳海，你跪拜少帝：国事至此，陛下当为国死！陛下不可再辱！你将九岁的赵昺缚于背上，纵身一跃，入万顷碧波。你以42岁的年华，以南宋丞相负帝蹈海、以身殉国的忠烈行动，奏响了一曲声震天宇、气贯长虹的爱国壮歌。

曾经，不忍去想。倒并不是你的纵身一跃，而是不忍去想你让自己的妻儿蹈海而亡。你是一个重情讲义之人，你有一个温馨又与你同进退、共甘苦的家庭。她们跟着你一路南下，颠沛流离，吃不完的苦、担不完的心。你的妻你的儿你那牙牙学语的小女儿，忙着累着你也曾将小女驮在背上，享受这人间的天伦美好。妻子哭了，儿女瞪着惊恐的泪眼，你的长剑寒光闪闪，你的眼神温情四溢：带孩子下海吧，我随后就来！岁月流逝，知道"士可杀不可辱"，知道大家无有小家何安，知道她们若落在元军的手中，不知遭受何样的欺凌与侮辱。不如这样，万顷碧波中寻一方净地。你的妻你的儿蹈入海中，你了无牵挂！你就那么背负最后的宋朝小皇帝纵身一跃，蓝天碧海间彩虹道道，史册中溅起"人生自古谁无死，留取丹心照汗青"轰然作响的滔天浪花！

历史记着一个人总是有着理由的，而当敌方与对手向你致敬则更需要理由，需要超越阵营甚至政治信仰的理由。大王旗变了，宋朝成为了历史。但"宋灭无降帝,陆沉有秀夫"。元朝枢密院副使兼湖州路总管丁聚,出于敬重出于钦佩,竟然上奏朝廷,为你修建了墓园。此时距你的纵海一跃也不过四年的时间。跟随你抗元的足迹,我看到,在广东新会、在厓山祠内、在潮州澄海、在潮阳和深圳蛇口、在福建莆田、在江西吉安都建有你的衣冠冢或塑像或纪念亭,当然,直至你的故里建阳你的家乡盐城……

秋风劲,景忠桥头鲜花盛开,景忠书院翠竹挺拔,你的故里青砖黛瓦间桂花好甜好香啊,门前的河塘依旧碧水汪汪荷叶田田。故乡人为你建的忠烈堂巍峨俊逸,秋风卷起堂前的片片金叶,在十月的阳光下灿烂又辉煌,更在家乡人的心中散发着凝固又缕缕不绝的清香。

教堂、墓地与剧场

沿着蜿蜒悠长的尼亚加拉小道到达滨湖小镇，正值礼拜天的早晨。

教堂的钟声一下又一下，拖着长长的回声，在静谧无比的小镇上空回荡，浑厚又沧桑。瞬间，管风琴响了起来，纯净又温润的歌声挟带着早春清冽的寒风一下子将我们笼罩。歌声圣洁又透迤，是唱诗班的歌声。眼前，是拜占庭风格的圣安德鲁大教堂，青灰色的建筑。零零星星，是旅游还是做礼拜的人在往里面走。

教堂西侧，是一大片的空地，大大小小的十字架矗立其中。近看原来是墓地。很是诧异这小镇腹地竟然有这么一大片墓地，放慢脚步，一路走过。块块白色、灰色的墓碑，有的碑前是花束，大部分则是花环，圆形的心形的，黄的绿的白的鲜花缤纷其间，将墓地装扮得绚丽又雅洁。忍不住，又看了看，像极了一幅画。

墓地向西不远处，又是一大块宽旷的场地，一方舞台，一些长椅。却原来是个露天剧场。当地人介绍说这就是专门上演萧伯纳戏剧的闻名遐迩的露天剧场了。曾经听说过，每年的 5 至 10 月，这儿总是要持续上演萧伯纳的剧作，亦被称作"萧伯纳戏剧节"。但却没有想到这剧场竟然是与墓地为邻的。"你们来的不巧，我们只能和墓地的主人们一起听教堂的钟声和歌声了。"学院的老师笑笑地说。

　　生死无界！恍然这四个字跳上心头。这就是了！我找到了墓地紧挨着教堂和剧场的原因。生者与死者其实是无疆界的，那些和我们一起哭一起笑一起痛苦一起甜蜜的灵魂，从一定意义上说，并没有离活着的人而去，只不过，他们换了一种形式而在，就在这教堂旁边，就在这剧场旁边。当熟悉的钟声响起之时，当唱诗班的歌声漾溢之际，他们，也在静静地听吧？当戏剧上演之时，他们会与尚在世间的亲人一起开怀一起思索吧。肯定！太阳徐徐地升了起来，皇后大道前方古老的阿波沙凯瑞特钟塔披上一身金光，近处安大略湖水汪出醉人的深蓝，蓝得晃眼。回望墓地，斑斑驳驳的金色缀饰于鲜花和墓碑之间，整个墓地一派温馨……

　　屋外香樟树上的鸟儿欢喜地叫着，又至夏日，尼亚加拉滨湖小镇的露天剧场又该上演萧伯纳的戏剧了吧，今年是上演哪一出呢？擅长喜剧的大师萧伯纳，想必又给小镇的人们、世界各地的游客带来欢声笑语，当然，还有这些躺在鲜花盛开的墓地间幸运的逝者，他们肯定也不会错过吧。

迷　路

从来认为自己是思路清晰方位直觉较好的人，可一不留心近年来却大大地迷了两次路。

白雪皑皑，教堂林立。作为有着240多个教堂堪称世界上教堂最多的城市，大大小小哥特式的尖顶、拜占庭式的圆顶，是繁华优雅的蒙特利尔最具特色的建筑。那日下午，从北美最大的教堂——圣约瑟夫大教堂出来，停车场上有人远远地在向这边招手。沿着青灰色的路面，踩着喀吱吱的白雪向停车场跑去，忽地想起该在这儿留个影的。取下相机才发现周围已没有一个是我的同学。笑着比划着请那位红毛衣的高个儿妇人帮着揿了快门，OK！Thank you！接过相机道了谢赶紧往停车场跑。看上去很近的停车场跑过去竟然用了十多分钟，到了那儿却傻了眼：哪辆车是我们校的车呢？绕着停车场转了两圈，哪辆车都不是我们学院的车！暮色四起，教堂的钟声远远近近悠悠扬扬，心开始突突地跳了起来。折回头就往教堂跑，兴许有同学还在教堂那儿没出来。教堂的正门已经关上，少许游人从侧门出来，片刻，随着那门卫最后一个鞠躬致意，侧门也关上了。廊檐上无数只灯亮了起来，天真的黑了下来。我呆立在那儿，大粒大粒的汗珠从额头滚落：真的迷路了，和队伍走散了！又冲向停车场,哪里还有车?空寂一片。如何是好?护照在学院的老师那儿,为省事包包没带下车,学院发的有着联系方式的卡片也在车上。语言不通,那有限的几个单词与词组一点用场也派不上。寒气袭人,看看手表已近20时了。那一刻有着灭顶之感觉:怎么办?怎么办?!甚至想:要是这次不出国多好!以后再也不出来了。茫然间拖着脚步往教堂正前方那间已关了门的售货亭走去,也许,那里面能有人吧?这是此时此地唯一能做的选择了。忽地就有一辆车出现在我的身后,天哪!同学们兴奋无比地跳了下来,细节不再赘说。只是教堂有四个出口,同比停车场也有四个,我错了出口自然就错了停车场而已。坐上车,方觉得内衣早已湿透,冰冰凉地粘在后背上。

  前不久去了绚丽若画如梦似幻的九寨沟。远处的雪峰在碧绿的湖水中投下洁白的倒影,一只鸟儿飞过哗啦啦惊起一汪碧绿,掠进嫣红深处。这就是珍珠滩,就是西游记的外景拍摄地呢!导游指着珍珠滩宽约有200米的瀑布告诉我们。条条玉练在秋阳下激流飞跃水花飞溅,晶莹剔透景象壮观。真的"疑是银河落九天"啊!这儿人多,就转到那个角度再看看吧!我们就沿着栈道,踩着斑斓七彩的落叶兴致勃勃地向东走去。秋日九寨最美的是色彩了,红的是枫,绿的是竹,金黄色的是落叶松,洁净、宁静中争相斗妍。哎呀,这前面海子真是漂亮!一湖之中鹅黄、黛绿、赤褐、绛红、翠碧等色彩组成不规则的几何图形,相互浸染,斑驳陆离,如同抖开的一匹五色锦缎。阳光一照,更为绚丽多姿,一片光怪陆离,似梦非梦,如梦似幻。有一种似曾相识,是前世?是今生?是在他处还是在梦中来过此地邂逅此景?拐了几弯?树木愈发葱茏幽深,林子愈发悠远静谧。喧闹声远去,身前身后已没有一个游人。"诺日朗",一块原木木牌上标志着脚下的所在地。展开手中的行程图,却发现行程上没有这景点。拿起手机拨通同行的,都说是你走岔了快回头。偏不信，顺着栈道走，总归走得出去。况且，这林子这海子多漂亮啊！不远处看得见有大巴驶过，这就对了。我走的不错。有风景的地方就是给人赏的，有大巴的地方就是公路，就有出口。自信满满饱饮如画美景向前走去，拐了一个弯拐了两个弯拐了三个弯，原来看见不远处的公路如变魔术似地还是隔了好远！林子一点声响也没有，一只鸟儿掠过海子呼啦啦吓我一跳。当沿着栈道转了近两个小时终转到了公路口。坚信没有走错，却承认自己真的错了。

　　想想，这种一直以为自己没走错的迷路更为可怕。一如人生，等发现时，多少时光已经过去，拽也拽不回头。

品味尼亚加拉

　　轰鸣作响，飞流直泻，喷珠溅玉，晶莹明澈。如絮似绵的水烟雾岚冲天而起，在阳光下幻化弥漫成七彩霓虹道道。是"飞流直下三千尺"，是"疑是银河落九天"！这就是处于加拿大、美国接壤边界的 650 米宽的马蹄形尼亚加拉大瀑布了，伊利湖水从尼亚加拉绵延起伏的大斜坡的陡崖飞泻而下，冲刷形成波涌涡旋的浪涛峡谷，浩浩荡荡一路奔流直向安大略湖。"尼亚加拉（Niagara）"一词源自印第安语，意即"如雷贯耳"。这大瀑布真是不虚此名。我们才下汽车，如雷贯耳的水流声响就远远而来，真所谓"未见其面，先闻其声"。世界上大凡美丽的地方都有过残酷惨烈的战争，历史上的尼亚加拉瀑布城，曾是美国和加拿大两国争执不休甚至兵戎相见的必争之地。1812—1814 年间，两国曾多次为此发动战争，结果两败俱伤。然而花开花落风去雪来，历史上为争夺这地区的枪炮声早已淹没在大瀑布惊天动地的和平呼唤中，你看那连接加、美两国国界高高的彩虹桥上，比冬日阳光还灿烂的是肤色不同的人们的灿烂笑脸。

　　如果说令尼亚加拉享誉世界的是这激荡壮观的大瀑布，这次走进尼亚加拉方才知道，尼亚加拉其实是个地区，瀑布城只是其中的一部分。在瀑布城中沿安大略湖一路往东南前行，方走进真正的人间仙境，只有一万多人口的尼亚加拉湖滨小镇。

小镇只有一条数百米长的小街，满是十字架的墓地素朴庄严，与拜占庭式的大教堂与上演萧伯纳剧作的露天剧院相依相偎，魂灵们听得见舞台上的琴瑟音韵吗？十来家小小的服装店和工艺品店铺镶嵌在静谧的街道两侧，街上少有人走过，只见一位着黄毛衣的妇人静静地倚在赭红色的钟楼边闲闲地晒太阳。令人瞩目的是路两旁的哥特式的、英伦风格的建筑，一座座堪称精美的小别墅若幅幅年代久远的名画，就那么静静地点缀在皑皑白雪的小镇间，随便走近一看，却原来大多是十七、十八世纪的房子。房子有奶油色有白色有浅黄色还有浅蓝色的，没有围墙更没有防盗网。家家的木门上均挂着鲜花或是干花花环，心形的圆形的菱形的精致无比的花环，在蓝天白云下向我们绽放着五彩缤纷的笑脸。

顺坡而下，呈现在眼前的就是阔大的湖滨了，小镇就因这湖滨而出名。是茫茫的雪坡，是无垠的雪湖。雪覆湖，湖连天，偌大的湖坡上几株大树绿得灼眼，闲闲的是几张白色长椅，在坡上等待着渴望它们的行人。太阳出来了，一下子将万道金光洒向这漫漫雪坡茫茫湖面，光与影以最畅直的线条流泻着分割，湛蓝、金黄、洁白，纯净得毫无斑驳。风起，将雪湖雪坡拂起波波荡荡，于是一天一地一湖铺排得明明净净坦坦荡荡。色彩单纯到了圣洁，气韵委和到了崇高。

有这样的湖，雪才真的是雪；有这样的雪，湖才名副其实地为雪湖。面对这样的白皑皑，直觉自己微小若一粒雪花；伫立这样的空茫茫，又觉得这雪这湖这蓝天白云均为我而在，因我而生。四周好静啊，没有欢声没有笑语，马车声远去了，同伴的声音也遥远模糊了。一种深挚的默契自心头缓缓升腾：喧嚣的人生真的需要这么一个宁静怡然的所在，不远万里旅途劳顿就是赶来与这白雪这冰湖这静谧来一次相知相许的约会。

作为殖民时期加拿大曾经的首府所在,湖滨小镇同样经历了炮火硝烟,而这一切早已被封存在偌大的冰湖之中,掩埋在纷纷扬扬的雪花之下。说是这冰湖中有着亘古未化的积雪余冰,它们该是这块土地的见证了,但千年的冰雪只是向人们呈现出一派宁静和安祥、和平永恒。

从大瀑布到湖滨小镇,走过尼亚加拉,似走过了加拿大二百多年的历史,又似走过了从绚丽归于素淡、从壮怀激烈到宁静安谧的生命形态,回味一如尼亚加拉小道,悠悠长长。

如果爱，让我为遗失的美丽唱首歌

因了《边城》，对凤凰，心中是有着期许的——那叫做茶峒的摆渡口，那高高低低沿江而建的吊脚楼，那肤色黑黑眼睛乌溜溜的翠翠们，还有，那清澈沱江上的一叶叶小舟，更有那飞檐翘角的风雨廊桥……

沱江边的那一叶小舟

上船喽——艄公手中的长篙一点。载满人的带篷游船缓缓地离开了石驳岸，悠悠地，我在沱江上面了。

喜欢水，素来喜欢。你看眼前这水啊，清澈澈的缕缕水纹从眼底手中划过；碧绿、澄黄纤柔的水草犹如少女的长发，又如舞蹈着的女子在水下灵动地徘徊起舞；一串串小气泡晶莹剔透地从水底泛出，是小鱼儿们呢，活泼泼又欢快地在江水中嬉戏玩乐。

沱江的岸边是有着风景的。高高低低错落有致的土家族吊脚楼齐刷刷地装点着两岸，串串红灯笼在晨风中飘忽着，标明着这是一家家客栈。一群群女子，扭动着若水草般柔软的腰肢，裤管卷到膝盖上露着洁白的双腿，站在江水中，在那大石块上用木棒捶打着白色的衣物，两个女子一人一头在用力地绞动着白色的床单，是客栈的服务员吧？只见那高个儿很丰满的女子用力一拽，那小个儿的往前一晃就趴在了水中，那水中的爬起来就高一脚低一脚地追打着那高个儿，船上的、岸边洗衣的都笑了起来，鸟鸣声、水花声、女人的欢笑与叫骂声交织出沱江秋日之晨曲。这该是《边城》中江岸的场景吧，只不过，那时，没有这般地热闹。

心中有些什么在这晨曲中，在喧嚣与繁杂中，一点一点地舒叶萌芽，凝视着江水，不禁将微笑溶进了这活泼泼水灵灵的沱江之晨。

忽地一声大喝令人心惊肉跳，却原来是那黑脸艄公向着那对面而来，擦了我们船舷的游船一篙子捅了过去，捅起水花无数惊声乱语。两条船的艄公瞬间吼叫着恶语相向，全是湘西土语一句也听不懂。艄公生气了，艄公怎么是这个样子呢？

想起《边城》中翠翠的爷爷，那个好脾气的摆渡老人，老艄公憨厚善良又好脾气地对着南来北往的贩客、过渡口的人，笑着唠叨着，为孙女的终身大事费尽心机，终将爱与不舍都交付给了这弯弯沱江。那时的茶峒没有这多烟火没有这多人，更没有这多的红灯笼。当年的茶峒渡口寂寥、宁静甚至冷清，只有那走运货品的贩子与出滩进滩的人们。于是，就有了老艄公爷爷和孙女翠翠的小渡船年复年、日复日在两岸的摇来渡去……

一叶小舟，孤零零地泊在那白塔边的水湄之间，一篙搁在那儿，船舷边遍布着暗绿的青苔，圆圆厚厚的，分明是有了许多的春夏秋冬。是翠翠与她的爷爷摇过的渡船吗？

徐行在千年青石板上

秋雨若春雨般淅沥柔婉，落在蓝格子伞面上一如蚕儿咀桑。"沙沙沙"声中，踩在凤凰的千年青石板上，缓缓前行，因了这雨这伞还是这青石板？恍然，以为自己是披千年蓑衣的渔翁或是侠客，正浪迹于江湖之中，目无他人地，徐徐行走。

细雨依旧淅沥。很不鲜亮的小店铺偏偏进入细雨濡湿的眼中，店铺的壁上挂满了简单又粗糙的蜡染大披肩、彩格围巾。矮矮的方桌上，铺着一床棉被，两男两女围着在摸麻将牌。问了几声价钱那妇人很不情愿地，懒懒地欠身说是那条红绿彩格围巾只有样品没有货了。有点不悦却又惊奇地发现这棉被铺着的方桌下，有着一旺木炭火的。怪不得不肯离开，这就是湘西特有的"被炉"啊！真想着也坐下去，暖一暖在雨中凉了的心和手。

两位身着蓝色布衫，着黑色包头，个儿矮矮的妇人，从高高的台阶上往下缓缓、缓缓地走。就在眼前这窄窄的巷子口，撑开木架，铺上厚厚的手织灰色土布，再摆上晶晶亮亮的小银饰还有丁零当啷的小挂件，慢条斯理慢慢悠悠，就这么铺个两平米的摊子用了半个多时辰。从巷子口回头望，那两个苗家妇人还在那儿慢慢地摆小挂件。

凤凰的节奏真的是慢啊。

这家的铺子是卖龙须糖的，撑着伞不近不远地看着这上了年岁的师傅，不紧不慢地用长长的棒子在行人的眼前悠悠地绕啊绕的，绕出缕缕银丝，似微缩的瀑布又若柔绢的棉絮或是蚕丝。师傅再抻一抻扯一扯，"绵软香甜的龙须糖——"

沿着青石板往下走，风中似乎有歌声飘浮，伫足侧耳，又没有。真的没有。远处是黛色的山峰，江边密匝匝的吊脚楼。沈从文在《边城》中如是说：湘西的人啊会说话就会唱歌。湘西的男子若喜欢上一个女子，会到她家附近的山上去唱歌，一直唱三年零六个月的歌，就会将心上的人唱到自己的身边的。翠翠在睡梦中听到二佬为她唱歌，唱得她从梦中浮了起来，摘了一大把木耳草……现在，还有这样的痴情与歌声中的守望吗？

没有歌声的凤凰，到处都是小店铺悠悠慢慢的凤凰，伴着惆怅的我，徐行在千年的青石板上。

风雨廊桥无故事

蒙蒙烟雨，烟雨凤凰。

雨还是在下啊。下了大半日了。雨雾在远处的山峰间飘摇漫溢，若多情女子的心事在尘世间缠绵妖娆。一抬头，眼前是向往已久、萦绕在心的飞檐翘角的中式廊桥。

对凤凰的廊桥，不知是因了《边城》中的未曾提到，还是《廊桥遗梦》中的麦迪逊县西式廊桥，对于廊桥，是有着一些遐想的。尤其是这出了沈从文、黄永玉及民国第一任民选总理熊希龄等著名文人、名人、大家之古城。这廊桥的砖砖木木该留下多少才子大师的足迹？听过多少文人雅士的吟唱？留下多少墨宝？这廊桥还是不是，有东方的罗伯特·金凯与他的弗朗西丝卡留下的心愿与梦幻？

走进廊桥，瞬间被淹没。卖姜糖的卖鱼干的卖梳子卖猕猴桃的还有卖烧烤的……这廊桥分明是个超级卖场啊，哪里有什么墨宝什么吟唱还有什么有情人的梦幻啊。

也许人生更是如此，对任何事、任何人不能期望太多期许太重，期望得越高越重，失望就越大。同行的友伴都看出我的沮丧与灰头土脸，说是去二楼吧，上去安静些。怏怏地走上二楼。

雕花的木格窗，藤椅木桌蓝印花布的桌布，似乎清幽些，似乎是个可坐坐的所在。想着若沏一杯绿茶，三两知己对坐，想必也是个拂尘洗心的好去处，那盈盈绿茶中，本是可以滋润与存放着一些前尘往事的……

那边有人说，这就是翠翠当年看赛龙舟的地方，知道不是还是一笑，权当是真。

倚着木格窗向沱江眺望，江还是翠翠与爷爷摆渡的那条江，千年流淌的那条江；

靠着小方桌向远处的山峰眺望，山还是翠翠听歌的那座山，在暮色中隐隐绰绰。

月儿盈盈地现了出来，与月儿对视的，却不是那年那月的人。

暮色尚未铺天盖地，两岸灯火已是辉煌璀璨。凤凰喧闹繁华灯红酒绿的夜生活开始了。

想起《边城》中最后的那句话：那个人也许明天回来，也许就不回来了。翠翠在渡口等。

今日之凤凰，变成了这个样子，那个戴眼镜挟着书包的书生回来，还会认识他的边城吗？

第四辑

只为途中与你相见

与谁一醉一陶然

这里树无语，荷不动，无论如何你想不到这寂静清谧中，曾经风云跌宕高手际会，酝酿和演奏出中国革命史的前序乐章；

这里石坚磐，砖冷涩，费尽心思你料不到这冷峻刚硬中，曾经缠绵着凄美绝伦的爱恋之歌荡气回肠千古不绝；

这里槐上了年纪，竹有了岁数，无意间你拂动一片叶，枝叶瑟瑟间会摇曳出一段古远的故事，有意时你去抚弄一片瓦，幽幽远远处会回荡出岁月深处的足音……

一

千年古槐，伟岸、静默地在小小的岛上迎候着孤单的旅人。推开高大的铜环大红门，吱呀一声你就跌进了冷寂摔进了幽清。凉意袭人啊，足下几百年的大方石砖都在渗透着丝丝古远的寒意。

陶然亭！小小的亭子面东而坐，堂间北面的照壁上，秀兰挺竹在黑色的石碑上隽秀地绽放，茂茂密密；南壁一面则是诗词歌赋次第排列，龙飞凤舞。有的画痕有些笔触在岁月的风霜中斑驳得难以辨认了，但那或隽秀或狂放或精雕细作的字啊画的不由你不凑近去赏去看。一看吓一跳：齐白石、张大千还有那位"我自横刀向天笑"的谭嗣同……大家、大师的诗词句章跃然壁间，这方小小的亭子竟然如此地藏龙卧虎！

"城南亭子仰高台，槛内文窗面面开。到此大都诗酒侣，应无俗客来看山。" 28个字极其形象地对几百年前文人骚客在此饮酒吟诗谈文论章作了极好的白描。多青衫而无华服，论文章而绝官场。风雅之居，文人之所。清康熙三十四年奉命监理黑窑厂的工部郎中江藻，凝视这方三面环水的两亩半小岛，动工修下这座亭子，并得意洋洋地将白居易"待得菊黄佳酿熟，与君一醉一陶然"诗句之中的"陶然"，颤巍巍地写上这亭子的匾额之时，可能并没有想到他理想中的风雅之地在岁月的动荡中，竟成了清末之时维新者与后来的革命者聚会举事的场所。康有为、梁启超和谭嗣同曾在这里计议变法；孙中山亦来此参加过聚会；李大钊、毛泽东和周恩来等，也曾在这里举行过发动革命的秘密会议。清幽的陶然亭演绎翻卷着中国大革命早期仁人俊杰的风云际会。

亭子前的南侧两间小厢房是李大钊先生曾经住过的地方。两间十来平米的小房中，是哪一把木椅承坐过大钊先生，是哪一支毫笔在先生的手中挥洒出大革命的前奏乐章？两只青瓷花瓶，很古朴地立在窗前的条台上，它该知道。一方小小的木格子窗，很精巧地将里外室通透，想必它一直在这儿，也该知道。外室靠墙一排陈旧的竹门书橱更该知道，大钊先生是怎样与它们终日为伴，为在血雨腥风的年代向中华大地，播撒马克思主义的种子如何地殚精竭虑夜不能寐。

大钊先生居所的对面则更似聚会的场所。长长的会议桌，几把木质椅。周恩来先生的半身塑像端坐长桌前面。早期的"觉悟社"、"少年中国学会"、"曙光社"等进步社团发起者常在此聚集，共商五四运动后爱国运动和联合斗争的发展问题。前来于此、驻足此地竟都是何方神圣啊：毛泽东、高君宇、邓中夏、恽代英，年轻的他们在泛黄的照片上，在老槐树下英俊、潇洒地笑着，还有年轻秀丽的邓颖超、郭隆真。他们的身影都曾在这儿伫立，他们的声音都曾在这儿回荡。

这小小的亭子间曾泛起了照耀进步中国的缕缕曙光！先前的我真是孤陋寡闻，看轻了陶然亭。请允许我，向这亭、这平房、这每一株翁郁的花木每一块森森的砖瓦致以深深的敬意。容我再看看再想想，用二十一世纪人的心情与脚步一分一寸地感受和体味。

二

"我是宝剑，我是火花，我愿生如闪电之耀亮，我愿死如彗星之迅忽。"

其实，这么多年，心心念念地牵记着陶然亭，我知道，是为这首诗，为这首诗的作者高君宇，更是为高君宇生前的红颜知己、逝后的生死恋人石评梅而来，为他俩在风雨如磐中志同道合的相知相逢，为他们在相爱相恋中的生不能相依、死却永远相伴的至死不渝的爱情而来。于我，这是一个半生的约会；此行，为了践约。

是在青涩岁月偶然地邂逅这段凄楚与美好。我党早期著名的政治活动家、山西共产主义运动的开拓者高君宇，与北师大附中教员、进步女作家石评梅，在积极宣传马克思主义和"五四"风云中结下了深厚的情谊。论时局、说救国、谈为民，陶然亭的树树叶叶记下了君宇与评梅的志同道合；香山红叶托相思，象牙戒指寄深情，相知相惜吸引着两人走得很近很近。高君宇积极投身早期的共产主义活动，与周恩来会谈、与邓颖超见面、参加共产党四大……废寝忘食，积劳成疾，旧病复发，延误治疗，病情加剧，高君宇戴着洁白的象牙戒指与评梅与世长辞。泪水滂沱中石评梅痛不欲生：为什么一次次拒绝高君宇的真情？为什么为了自己曾受感情伤害的心灵抱定独身主义让君宇含憾而逝？！

评梅只能依照君宇生前的愿望，将墓地选定在陶然亭锦秋墩的北麓下；评梅只能含着血和泪为高君宇的墓碑书写碑文：我是宝剑，我是火花，我愿生如闪电之耀亮，我愿死如彗星之迅忽。（高君宇自题相片的几句话）；评梅只能用尽全部心力在下面又写道：君宇！我无力挽住你迅忽如彗星之生命，我只有把剩下的泪流到你坟头，直到我不能来看你的时候。从1925年3月5日高君宇去世到1928年9月30日，三年多的时间，不问寒暑烈日，每个星期天，石评梅从不间断为爱人清扫墓碑、墓地，一直使它们干干净净。

这位有着"以生花之笔、写哀时之痛"重情讲义的女才子，是以怎样的哀痛来一日日一月月为爱人清扫墓地？这位失去了一生至爱又极其感性的女教师是以何样的心情朝朝夕夕阴阳两隔地与爱人相依相伴？一颗心为一颗心，一个人为一个人，哀伤如斯，26岁的评梅只能"命若悬丝"只能心碎至此，终追随君宇化羽而去。遵其心愿，安葬在陶然亭高君宇的墓旁，墓碑上刻着"春风青冢"四字，后人称之为"高石之墓"。自此，永不离分。

高君宇、石评梅的墓冢相守相伴，高君宇、石评梅的雕像相依相拥在锦秋墩上，君宇帅气，评梅娟秀，共有的书卷气使两人在白云蓝天下是如此地和谐。就这样并肩共享虹霓霞光，就这样相依同赏春花秋月，就这样生生世世，地老天荒。君宇有福了，拥有这样才华俱佳重情讲义的女子为伴；评梅有幸了，一生能遇见这样值得生生世世托付的有思想有分量重感情的男人。

陶然亭好静啊，锦秋墩好静啊！夕阳如血，晚风如诉。评梅的墓地边，一簇淡蓝的小花极素净地嫣然，是评梅的微笑吗？花蕊中则是那种鲜艳醒目的金黄，是君宇的热烈吗？灿烂无比地缀饰其间相互依托。

三

陶然亭边绿意葱茏，丁零当啷的喇叭花在翠绿中招摇出一派火红。但古寺却若脚畔这石径边的无名小白花，将你的心思拉得远远的，远离这醒目的翠绿与火红。

赵彩云，这样一个普通得不能再普通的平民女子名字赫赫然撞进眼帘。可一提她的艺名就无人不知了——赛金花！清末明初的一代名妓、出使欧洲四国公使洪钧的夫人，更在八国联军入侵北京后，起到了劝说联军统帅不要滥杀无辜，保护北京市民的积极作用，京城人对赛金花多有感激，称之为"议和人臣赛二爷"。甚至于拿慈禧和赛金花作比"一朝一野"两奇女子之说。历史从来是任人打扮的女孩儿，何况赛金花这样一个身份诸多复杂的女人？从刘半农的《赛金花本事》到曾朴的《孽海花》再到张弦的《红颜无尽——赛金花传奇》，或贬或褒，贬多褒少。这么一个颇有争议的奇女子，竟然也与陶然亭有着不解之缘？！

你看这石刻的《前彩云曲》《后彩云曲》记载着赛金花的生平记事，还有同样是石刻的《彩云图》，婉约似洛神的女子左手轻轻托腮，衣袂飘逸，云彩朵朵将其托起。不谙书法与雕刻，但同样，看这撰文的、作画的、题碑的如雷贯耳：齐白石、张大千、樊增祥等，难道当年京城的鸿儒高士名流画家仅仅为一个所谓"八大胡同"的名妓竞相使出自己的大手笔吗？！

想起林语堂先生在《京华烟云》中的喟叹："北京总算得救，免除了大规模的杀戮抢劫，这都有赖于赛金花。"也还记得赛金花在那篇《追述庚子国难讲演录》中，有这样一句深明大义的话："国家是人人的国家，爱国是人人的本份。"这就是了，爱国不问身份。倒是，有的位高权重者，卖起国来逃起命来比哪个都卖劲。历史的真相永远离我们遥远。

但赛金花还是可怜，可怜她一生好强，曾经挥金如土也乐善好施，晚年贫困潦倒，接受过很多人的接济，最后的日子陪伴她的只有女仆顾妈。1936年12月4日，风雪交加中，因病于北京居仁里惨然过世，也不过64岁。死后，北京各界人士义卖所得为其办理后事，天降大雪丧服飘飘，京城一万多人为其送葬，葬于陶然亭锦秋墩南坡上，香冢之西。墓为大理石砌成，墓碑为高1.8米的花岗岩，墓碑是著名书画家齐白石所题。一个在社会和男人心目中有位置的女子，一个生命力极强又极为丰富的女子，也是在后人心中笔下写不尽道不完的女子。

但到底，陶然亭没能留下赛金花的墓。上个世纪六十年代的那场浩劫，多少有价值的东西被毁灭？何况一个有争议的名妓之墓。骨灰被燃，墓地被夷。所留下的，也就是眼前的这三块石刻，还有墓碑的照片了。踏着夕阳的光影，在据说曾留下彩云芳踪的锦秋墩间寻觅流连。是哪一株小草见识过赵彩云的美丽？是哪一方黑土托扶过赛金花那饱受摧残与磨难的躯体？又是哪一株树曾为这位魂魄无所归依的女子挡雪遮荫？

细若游丝，恍恍惚惚是谁在吟唱：浩浩愁，茫茫劫；短歌终，明月缺。郁郁佳城，中有碧血；碧亦有时尽，血亦有时灭。一缕烟痕天断绝。是耶非耶？化为蝴蝶……终究是一缕烟痕啊，化为蝴蝶，彩云飞。是了，是香冢碑碑阴文的题词。香冢已经没有了。

幸好，得知赛金花的故乡，安徽黟县，复建了她的老宅：归园。彩云千里万里，飞得过沧海，归得了故园吗？

终于了了一桩心愿，终于见识了陶然亭。来之前曾有些许的担心：茫茫人世滚滚红尘，随处可见景点的红鲜绿活会不会将牵挂许久陶然亭的清古、幽远甚至苍凉赶得无影无踪？笑语喧哗、摩肩接踵会不会将有关陶然亭的遐想震摇得支离破碎？现在释然、安然。陶然亭依旧清寂，依旧古幽，依旧"慧眼光中，开半亩红莲碧沼"，依然"烟花象外，坐一堂白月清风"，依旧"烟笼古寺无人到"，依然"榻倚深堂有月来"……

  一派寂静，寂静得听见自己的心跳。微风徐徐，槐叶儿瑟瑟。每一块大青砖蕴藉无语，每一片小黑瓦深缄其口。这上了年纪的陶然亭究竟还深藏着多少不为人知的风云诡谲？这千年的老槐树到底还看透了浮世多少命定的的悲欢离合？岛下公园里隐约传来欢声笑语，远处姹紫嫣红的花坛喜气洋洋。这半日，这陶然亭就我一人从里到外从前到后。是4元钱的门票挡住了欢天喜地的脚步，还是兴高采烈的人们早就忘记甚而不屑于走进这寂静清冷的陶然亭？

  "待得菊黄佳酿熟，与君一醉一陶然。"

  即使菊黄佳酿熟，又有谁与我在此一醉一陶然？

一束芦花的前世今生

一直以为，芦苇是女子。那么，请允许我称呼你为"妳"。

是在儿时邂逅的妳。那个乍暖还寒的春日，和小伙伴们在"五七"干校的田埂上奔跑。那领着我们跑的高个儿男孩，忽地蹲下了身子：看哪，这青青的绿是什么？一排蹲了下来，注视着这水边的一株株青绿，一小根一小根，一小簇一小簇，青得似田埂上那小小的草，绿得似老柳树上才爆的嫩芽。知道吗？这——是——芦——苇！这是与妳第一次的相遇，第一次的相识。妳，叫芦苇。好像才没几天呢，也好像只是一夜间，妳随着春风忽地一下子就碧绿了河荡与水边，俏生生的，绿莹莹的，整个大地与水荡，还有我枯寂又冷清的童年，都因妳而灵动与丰富起来。那些个春日，我们一帮不上学的孩子，整日里与妳为伴呢。扯一片青青的苇叶，舞在手中，田埂上就挥起一排绿旗；卷起再编起一把苇叶，戴在头上排着队走，我们以为自己是监督那田野里劳动人们的哨兵；那两个男孩，竟然用苇叶卷呀卷的，放在嘴边，在荡边与天际之间，嘹亮起尖脆的哨音。跑了累了，坐在水荡边，就唱歌给妳听，唱《我们是共产主义接班人》，再唱《听妈妈讲那过去的事情》……春风将我们清凌凌的歌声传得很远很远。春风中，妳轻柔地摆动着细细的腰肢应和着我们的歌声，微微地、微微地笑出一派温润浅绿，一点儿也不计较我们这群不知高低的城里孩子的莽动，不记我们的仇。我老是在想，我们去扯妳身上的苇叶，妳也是会疼痛的吧？妳却总是，静静地，浅浅地，对我，对我们笑着。太阳升到了头顶上了，空气中流淌着湿润微凉的青草和野花的芬芳，妳更是青翠秀美了，晶莹透亮地装扮着水荡与四野。微风轻吹，苇叶瑟瑟。妳，是在与我们，还是在与轻风娓娓长谈？

燕子又归，大地温了人间暖了。桃花红，梨花儿白，妳唰地一下子显现出全部的精气神，向着蓝天秀出妳轻柔又挺拔的腰杆，枝枝叶叶丰硕又厚实地向着四方舒展。最早的一缕夏风拂过，笔直修长亭亭玉立的妳，就与风共舞，与水同吟，轻漾出无边的诗情和绿意。那挎着篮子提着网兜的乡下嫂城里妹成群结对地来到妳的身边，轻巧又无比爱惜地，从妳的身上捋下那最为阔大最为美丽的片片苇叶，妳慷慨地，大度地，扭转着身躯，将最为美好与壮硕的那片，奉献给人们，奉献出每个小院每家餐桌岁岁年年的端午正餐。在这块土地上生长的人们，有谁没有动手包扎或是看着妈妈、奶奶用苇叶裹出一只只粽子，再在又糯又香的咀嚼中，感受千年汨罗江的诗情与风骨呢？那年，在加拿大多伦多，坐在教室里对着那金发碧眼的老师想着今天是端午节了，一分神眼前就是五彩的香荷包、黄黄的小米粥，那方桌的正中间，就是一盆青青苇叶裹扎的三角粽，清香无比。是红豆的还是咸肉的？……中午去食堂，那华人厨师得意地向我们笑，那自取的餐盆里，奇迹般堆满了青青苇叶裹扎的端午粽。异国他乡的相见与相遇，那一刻，竟然是泪水盈眶不能自已。原来，一片苇叶，也是可以将思念，千里万里万水千山扯得如此远远长长。

如若说，春风中妳显现的是青翠可人，夏日中妳表现的是挚爱与奉献，秋阳下的妳，我笨拙的口中已无法表达——

那一日，我站在高高的海堤边，滩涂茫茫啊，秋风袭袭。雁子排着队，在高远的蓝天上描绘出工笔画般的写意。声声雁叫，雁叫声声中，妳缓缓地摇曳，摇曳出人世间的绝美茫茫。如梦似幻的芦花啊，茫茫若海的柔白啊，眼前这漂浮在金阳与湛蓝天空下的一派妩媚，满眼温柔，这一份饱餐了金黄与蔚蓝随风摇曳的淡定与素雅，是妳的微笑么？是妳的繁盛么？这片柔软是那样有力地击中了我的心房与眼眶，晶莹的泪雾中，妳与金阳、蓝天一起编织出一个美好的梦，一个轻灵的梦，一个美好得不像样子的梦，童话般地闪现在眼前。我对自己也对妳说，这是真的，这不是梦，妳微笑颔首：不是梦，生命该有着如此的美好。

蒹葭苍苍，在水一方。有时不免在想，如此的秀美与温柔，这样地大度又热烈。妳，得到的是什么呢？采摘下一束芦花，透过絮絮柔柔的芦羽，我问妳。妳该记得，我问过妳。妳不语，妳无语。妳只是用妳的一生告诉我，春日里，妳仍是青翠欲滴，夏日里，妳仍愿意用身躯赠予人间以美味，更有思念与怀想。也有一点点，一点点思念与忧伤。当妳绽放出生命的漫漫芦花，那个帅气的背着画夹的男生曾从妳身边走过，坐下，在他的画布上留下妳曼妙的身姿，美丽的容颜，温柔的笑靥。久久地对视，深深地回望。一步三回头，三步一回头，他终走了。在秋天枯黄的原野上，一瞬间，只是瞬间，妳的花絮在秋风中漫溢出一丝丝忧伤。

总说是，芦苇花开就意味着生命即将终结。一阵寒风一层霜，寒意紧了，冬日里的妳，水荡里冰凌中苇苇簇簇，真个是浴露凌霜啊。寒风中，苇絮，一点点一片片一星星纷飞在水面荡边；苇叶儿，也枯了软了凋落了。妳，走过了生命的秋天？以后呢？想着还是有一点伤感。可妳却告诉我，不！妳腰杆仍然挺立，妳身躯依旧笔直，这时的妳，这个季节中的妳，被人们称作了芦杆。作为芦杆的妳，显现出芦的顽强芦的坚韧芦的巾帼气概。不管寒风肆虐，哪怕花落叶飘，妳永远是妳。妳对人间许诺：我的腰杆，还可以用来造纸，可以用来编席子，更可以用来编制成各种美观的工艺品。曾经的那年那月，我可是人们取暖的必需品呢。妳不信吗？我信，我服了！芦苇，我明白什么是柔弱里蕴涵着刚毅，朴实中透着灵性，妩媚里彰显着大气，更懂得什么是品格什么是风骨什么叫以身代薪！

  妳静静、静静地听着我的心语，仍是无语。眼前的妳，如箭似竹般地傲然挺立。我知道，妳的根还在，深深地扎在水荡里。我看见，明年的春天，当第一缕春风拂动之际，妳又会葱茏翠绿地拔土而出，染绿明媚着再一个人间四月，丰富妖绕着湖荡四野。

平原的守望

平原的记性很好，何时小草萌芽，何时野花打蕾，何时麦苗抽穗，何时向日葵绽放，还有那走来走去的人们。因为这些小草、野花，因为这些饱满的谷穗、雪白的银花，平原就觉得自己与这些是融为一体互依互存的，这些是平原的生命也是平原的花。平原总是觉得，有一片生命为一个生命活着是多么的不易，平原旷寂的生命因他们而丰富多彩。碧绿、金黄、嫣红、雪白，于是，岁岁年年风霜雨雪，平原有着他永远的守望……

守望碧绿

当春雨淅淅沥沥轻柔地叩打着平原坦露的胸膛，平原总是觉得酥软到血脉中去，仿佛沉睡了一个冬季就在等候着这甘霖的浇洒。平原听到自己无垠的身躯通体发出一种似有似无的声音和动静，这可是别人听不见的啊，平原自个儿笑着。是生命萌发的声音啊，是小草、是树根、是那些孕育了一个冬季的所有生物的声音和絮语。轻轻的却又是急不可耐的。平原沉稳地轻轻地舒展开四肢，就这一伸展啊，这四野就一片碧绿，那种润透万物的绿啊！

平原太熟悉这些绿了，他早已在心中千次万次地勾勒这些绿了：这近处幼幼嫩嫩的是小草，没有人问的野草，平原是那么喜欢他们，那样不顾一切地从他的身躯中最早钻出来的就是他们，总是弄得平原痒痒的，似一群淘气的孩子，探头探脑在风中喊喊喳喳的。可他们绿起来却又是那么野性与热烈。在坡沟旁，在田埂边，在无人去的空地和有人走的小径都蓬勃起碧绿的火焰，远远近近的，平原喜欢。

那整齐划一的齐齐整整地生长的，是平原的希望，也是农人的希望。如果说，平原对小草们是喜爱，对这些麦苗啊、青菜什么的，倾注更多的是关注了。平原敞开他的胸怀，无私地让这些牵系着人们希望的绿色在他的胸膛吮吸蔓延。这些绿色的麦苗、蔬菜也真的懂得平原的心思，一日一日就那么比着个儿往上蹿呢，很快就蹿得有半个小人高了。当阳光洒下之时，平原喜欢看这些绿色散发出的油亮；当春雨滴落之时，平原觉得这些深绿、浅绿就愈发透明甚至有些诗意，平原真的喜欢。因了这些绿色，平原觉得自个儿明净又溢满生机。

一阵笑声，孩子的笑声传进平原的耳扉。一个男孩和一个女孩在绿色中追着跑着，洒下银铃串串。却原来是两个五六岁的孩子啊，女孩在前面跑着，男孩举着一束碧绿，是小草还是绿柳？男孩在后面追着，笑声在风中荡漾，小人儿好像在绿色中飞翔。平原有了一种感动，启示般的感动，平原抖动着身躯笑了，这一笑可不打紧，那麦苗儿那油菜那坡前坎后遍野的小草就都绽开了澄绿明净的笑意，顿时，绿满天涯。

守望金黄

如那男孩追着女孩，金黄差不多也总是追着翠绿的身影跑来的。

首先落入平原眼帘的是那绿色中隐隐现现的星星点点的黄，这是守望中来临的第一抹金黄。可这星星点点的金黄就迅速成了燎原之势，还没几天呢，一棵棵油菜花上就密密地缀满了花朵，简直像是束束火把。遍野的油菜花啊，一畦畦、一丛丛、一簇簇，黄灿灿地飞舞起来，简直是一片熊熊的火海，将整个大地整个天空燃烧得金灿灿的，平原的眼神都染得金黄金黄，平原觉得自己的身躯也燃烧了，心也燃烧了，自个儿也成了一束金色的火把。

　　坡坎上那一排排向日葵啊，低垂着的面庞在一个艳阳天忽地就绽放出一派明媚，她抬起头来向着阳光笑了，是那样热烈的笑容，是那种优雅无比又风情万种的金黄。平原甚至听到那硕大的花盘花瓣绽开的细微颤音，清新的花香淡淡袭来。平原和太阳一起用目光抚摸这花盘花瓣，一粒粒银色种籽就在金黄的环抱中日日饱满丰硕起来。

　　金黄的稻浪是起伏着一夜之间呈现给平原的。一个恬静的夜过来，抖落清露，平原看到自己的身躯已经被金色的锦缎缠绕覆盖，天地间似扯起了巨幅的辉煌。平原真是心花怒放！有谁比平原更知道这铺天盖地金黄的来之不易呢？从第一滴春雨的滋润到那一群可爱的农人将秧把抛向平原的身躯，从每一株稻苗蹿个儿到抽穗、扬花、结实，平原如那满脸皱纹的老农一样精心地守望呢，看着稻穗儿一日日灌浆，一日日饱满起来。如果说春日油菜的金黄是妩媚，夏日葵花的金黄是热烈，那么，这初秋遍野稻浪的金黄是什么呢？朴实的平原觉得自己都像一个咬文嚼字的文人了。平原想不出来，那么，就是幸福吧，丰收就是幸福，平原这样对自己说。

　　稻海中，一对青年男女在悠悠漫步，那小伙子手中托着一本书，那姑娘挽着小伙子的胳膊亲亲热热的。平原怎么看着他们有点眼熟啊，平原想起了春日中那田埂上奔跑的男孩女孩，平原笑了，金黄的季节是成熟的季节啊。平原不去打搅他们，只是满心欢喜地向他们呈上金黄的祝福。

守望嫣红

是一株株桃，是一株株果，是一树树火红的石榴。红果绿叶，红欲流丹，红得美不胜收啊。一盏盏小红灯笼密密地布在农家袅袅的炊烟之间。平原竭力想去数一数呢，可是怎么数得清呢？这嫣红的点点片片如苍蓝夜幕上那一颗颗闪亮的星子啊。

为了这些美不胜收的嫣红啊，平原献出自己油黑的身躯让她们生长，那一条条蜿蜒流淌的河流是平原的血脉呢，平原心甘情愿地让她们去吮吸。平原甚至不太知道有些红果子的品种，平原只知道自己的无私奉献是为了谁，但平原更知道——

如果没有阵阵春风的唤醒，如果没有淅淅夜雨的浇灌，如果没有闪闪金阳的光照，这点点嫣红会找到她驻守的家园吗？

如果不是那一簇簇繁花明媚地绽放和无私地谢落，如果不是那一群群嗡嗡叫的小蜜蜂忙忙碌碌，如果不是那一批又一批勤劳的人们育苗、打枝、嫁接、除虫、施肥……这片片流丹会如此溢光泛彩吗？

为这片令你怦然心动的嫣红，平原的守望较之任何一次守望更为投入。每一次暴风，平原总是心疼那满地落花；每一次狂雨，平原总是担心那挂满了果子的枝头是不是承受得了。从一粒粒娇羞的花苞到一枚枚先是青涩后泛微黄的果子，再后来就如一个姑娘那样粉嘟嘟地羞红了脸，果子成熟了，平原的爱情也成熟了。平原伸展开自己全部的身躯，尽情地享受这红色的精灵温柔着自己粗犷又炽热的胸膛。

砰！一粒红通通的果子砸向平原，平原不觉得疼，看着那穿着红衣的娃娃捡了起来，又大叫着：爸爸！妈妈！那远处红光笼罩下，笑吟吟走来两个人，那男人提着一篮熟透了的红，说说笑笑，多美啊。平原高兴自己和嫣红一起融成了一幅这世上最甜美的画。

守望雪白

平原的目光抚摸着这片河沟。平原总是有点弄不清这春日里碧绿秋日里金黄的芦苇，怎么会秀出这束束蓬蓬勃勃洁白如羽的芦花。芦花在深秋的薄雾里凉凉地站立，清清地眺望，平原总是有点心疼，这样轻盈这样温柔的芦花啊，总是没有人去光顾她。可有一日，就来了一群背着大大小小画夹的年青人坐到了沟坎旁，对着那片雪白画了起来。平原悄悄地看了看，呀，那就是平原心中的芦花呢。那个披着长发的女孩子还笑眯眯地捧走了一大抱芦花。平原真是高兴，她想象着这雪白的芦花绽放在女孩家的客厅里，想象着这些在秋风中摇曳的芦花变成了一幅幅画，再挂在城市里的什么地方，让好多人去认识，平原觉得芦花的美被人发现了，平原觉得自己还是很有眼力的。这时的平原如一个妈妈，心疼自己每一个孩子，又为每一个孩子的被人赏识而兴奋。

平原的目光抚摸着这片棉田。一株株紫黑色的杆儿挑起朵朵硕大的棉花，绵软银白，装点美丽着有点萧瑟的平原。这也是平原的成功与骄傲啊，从那么一棵棵两三寸长的小苗到今日吐絮如玉洁白如云，平原是她成长丰硕的见证。阔大宽厚的平原知道，这洁白可以富足这田野上耕耘的千家万户；更知道这洁白可以为人类带来温暖，还有平原不知道的许许多多。于是，平原总是敞开胸怀让那一群群女子带着欢声笑语尽情采撷，看着她们双手轻盈地飞舞，瞬间，胸前就隆起座座白色的小山。远处，一阵歌声飘来，唱的是什么，平原听不太清楚，但是，平原感受到那歌声飞扬传递的是和自己心中涌动的一样的喜悦之情。

在一个寒意清冽的夜晚，平原将活泼的狗吠声、闪闪的灯影儿、苍蓝天幕上亮晶晶的星星都收纳到自己的怀抱，静静、静静地睡去了，忽地，感到面颊一阵湿润，又是阵阵湿润。平原一下子醒了，呀！雪儿悄然而至哎。纷纷扬扬飘飘洒洒，才一瞬啊一瞬，这树那房那河沟坡坎真是四野皆白，万物银装素裹，好看得很呢。

平原觉得有什么正沁入肺腑，有点儿凉丝丝的又有点儿酥软软的。平原觉得自己在这个落雪的季节要休息会儿了，守望了四季花开花落的平原想睡上一个长长的觉。

朦胧中，平原依稀见到两位老人相依相偎站在雪地上往通向城市的那条柏油路上守望，身后是一串串深深的雪窝。平原好像认识他们，想了一下，平原一下子从两位老人身上看到了在绿色的春野上奔跑的孩童，在金色的葵花边和稻海中徜徉的姑娘和小伙子，看到了那带着穿红衣的女孩和在果园里采撷的夫妻。四季好快噢！生命好快噢！平原无声无息地笑了，这一笑就将自己深深地掩进了轻柔、绵软的雪白。一阵睡意袭来，平原朦胧中还知道自己即使睡去还得静静地孕育，付出全部心血和精力去孕育，为着再一个季节再一片绿黄红白永远的守望。

夜色中的舞蹈

珍惜夜晚，从来珍惜每一个夜晚。珍惜到了无以复加的地步。夜晚，在苍茫无边的夜色中，我以我的灵性我的思绪我的生命，独自，翩翩起舞。

最有味卷中风景

是朝霞是日出，是满目的淡红粉红嫣红火红，是太阳出来了。是月色是星空，是瓦蓝苍蓝的夜空，朦胧秀美若女子面庞柔美的弯月从那东墙爬上来了。是老式的暗绿色的铁皮火车，咣咣咣地一路前行，你跟着侦探福尔摩斯和助手华生对案情在抽丝剥茧；是唐诗是宋词，你见那个青衫男子玉树临风"问世间，情为何物"，你望那位素裙女子决绝一笑"零落成泥碾作尘，只有香如故"……

是圣彼得堡华美的广场，哥特式的建筑满溢浓郁的俄罗斯风情。透过岁月的烟岚你看见十二月党人聚集在广场上，激动愤怒的人群，呐喊着躁动着在反抗沙皇的集权统治。你看到被镇压的人群倒地挣扎，看到广场瞬间血流成河。你跟着十二月党人的妻子，追随真爱执着地走向冰天雪地的西伯利亚。是瓦尔登湖静谧的湖畔，满目的郁郁葱葱，偶尔一只水鸟从湖面上飞掠而过。穿越时光隧道你坐在娑罗的小木屋里，与哲人一起思索着何为生命的真谛何为生活的本质。你爱恋着忠诚于信仰面颊上有一深深刀疤的牛虻，你欣赏着自尊自爱不漂亮但终拥有超越尘埃世俗爱情的简爱……

这样的夜晚有多久了？10年？20年？夜夜风景啊，如此相伴。相伴走过多少岁月。一本书、本本书白纸黑字（在网络如此盛行的今日你还是痴情纸质书本）的携手前行，星子明明灭灭的照耀一起行过多少春夏秋冬？

你在文字中微笑与慨叹，你欣赏自然美景感受上天造化；你神往你沉思，书卷中你领略人生真谛你感悟生命本质；你掩卷而泣有时甚至热泪滚滚，为"此事古难全"为"但愿人长久"，还为那"料得年年肠断处，明月夜，短松冈"为"记得当时年纪小，你爱谈天我爱笑"……

你在文字中倾听与观照，你看见遥远的历史与今日的现实往往是这样地循环往复，你也看见人们无视历史的经验教训一意孤行；你越来越慨叹老祖宗的英明与睿智，几千年说过的话语至今乃明世、立世箴言。甚至，一语成谶。

在这样日复日夜复夜书籍的滋养濡染中，在人类智慧光芒的照耀下，你看到自己心智的成长与变化，你感到自己生命的丰富与步履的稳健，甚至，作为女子，你看到自己容颜上的焕发与清丽，还有优雅与大气。

你对生命、对情爱有了更好的审视与把握、明察与深入。你对自己说：生命，没有回程票，那么，就将每一日当作最后一日来珍惜；你对心说：爱一个人，其实，是没有理由的。无物质、利益之爱不仅值得尊重更是稀世珍品，因而是最为宝贵的。你有时也对书本质疑：有的说得对，有的也未必尽然……

有的变化是不知不觉的。开始你并没有意识到。这样的夜晚阅读这样的风景，使你能更客观地看待世间万物，更为你建构了一个与平素生活不同的空间，能将你从熙熙攘攘中很好地分离出来，不管何时，只要自己想，读书、写字，不管身在何处，瞬间，都能进入到自己想要的境态。

没有喧嚣没有笙歌没有觥筹交错，你以你的本能推拒、远离着这些。说这些并非是指责别人的喜好，只是各人有各人的生命需要。譬如你的与书相伴。抛却八荒九垓的尘埃，与书本同思同语同悲同喜，或击节叫好或潸然泪下，不管此境何境今夕何夕，真正是最有味卷中岁月。

有一种执着是一生一世的。

一如习惯是经年累月地养成。好的习惯，我以为，如这样的夜晚，参透文字中典丽智慧的风景，如影随形，直至生命的终末。

心绪在文字中飞翔

有了阅读的夜晚更有了写字，落笔遣情，字字心语。

写字。敲键盘。从写字到敲键盘。拉拉杂杂，多少年了？以前，喜那种八开的绿格子的白色稿纸，那次搬家，竟然看到一沓沓泛了黄的稿纸，是自己那龙飞凤舞的字迹，在眼前亲切地呈现。再后来，作为较早换了电脑写字的人，又是近20年了。

第一次落笔，并想到投入邮箱，是一个不眠的夜晚。你为那滩涂上以身殉职的好女孩独自哭泣，你想连与她仅谋一面的机会都没有，你为她惋惜和痛惜，何况那由她精心侍候的丹顶鹤？第二日投进邮箱的长稿竟然隔了一日就在本地晚报的文学副刊上一字未动地发出——《人也依依鹤也依依》。自此，20多年了，或长或短的文字，有时，也只是在自己的"思路花雨"的笔记本上记下的片言只字，十来本了，但，却真的是，字字心语。

心语中，你总是想将自己的心，拿出来，放至眼前，审视与观照，以这纷杂又真实的人世间为背景。物质与精神，善良与美好，高尚与卑劣，承诺与失信。

　　春风化雨，秋桂溢香。温柔无比的情愫，心中盈溢丝丝的水滴，心一触就乱，风一拂即碎啊，梨花带雨落英缤纷，真个是才下眉头却上心头，唯有文字可消除！摘下星星剪裁云彩收集阳光，还有梦想。自幼就驰骋在生命中飞翔的梦想，尽管有时在梦中都飞不起来，但你还是见着一块旷地就想舞，看着无际蓝天还是想飞啊！你只能在文字中起舞飞翔。你知晓自己不善歌唱，但你自认为能用文字浅唱低吟出自己的心声。

　　因了写字你更加地读懂生命并珍惜生活中的美好。你感动于生命中的每一次的相遇，比如，二十年用文字倾诉心情的乡村教师，失去了父母却顽强地在低矮的茅屋墙上贴满了三好生奖状的孤女；与你朝夕相处的同事，你在文字中邂逅的才华横溢的朋友。因了文字，你可以更好地看清楚前世今生，甚至，你可以傲然这尘世。这半生以来所见所闻所经历的，真正对你生命起到影响，也是你看重的无非是一个情，亲情爱情不老情。从象牙之塔到十字街头再到乡野渔村。生存的意义，生活的目的，生命的意义，以文字来感受并提炼，单调的生活变得韵味悠长，窄小的心灵丰富又开阔。

　　自己用心写字，也喜欢别人真诚的文字。文字与文字的交流更引起他人的共鸣以及会以文字的形式辩争。不是文人相轻，是因文而阐理，是辩意而生情。现在的博客又延伸了文字交流与相融的平台与空间，千山万水也可以在文字中携手前行。但有一点你很清楚，你永不会为市场而摆弄、游戏文字，也从不牛年说牛、虎年话虎地捣弄应景的文字。你只是为了自己的心为了爱而写作。当然，有时也因恨，因而文字尖锐，咄咄逼人。但那还是因为爱啊，因为爱，因为希望这世间这人生更美好而鞭挞而尖锐。你希望自己笔下涌出的永远是真心真情，力争交出去的是艺术而不是商品。只能说"力争"。你知道自己在文学之路上的道行，很浅。文字、文学丰富了你，有时惭愧，不能为文学增添着什么。伸出手，生命若风儿从指尖掠过：但每晚这样落下笔去，便永永远远地留住……

万籁俱寂，天上的星星不说话。将灯光打亮，心底沉淀的思绪翻涌成字词句章，敲响键盘，叩响充实一个又一个漫漫长夜，生活中的酸甜苦辣化作一篇又一篇至真至情的生命乐章。

步履中的丈量与审视

住在闹市的时候，你也曾闲闲地步入树影。有上弦月的夜晚，皎洁的月辉洒一路清影。漫步独行，享受月夜那一份清幽超尘。一次独坐街心花园长椅，迷蒙中把椅儿想成小舟一叶，那路灯下莹莹泛绿的树影一如忘川之水满顷碧波了，待凉风吹散一地树影，心头的悒郁、愁闷也飘落无几，心儿清澈澄明起来。夜露湿衣襟，无花也生香，神清气爽与默默相随的影儿一起打道回府。

也曾和天下女子一样，偶尔去逛街。你穿件红T恤白长裙对自己说：奢侈今晚。夜色遮掩了道路的一些不洁和丑陋，建军路火树银花异乎寻常地光鲜美丽。一男孩一女孩牵手相吻旁若无人；一对白发老人相依相扶说说笑笑，让人慨叹岁月的力量和爱情的恒久。难得"奢侈"。

今年春花开的时候，因了一些缘由，开始正儿八经地"走路"，不是那种闲闲地逛逛。这样的行路，开始了"丈量"与计算。这样的行走，在生命中，走多远，走多长的时间？不知道。现在还在走。走着走着，但你心中还是隐约有点不忍：夜晚是不是，不完整了？

内港湖畔。每晚，你都行走在这湖畔。你不喜欢这莫名其妙的"内港湖"之名，但你喜欢这粼粼的水，还没走到她的身边，就会嗅到这清灵灵水的气息；喜欢这灯火璀璨，远处近处建筑的灯火，迤逦而温柔，迷离又辉煌。湖水汤汤，天上人间。面对此地此景，心底总是溢出这几个字。

你绕着湖边走，一圈又一圈。走过悠悠的柳树，绿意盎盎；走过蓬勃的月季，夜色中也知道她是绯红一片。走过在建的文化艺术中心，看着它一日日崛起，真心喜欢自己的城市日新月异的变化。古朴典雅的淮剧博物院有一个很好听的名字：清风馆。还有水韵舞台，偌大的舞台闪烁着七彩灯光，周遭没人时，总忍不住上去旋转与翩舞。

清冷又深情的月光，洒在你的面庞与心上，想必也洒在了爱人、亲人、友人的心上，你总是这样地想，孩子般地想。因为你喜欢。你想这上天真是造化得好呀，赐人间这么一个柔美明丽的月儿，伴你，夜夜行路，夜夜丈量。

丈量走过的路途。丈量情感与生命。

前些日，你就读的母校着人来找你，说是学校满百岁啦，百年校庆真是不易啊。在十月，你配合着来人拍了照片。前些日，又接到通知，说是你少年时跳芭蕾的文工团要搞团庆，也是放在十月。距十年前的团庆，又有几位老师离开了人世。人生的路啊，走了这么长又好似一切就在眼前，那站在台上领诵的系红领巾的小女生呢？那穿着芭蕾鞋脚趾渗出血也坚持着足尖碎步的长辫子小姑娘呢？从青春岁月到繁花盛开，似乎只是刹那的事情。生命丰美，生活多姿，白驹过隙，汤汤逝水。真的短啊，短促得若一声叹息。

一声叹息，声声叹息，世事无常，人生有青春就有衰老与死亡，再美好的情感有热烈就有冷落与忘却。这是常识也是道理，只不过，当事人是否能坦然承担与应对。一如身边若小说一样的情事，说是地老天荒，信誓旦旦，但从深情到无情往往也只是一步之遥。想想，也是啊，生命也好，情感也罢。也就在提起与放下的轮回，周而复始。有开始，当有结束。月儿忽隐忽现，前尘往事啊，有时飘渺若水似有似无；眼前的事儿啊，稍纵即逝，若云似梦难以追索。知否知否？应是绿肥红瘦。李清照，莫名的，远远地，相干不相干地，在星空下，在耳畔响起。

月光透过树桠树枝，洒下斑驳一地。是月儿弄花影吗？是月光乱人心呢。不是智者，却向来喜欢水。何况这光影起舞风情万种的粼粼湖水。行走与徘徊。眷念与不舍。一如春风与春草的轻触摇曳，一如前世有约今生相遇的生命风景。天上的星星在水中，水中的星星在天上。遥远的旋律，深情的歌词。繁密密的星子纵身跃进了这湖水，湖水迅即荡开了满怀的喜悦。美妙绝伦的湖光水色，宛若梦境，似曾相识的梦境。这样的梦境，适合思念，适合想念。将这梦带回吧，梦里梦外。

总是这样地行走，总是这样地思索与丈量，人生的里里外外，岁月的长长短短。

模糊着，在这样的行走中，清晰；

犹豫着，在这样的丈量中，决绝；

拥有的，在这样的审视中，更加珍惜。珍惜这夜色中的花好月圆。

夜夜风景，夜夜心语，夜夜对内心的审视与丈量。这样一个又一个的夜晚，输入不尽的元气，心不死也不老；心、灵翩翩跹跹，迎来一个又一个明天，再期待生命中一个又一个新鲜灵动又充实的夜晚。

这是生命的独舞，只属于自己的——夜色中的舞蹈。

红尘中，流浪远方

一

长安柳絮飞，箜篌响，路人醉，花坊湖上游，饮一杯来还一杯……

多少次你看见自己身着长衫，头戴蓑笠或是手摇折扇，梦回大唐。你挥鞭策马在七世纪"车马交相错"的长安古街，你莲步轻摇在"歌吹日纵横"灯红酒绿的东市、西市。你在那酒铺中沽一壶小酒或是花坊中拈一朵小花，再醺意然然去找那座壮美巍峨的大明宫。你跑啊跑的，从东墙的春明门到西墙的金光门，从南墙的明德门再到北墙的玄武门，俯视一地花，花间诗满行。仰首浩天宇，云端尽繁华。你看那个伟大的女人，在万象神宫一叩拜二叩拜三叩拜，建立了一整套的礼仪制度绵延至今；你见那李姓帝王自信开放地说：佛教可以治心，儒教可以治社会，道教可以治身。于是儒、道、佛在这个朝代竟然可以交融贯通。你看见诗文佳作若繁星璀璨，你看见经济、政治如此比肩辉煌！这是中华文化脉络多么漂亮的一个节点，你想跪拜这样一个思想开放自由、文化极度自信的盛世大唐。"盛唐城门内，智者狂，痴者悲，愚者酒一壶，依柳早就入睡……"

古希腊是挂在心间的永恒。总是想去朝拜，哪怕千山万水。你挽起长发，你身着裙衫，你轻提裙裾一步又一步地攀上雅典卫城，你虔诚隆重地来到帕特农神庙。你将那山下采摘的一束带露的野花放到雅典娜的手中，那从儿时就随希腊神话驻进你心中的女神。有琴声渺渺自远古而来，是盲诗人荷马演唱的《伊利亚特》，还是《奥德赛》？"人是万物的尺度"，古希腊智者派代表人物普罗泰戈拉的声音在山水间深厚地回荡，"笃信人本主义，重视人和人的自身价值"的古希腊文明，在世界飘起理性思维的猎猎旗帜光辉灿烂，这么多岁月，地球上还有枪林弹雨还有杀戮抢劫……

是大漠孤烟直，是黄河落日圆。你在敦煌，伴着叮咚的驼铃在鸣沙山行走；你在长江之源，与皑皑雪山对视，何谓永恒何为人生，漫漫人生路啊，永远有多远？

是粉墙黛瓦，是小桥流水。在深夜中，你绕着古镇静静地行走，月色将你的身影与几千年无数的身影在青石板上重重叠叠，于是，你知道，这样的行走，就是走进岁月走进历史。

那次在青城山，你看那着灰色长衫的青城道士，在敲钎一叠黄裱纸，每张都敲下八卦的图样，且不能将纸背穿透，这个力道如何地平衡与把握？有人说，这位道士年复年日复日在这儿，40年了，不悲不喜不言不语。太阳落月儿起，星子回回落落，是怎样的遭遇还是何样的信念，令他就这样将青丝敲成白发，将热血敲成冷凝……

那次在青海湖，你看着虔诚无比的朝圣者，一步一个长头，沿着青海湖虔诚地五体投地，双手双膝上都套着护毡，绕着周长360多公里的青海大湖。一步一叩首，三步一长叩。"这一世，我翻遍十万大山，不为修来世，只为途中与你相遇。"为这样一个信念或是信仰，这样餐风露宿这样胼手胝足？你以为，为了一份爱为了一份情，你可以做到。为了一个高高在上的佛？你这没有佛根的人无从理解……

二

其实，茫茫尘世，烟火人间，哪有那么多的时间与条件，容自己如此千山之万水之跋涉流浪？上班下班，上有老下有小，你总不能撒手不管，头脑一热就背起行囊，云走四方。

但，只有一次的生命，青春的花说开就开过了，秋风中枫叶说红就灿烂了，又怎能不听从内心的召唤，永远地奔向远方？

于是，有时，是身心合一的流浪远方。你去雪山你去草原你去心仪的古镇你去浩瀚的大漠，你去梦中的香格里拉、你去莫高窟。你在秀山丽水中奔跑，你慨叹大自然的博大宏阔，你在海浪雪花中沉思，自觉生命的无常甚至哀怜自身的渺小……

于是，更多的是孤寂之时的灵魂出窍，在星光月色间的遥思远想。万籁俱寂之时，星子为你燃亮，月色伴你的思绪前行。你去那个有阿拉丁神灯的远古。你去了巴黎圣母院看那个吉普赛少女爱斯梅拉达翩翩起舞。甚至你去了那株苹果树下，坐在那位叫做牛顿的先生旁，看那颗果子是如何砸了他的礼帽，天才脑袋闪烁出震惊世界的伟大光芒。

更多、更多的，是在书本与图片间的行走与流浪。当由于俗事的羁绊或是主、客观的不可能，你只能囿于一方，你会流连于书本与图片间的行走与流浪，甚至，基本不看电视的你喜欢上了"有多远走多远"，常常是，在视频与图片中海阔天空地想象与遐想，满怀欣喜。

有时，你也在音乐中流浪。细雨中的斯卡布罗集市，"我是那用麻线织衣的姑娘。我的爱人啊你在哪里？"那股彻骨的忧伤，那份浓烈的思念。你随着乐曲在集市间流浪，淅沥小雨啊，洒在你的黑色衣裙上，那从前线回来的男子是否找到他心上的姑娘？你坐在遥远暗寂的夜色中，看见那姑娘、那男子天各一方的身影，欲近不能欲远不忍，只让思念与疼惜在冷雨中扯得既远又长，扯成尘世间难以逾越的漫漫雾障。爱是什么呢？情是什么呢？谁又能下出最准确的定语？也许，是下不了，才如此永恒，如此的地老天荒吧。

三

思，遥遥；神，远远。

大多的时间，你还是坐在这钢筋水泥的格子里。但真的坐不住的。枯坐久了，凛凛然感到寒意袭人，感到身上的元气似乎被这样惯性、木然和无需太多创意的工作，悄无声息地抽走。一点一点的隐疼，心灵与肉身都有支离破碎的感觉，恍恍然一种与"废"、与"木"、与"僵"甚至与"死亡"相关的元素不可遏止地漫溢而来，向四肢与躯体漫溢而来。

于是，你，一次又一次，暗示甚至明示自己。放逐自己，流浪吧，心儿流浪远方。遵循内心的呼唤，一次又一次，流浪远方。

有时是人声鼎沸摩肩接踵之间，有时是灯红酒绿觥筹交错之际，有时是星星闪烁漫野月华之时，有时就是坐在偌大的会场上，你捧材料，你端坐，可你的灵魂"嗖"地一下，就弹向远方。你看到你的肉身从容在会场，魂灵却已欣喜无比，雀跃着活泼泼地流浪远方。

这样的流浪，周而复始，没有终点；

这样的流浪，千山万水，八荒九垓；

这样的流浪，提神养气，滋润生命。

这样的放逐与流浪，追索与寻求，是独赴清欢，是寂寞开花，是汲取天地之精华，是博采古今之灵慧。这样的日子这样的流浪将自己搅得激情满怀又意气风发，读懂夏花之绚烂，知晓秋叶之静美，知道春花似锦知道落叶也是飞花还有雪片也是水凝的晶莹花，在尘世间圣洁地飘飘洒洒。

　　于是，你听到内心如竹子拔节成长的声音，你看到生命的思想的花朵，一朵又一朵，春夏秋冬，在周而复始的流浪中，密密匝匝绚丽绽放。

舞蹈课

爬墙头的女孩

地区大会堂，一座青砖红瓦的礼堂。有无数水杉和老银杏环绕，有红色绿色的小彩旗在大门前招招摇摇。红底黑字的大海报：革命样板戏《白毛女》《红色娘子军》公演！吴清华红衫红裤倒踢紫金冠的硕大的画作，在来来往往人们的注视中，尽显着抗争与刚强。而在那年那月，在十来岁女孩的眼中，吴清华则若女神般的美丽，这长长的发辫，这双手握拳腾空跃起的舞步。就这样，在七月的阳光下，女孩在这幅画面前伫立，久久地伫立，一头一脸的汗水。

地区文工团第一晚演出，女孩和大院里的小伙伴绕着大会堂转了几个圈，在水杉树下打转，与看门的警卫捉迷藏，也只能是在围墙外听着《北风吹》的音乐还有如雷的掌声。一直守到最后，听那些大人们兴奋地说：和样板戏一样一样的！真是不甘哪，怏怏地踩着月光往回走，月色中小伙伴们说我们为什么不能翻墙头过去呢？那邻家大一点的男孩说，墙头又不多高的，就是有些爬山虎罢了。

第二日下午6时，五个人到齐了，脸涨得通红。老盐阜宾馆向西，隔了几间平房，就是那一人多高的墙头了。最大的男孩15岁，说那一排大银杏树可以作为"脚手"。商量的决议是：爬进大会堂的墙头，先分别躲藏进男女厕所，待观众进场后，我们再混进去。一切若意想的那样顺利，除了女孩的手在墙头上往下爬的时候，在墙头上蹭破点皮而已。找后排的空位坐下，一晚、两晚、三晚。"北风吹"甜美悠扬，"窗花舞"活泼灵动，"太阳出来了"热烈欢快……小伙伴们有争议的是，那在舞台上竖起脚尖的鞋子，前面是否有一块钢板？第四晚，女孩钻进了后台，弥漫着香香的油彩味和胭脂味的后台。她一眼认出头上扎羊肚毛巾的大春，那大眼睛红衣绿裤扎着根大辫子的喜儿。后台很乱，也有小孩在跑来跑去，是演员的小孩吧。忽地，那大春对着女孩招了招手：你是哪家的孩子？怎么我不认识呢？女孩有点紧张，说我想看看你们跳舞的鞋子。大春笑了，对着喜儿招手：这小姑娘想看看你的芭蕾鞋！喜儿和舞台上一样甜美地笑着，将她那双红色的舞鞋递到你眼前，你伸出手去摸摸，鞋头那一寸见方的果然是硬硬的：是钢板吗？大春和喜儿都笑了：不是钢板。喜儿摸摸你的小辫子：想学芭蕾舞？脸红了，一下子从大春的胳膊下钻了出去，跑出了后台……

　　多少岁月多少路？地区大会堂早已拆除建成了老年大学，与繁华的商业街区隔路相望。但，每次走过这，你都会伫足，那株老银杏树还顶着满头的翠绿，在老年大学那座楼的东山头。你回眸，你凝望，有阳光清亮亮地从岁月的枝头穿洒，朦胧又清晰的，是那个12岁的女孩，攀着银杏树爬上墙头，月色中看着大会堂舞台上的演出，胆怯又欣喜，眼神中满是向往……

血渍斑斑的红舞鞋

当穿着浅蓝色的练功服,拎着芭蕾鞋走进练功房之时,你已从芭蕾的梦境中走出。整日里的绷脚、擦地、压腿、踢腿还有永无休止的"足尖五位碎步",就是将双脚脚尖立起,双臂打开,在艺校园中那简陋的排练大厅的方砖地上,一圈又一圈。你知道,芭蕾美妙轻盈的梦境只是在梦中,现实中,是与无止尽的枯燥、与钻心的疼痛还有泪水相依相连。

那个冬天第一场雪飘的时候,她来了。灰衣黑裤一条黑围巾将面庞裹得严严实实,只露着一双有着密密睫毛眼睛的她,作为试用学员住到了你的宿舍。换上练功服的她优势尽显:长胳膊长腿,脖颈也细长。她练起功来那才是刻苦,她做起动作来那才叫严谨认真。清晨她去练功房要比你们早一个小时,晚上她要迟回来一个小时。寒冬腊月,每日晨练以后,她的练功服总是沁出大片的汗斑。练功之时,她总是停不下来,不似你,累了,不等教练喊停,就将脚尖悄悄地换成了脚掌;再不就找个理由到门口高高的合欢树下看看自由的小鸟,喊喊喳喳后翅膀那么一扑直向蓝天飞翔。跳芭蕾舞总得要过脚尖这一关,哪一个学员脚趾没留过血?破了流血了练功是不能停的。裹着纱布的脚趾,在水泥地上立起来真是锥心地疼啊,"哎哟哎哟"的叫唤伴着音乐与泪水,就这样度过你16岁的花样年华。那日在宿舍,你无意看到她在裹脚趾,一看吓一跳,她的两脚前面三只脚趾都磨破了,她的芭蕾鞋里血渍斑斑,更可怕的是她右脚的大脚趾盖都破裂了,黑掉了。你失声叫唤她却淡淡一笑。

一个月下来,基础训练汇报,轮到她了。音乐响起,只见她如入无人之境,脚尖擦地、五位下蹲、足尖碎步、大跳旋转,她的身材柔软修长，她的舞姿舒展圆润，她的神情喜悦飞扬，她一个后控腿就是135度，旋转36圈稳稳地再是挺拔的阿拉贝斯造型……艺校园轰动了：舞蹈队来了一个条件与舞感特别好的学员！大家都来练功房看基本功训练汇报……老团长兴奋地当场拍板：上吴清华的B角！大家一齐鼓掌，她有点不知所措低下了头。一脱下舞鞋，她总是那样低垂着睫毛。

那日下午，我们休息。她破例地主动和你谈起了她的家，她说她那在村小做音乐教师的妈妈，她说全家因父亲是右派从南边那个城市下放。她说她家在"西乡"，是有着宽阔湖面的地方。你知道"大纵湖"吗？那儿的夏日都是绿绿叶子的荷开着粉粉的花，湖中的螃蟹又肥又大。为什么父亲为她取名为"淼"呀？我家四处都是水呀。她的眼中难得的笑意闪烁，晶晶亮亮。你说夏日放假你带我去湖中玩，她说：一定！

两个月的排练，《红色娘子军》公演。第一天晚，吴清华是A角D老师跳。第二日的晚上，就是B角淼上场。就在淼梳好了大辫子换上了吴清华的一套红衣衫时，导演与老团长急匆匆地赶到了后台，他们不忍看淼的眼神，艰难地说：今晚还是D老师上吧。你接住了淼的眼神，你这么多年都忘不了的眼神：惊恐、无助接着是无边的失望、绝望，冰冰凉凉……

淼来的时候雪花飘飘，淼走的时候艺校园中的油菜花金黄绽放。淼离开文工团的原因和她不能上台的原因一样：家庭成分不好，家庭背景复杂。那么多年都过去了啊，又是一年的油菜花灿灿金黄，可你在这金黄中隐约又清晰看到的，还是淼的眼神，冰彻冷凛的绝望……

合欢花开

在 16 岁女孩的眼中，艺校园中最好看的当数马路两边的合欢树，其实不是树好看，喜欢的就是合欢的那叶、那花。合欢树纤细密碎的绿叶酷似含羞草，而那绒绒柔柔的花粉粉簇簇，更显娇羞与妩媚。常常是，练功、排练、洗完澡后，星空月光下沿着这条路散步，从北向南，再从南向北，一直在合欢树下。

70 年代中期，团里的学员已有几十个。舞蹈队、声乐队还有乐队中的 20 岁左右的，占了大半壁江山。老团长、导演在我们演出之时总是得意洋洋笑眯着眼：朝气蓬勃，后生可畏啥啥的，尽挑好话来调动我们的积极性。不演出时又如防贼般防着这批年轻人，大会小会总是说：禁止抽烟禁止喝酒禁止谈恋爱。可又哪里禁得了呢？爱情若春风一样说来就来了呀！

年龄略小的我们多少还有些懵懵懂懂，常常高高兴兴地去做声乐队、器乐队那些哥哥姐姐们的"电灯泡"，人家两个在宿舍含情脉脉，我们几个被喊去吃"大白兔"，喝麦乳精。老师或是团长进来，看我们一帮在一起高高兴兴，就也高高兴兴地走了。可终究还是出了问题，当团长在大会上板着脸宣布：有七八对在做地下工作呢！思想、作风不健康着呢！统统回去写检查，三天之内，交到每个队队长那儿，声乐队的直接交给我！全团百十号人，会场中一片寂静，大家的目光都投向了声乐队的队长，那身材高挑秀丽端庄的独唱演员，也就是被团长不止一次地表扬过的"天生就该唱歌的，天赋好悟性高！"每场演出只要她一亮嗓子，总是掌声雷动，不多唱两首下不了台的。寂静中，这"声乐队的直接交给我"不明摆着她也触了高压线了！她低着头一声不吭。

总记得那晚，记着那无际无涯密密闪烁的星华。那日晚，依旧是排练。冲完澡洗了湿漉漉的练功服，查宿舍的老师已走了，忽地怎么也睡不着，想着出去散步吧。尽管才十六七岁的年纪，但每每散步之时，奇思怪想与长长短短的句子就会在脑海中风起云涌。看着在一阵又一阵的春风中已是粉红、翠绿的合欢树，心中忽地就涌起"缱绻缠绵、柔情万千"这样的词组。走到艺校园北面的围河，应该折回了。夜色中的艺校园中好静啊，静谧中看微弱的星光迷蒙着这房这树，却又在这不宽的河面上璀璨出满目的波光粼粼。万籁俱寂，河岸上这最大的一株合欢树下却一阵悉悉瑟瑟，绝不是风吹树叶！

"给你，还给你！"是她的声音，压低了也能听出是女高音甜美的声音。"为什么？为什么呀！你听我的，我们检讨照交，我们爱情不变！"一阵推搡，塑料纸哗哗作响。"不能，不能啊！我是共青团员，要对组织上坦诚。不能说一套做又是一套。"低低的声音已伴着痛苦的抽泣。"不信，我就不信！管天管地管得了感情！"这不是团里那卷发的首席小提琴手吗？"我们不谈了！我不能要你的礼物。手表你拿去，还有衬衫。""求你了，求求你了！不要让我们痛苦好不好？不要让我们后悔好不好？"只听见抽泣声。"你真的舍得放弃我们这两年多的感情？"她哇地一声哭了出来。我不敢挪步，我怕惊动了她和他。"你记着，从今天开始，我每晚九时都在这儿等，你一天不来我就等一天，你十天不来我就等十天，你一个月不来我就等一个月，你一年不来我就等一年，一直等下去，你来不来？你信不信？！我们必须在一起，大不了，我们离开这个团！"夜风轻拂合欢花树一阵叹息，星子在河面洒下泪光点点……

走进艺校园，合欢花树们依旧排列在路的中间。绿密密的树叶，粉绒绒的花，默默地缠绵、缱绻出无际无涯的柔情爱意。路西最北边的一株合欢，已是如蓬的华盖。冬去春来，这合欢树，是不是也常回想那有着密麻麻星星的夜晚？那长辫子的有着甜美歌喉的姑娘，那高个儿卷发的小提琴手？他等了她多少月多少年？现今这尘世间，若合欢花般细腻、娇柔得不能触碰，一碰就碎就散的清纯与含蓄还有没有……

芭蕾的精魂

当从擦地、下蹲、足尖碎步的枯燥到腾空的大跳、旋转三十六圈、倒踢紫金冠的高难度技巧，当从练功房中轻盈飘逸飞上五彩灯光的华美舞台，《白毛女》《红色娘子军》及若干舞蹈的娴熟与演出，五年的花开花落，太阳朗朗星子明明灭灭，早已令你对芭蕾有了全新的了悟：芭蕾是浪漫而轻灵的，芭蕾是飘然又飞扬的。但芭蕾又何止于此？

你总是记得第一次穿上芭蕾鞋，教练看着说：脚型的条件不错。可你喜滋滋地一立起却感到锥心的疼痛；你总是记得那些日子练腰的柔软度，一字劈腿在水泥地上，双手向后高举将腰肢尽可能地向后弯，教练在你的身后将你的双手向后压，这么多年你依旧听见腰部向后弯时发出的咯吱咯吱的声音；你还记得为练胯部的开放度，你将小皮箱里放上砖头，沉甸甸地压在平躺的胯上……泪水、汗水、脚指的血水，你终知道，以一个足尖支撑起整个身体、还要塑练出这样那样的舞姿和优美的造型要付出多少血汗和艰辛。

你在地区一级的文工团演芭蕾终究是时代的误会，没能成为一名出色的芭蕾舞者，但教练指导练芭蕾时说的话却已浸润在血脉并时时启迪着人生的脚步："抬头挺胸，收腹提气——好！你前方有一个目标，也许可望不可及，但你要去争取。打开双臂——立起脚尖——将全身的力量凝聚到胸腔——从胸腔传送到双臂——直至手腕直至每一根指尖。你尽力了，也许能达到前方的目标也许达不到，但此时，你的身体舒展了你的胸怀开阔了你的精神飞扬了！"这是练芭蕾的基本要领，你以为也是芭蕾的精魂。

更一直以为，芭蕾实质也隐含着一种人格趋向，试想，伛着胸，弯着脊梁，低眉顺眼，伸手怕打落树叶，吹气畏惧惊落云彩，又凭什么精神气质去演绎这生命力如此张扬的，如梦如幻超越世俗红尘的芭蕾？

足尖上的美丽梦幻，要实现真是不易。那仅靠足尖支撑的岌岌可危的平衡，那在几乎无法抗拒的地心引力下，不可思议的瞬间腾空飞翔的造型，做到、做好难上加难；那交织着生命脉动和情感流泻的浪漫梦境，在有限的空间、苛刻的条件下营造出来谈何容易？人生的梦境也大抵如此。但只要铭记芭蕾的要诀：昂起头，挺起胸，投入全部身心舒展双臂真诚地拥抱生活和世界，哪怕只有一块仅能供足尖插下的小小的土地，就可以支撑起自身的重心，就可与巨大的地心引力抗衡，使躯体挺直，心儿升腾，去渴求苍茫天空的展翅翱翔，去追逐超越世俗红尘的澄明梦境。

在任何时候任何境地这样坚持着，就可以活出生活的情致浪漫，更可以谱就生命的高贵和尊严。

于是，每每再见芭蕾，你总是清晰地看见那红舞鞋的红，那足尖血渍的红，那舞台上地毯的红，在生命的旅途中，绽放出御霞似锦、丰硕厚重的花花朵朵。

只为途中与你相遇

  纯净的蓝，清澈的蓝，这样地将潋滟波光直映入你心底的蓝，这样的温润若玉忍不住想盈盈在握、舒怀相拥的蓝，这将人整个裹住温柔熨贴、又阔大无垠的蓝，摄人心魄直击五脏六腑的蓝——青海湖，做了999个梦，跑了9999里地，此刻，终置身于你蓝色无垠的怀抱。五色经幡在玛尼堆上，在夏风中鼓荡起红黄蓝绿，高高的雕像吉祥四瑞（白象、猴子、白兔、鸽子）周遭相机的"喀嚓"声此起彼伏，聚集了很多"到此一游"的人们。离开家到这儿，也就三天的时间，却好似已有了很多的日子，的确，飞行的刹那，已然越过千山万水。沿着金色沙滩走远一点再走远一点，安静一点再安静一点，就是这儿了，抱着双膝坐在静得逸心的阔大无垠的湖水边，任心在湖水与白云间舒啊放的。

一

  "心一动，眼就热了，春草绿得大慈大悲。"

——仓央嘉措

  想起那日，在高原的坝上，与那轻盈、安静又大气的美人党氏相遇，她为我们提供着方便是那样地自然，却又一句没问我们姓甚名谁，甚至都没问我们从哪里来往哪儿去，那么文雅那么沉静地笑着，那么自然那么宽厚地任我们随便地在她洁净的小院里转着，再拿出相机拍着。甚至，我在那偏房里看到那具褐色棺木，油亮亮的（我在那文章里没有写进去），她微笑着说，这也是她的房子，将来。那么风轻云淡地说着，好似说的是天空的一朵白云或是院里的一簇油菜花。86个年轮的风霜雨雪花开花落，是岁月的沉淀赐予她如蓝天般的阔大，还是青藏高原的旷达成就她的如此从容？

还想起前一阵我采访并让我感动的，海丰农场的见证人与守望者田先生。从国民党将军的公子到儿童教养所的"游童"，从13岁做首长的通讯员到成长为农场的管理者，从父亲分别后的一声嘱托记好日记，从12岁时每日每天一直记到今日。当与分别40年生死茫茫的父亲重逢，他从床下面拖出那只装满了日记本的小木箱，见着那日日、月月、年年儿子坎坎坷坷牵挂思念的生命记载，老父亲与他抱头痛哭……这位经历了失父丧母、胼手胝足在那片盐碱地上风霜雨雪60年的老人，认真地对我说：人来到这世上一遭不容易，生活真好，活着真好。

是的，是的，心有多阔，天地就有多阔，心中有美好，看见的就是花香鸟语。一如眼前这青海湖水，湖水蓝得大慈大悲。有波光潋滟也有冰封千里，有锦绣阳光也有阴霾密布。但都是生命的礼物，都是有滋有味的岁月与人生。世界上，美丽与美好在本质上甚至在外在的显现上有惊人的相似，宽厚大气，宁静从容。一如眼前这波光粼粼的青海湖水。

二

"世间事，除了生死，哪一件事不是闲事？"

——仓央嘉措

想起，早晨邂逅的灵鸟斑头雁。我看那队列整齐稳健傲然的斑头雁，我看那相亲相爱缠缠绵绵的斑头雁，我看那领着自己的孩子收养着别人家孩子的斑头雁妈妈，那若湖水般的阔大胸怀；我看一方不在了另一方凄鸣哀号永不再嫁（娶）的斑头雁，那对爱情的无比忠贞；我更看到那共御强敌的斑头雁，那齐心协力的阵势令人震撼。这具有神性的鸟啊，令人对尘世间发生的许许多多心生惭愧，对人性中存在的琐屑与卑劣声声叹息。见多了，恨的心是有的，但，恨又如何？还是只能叹息。

想起那年秋夜，在大纵湖湖面上坐着船儿看星星。当遮住苍穹的无边天幕已被秋风完完全全地掀开，高远深邃的夜露出了她宝石蓝圣母般纯净的面容。多少密密麻麻的星星啊！闪闪烁烁、远远近近、高高低低地映亮着乡村的古老与湖面的沉寂，洒在小船上每个人的眼底心中——那一刻，你看见每人的眼中都满是凝澈的清辉，"天上有一颗星，地上就有一个人。"星子每一点闪耀都是一个鲜活的生命吗？每一次隐没都喻示着一个人的消亡吗？生命之短暂和宇宙之无限，生命的限定原比一颗星儿的生灭更加短暂，在这广远清明的星空下，只觉得所有起伏纠结的羁绊、所有琐琐碎碎的烦恼都在这星光下溶化消解⋯⋯

蓝天铺陈在湖里，白云漫卷在湖里。这是云和水亲吻的地方，这是人与蓝天可以相拥的地方，这是鲜花与牛羊一起微笑的地方。

与这样的青海湖相遇,是与一种开阔博大相遇。两亿多年的青海湖,见证了一方阔土的沧海桑田,也看透了多少鲜活诡谲的人事过往?眼前,青海湖,已是风轻云淡。生活、生命,情也罢、爱也罢,烦也罢、恼也罢都是生命赐予的礼物呢,有哪一桩是闲事?

"世间事,除了生死,哪一件事不是闲事?"也对,也不对。

三

"我放下过天,放下过地,却从未放下过你。"

——仓央嘉措

想到海心山一年出湖一次的僧尼。青海湖湖心的那几乎与世隔绝的小岛上,16位僧尼将女人的四季全部交付给寂寥宁静的晨钟暮鼓,信仰如此坚定,诵经无比虔诚。爱不要了,情不要了,亲不要了,红尘不要了。是爱不在,所以不要?是情还在,所以放弃?这两者有着本质的区别。一种是无望而放弃,一种是拥有而撒手。从海心山莲花庵的住持60多岁的西尼王毛,到从四川跑来的女大学生再到那13岁的僧尼女童,从对尘世的绝望到绕着青海湖历时7个月"五体投地"的一步一长叩,再到历时3年多的长叩至拉萨大昭寺的虔诚。从母亲身旁撒娇的女孩,到视风花雪月如不动,时时日日吟诵着"唵嘛呢叭咪吽"。这些放下尘世一切的女子,如此,为人生提供着别样的版本,作着另样的诠释。

我做不到。世上,有几人能做到?

似纯真爱情一般澄蓝至心间的湖水,与白云蓝天依依相拥出地老天荒。这样的况味,令人思念,这样的景致,柔肠万千。忍不住拿起了手机,想着告诉你:我在青海湖边,我爱你。其实,又何止在湖水边,这一路走来,在塔尔寺,燃亮油灯,那盏盏灯花间,许下的愿中有你；那寺间的菩提树间，高原阳光下晶莹剔透的叶片间，看见的是你；现在这青海湖水的漾漾波光间，看到的，依然是你。其实又何止是这一路？这么多岁月这么多个日日夜夜，太阳起月儿升星星闪烁，心与心的交流、情与情的相依、爱与爱的交融，生命中的地久天长。知道自己是个易感更重情的人，也知道自己是什么都可以放下，唯独真情真爱是放不下的人。

我放下过天放下过地，从未放下过你。与你相遇，是生命中的大美。一如与这青海湖相遇。

四

"我生命中的千山万水，任你一一告别。"
——仓央嘉措

魂牵梦萦青海湖一如喜欢仓央嘉措的诗。其实，念着青海湖，是六世达赖仓央嘉措的情诗走红以前的事了。活佛仓央嘉措的情诗走红，缘自于那部电影的走红。但面对这浩渺又温润的澈蓝，脑海里还是想着，那诸神将世界托付给了他，他却只想要回他自己的活佛，那徘徊在宗教与尘世之间的情圣，那身着红色僧袍的诗人面对这湖水曾独自长吟：

白色的野鹤啊／请借给我飞翔的本领；我不会飞到远处／只到理塘（青海湖）作片刻的停留……

这吟着诗的年轻达赖就这样，在蓝天白云下一步一步沿着自己的预言，将25岁的生命走进了这青海湖水？

这是个很真的人，即使转世灵童的光环闪耀在他的身上。他说：我是不是可以不受比丘戒？让我还俗吧。他说，我是不是可以去喜欢那个女孩子？那个云卓仙女？他唱：住在布达拉宫时，我是僧人仓央嘉措；游荡在拉萨的街头，我是荡子宕桑旺波。他吟：夜里去会情人，黎明天降大雪，还有什么秘密，雪地足印明白……仓央嘉措不要黄金不要宝石不要高高的活佛位置，只是要自由，要爱情，要做最本真的自己。可是，自由的代价太高，向一个制度叛逆，其成本何其昂贵？人生，当你不按那命定的路径走，你遇到的往往是想不到的险恶，甚至，得付出你的余生或是一生，自古如此。纵观世界，从东方到西方。上下五千年，不自由毋宁死的先行者比比皆是。于是，他从高高的活佛座上下来，在拉藏汗士兵的押送下，吟着自由的心，吟着自由的诗，与生命中的千山万水一一告别，将25岁的青春，一个活佛的生命，走进了青海湖水。

青海湖边，不断地看到朝圣者，一步一个长头，沿着青海湖虔诚地五体投地，双手双膝上都套着护毡，绕着这周长360公里的青海大湖。曾经，为写情诗、当垆喝酒、挚爱女人的仓央嘉措是真、假活佛，藏史上不无纷争。但在这些朝圣者的心里，仓央嘉措是他们的六世达赖永远的活佛，藏族永恒的诗人。

"这一世，我翻遍十万大山，不为修来世，只为途中与你相遇。"

是的，又有谁，修得了来世？

如此，今生今世，所有的相遇相逢，都是生命，只有一次的生命的宝贵赐予，都得以真心真情将此高高地托起。

感谢生命，感谢上苍，我的爱人，我的亲人，我的朋友，还有，我的文字，我们得以相遇。

这一世，已然越过千山万水，却又都近在眼前恍若昨日。山一程水一程，云一程雨一程，彼时只感漫长，此时却觉瞬间。这么多年，也就好似几天；这么几天，譬如，坐这湖水边半个时辰，却又似走过千山万水。

真的呀，这一世，我翻遍十万大山，不为修来世——只为途中与你相遇。

残梦敦煌

敦煌是久藏在心底的一个梦，苍凉又厚重，壮美又风情万种——

是驼铃叮当，是残阳如血。骑在高高的驼峰上，一步步走进鸣沙山的漠漠金黄，走进广袤无垠；

是翠绿葱茏，是清澈灵动。掬起月牙泉一捧清凉，向她询问、与她对视，再依偎着她做一个美好得不像样子的梦；

是古拙厚重，是华丽飘逸。叩响一千多年莫高窟的神秘与苍凉，感受历史的睿智，艺术的绚烂，还有耻辱的隐痛……

于是，在兴奋与期待里，走进期许已久的梦幻，走进敦煌……

喧闹鸣沙山

逶迤起伏的绵绵沙峰，在晨曦中闪烁出无际无涯的漫漫金黄。晨风挟带着大漠的刚劲硬朗扑面而来，清新怡人。一只，就一只骆驼，在鸣沙山高高的沙峰中屹立，逆光，剪影，一份孤寂九份羁傲。大气的写意。壮观的油画。抡起手臂放声高呼：我来啦！

喊声未落，忽地身边的沙漠里怎么呼啦啦钻出这许多人；要鞋套吗？桔红色齐膝的鞋套，15元一对。要口罩吗？一次性的5元一个。要越野车吗？50元将你送上去。几辆与金黄色沙漠无比协调的金色越野车帅气地伫立、等候。热切的眼神、亲切地呼喊：姐，买我的！那与越野车同样剽悍的汉子喊出的则更吸引人：可以自己驾车的。你在沙漠里飙过车吗？！我说我要骑骆驼。那车主长长的手臂拦住牵骆驼的：可以的，先驾车50元上山，再骑骆驼30元去月牙泉。您这不就体验全了吗？越野车在沙漠中顺着沙势起伏颠簸，软软的沙地上开起车来是有劲没处使的感觉，非高技术好体力是驾驭不了这越野车的。而一步步攀上沙峰，才真正领略到鸣沙山的雄奇，茫茫大漠的壮观。

平沙万里，莽莽苍苍。定格这满目金黄，依稀见有队队骆驼在沙峰上向西走过……

叮咚叮咚，这队队旅人承载着老少亲人的多少期冀，从强汉盛唐时的长安起步，从东往西，从西往东。在夕阳中在晨光里，起初为生计你来我往的交易，最终却将东方文化与西方文明相互传递甚至血脉交融；

斗转星移，这茫茫黄沙印刻下多少行者的脚步，驼峰上的毛皮、茶叶、丝绸与陶瓷的贸易，穿越茫茫沙漠，到达阿拉伯、欧洲，直抵地中海、大马士革及亚历山大，成就了蜿蜒悠长的丝绸之路；

岁月荏苒，这曾经渺无人烟的荒漠又留下多少探索者的思考与足迹，宗教、民族、和亲与战争，鸣响千里之韵的鸣沙山啊，埋藏了多少个啸吟的灵魂？天地之间上下求索的孤魂是不是至今仍在大漠间飘荡？

蓝天。白云。金沙。心动得无所适从。我来了。我是谁？！只是这漫漫沙漠中的一粒。而舒展双臂，极目沙峰，我又拥有这蓝天白云和茫茫大漠，"一沙一世界"呢。举起色彩斑斓的英吉沙小刀迎风放在耳边倾听：可有一千多年前这大漠上铁戈金马的铿锵啸音？

摘下颈边的七彩丝巾，在风中与嫣红的朝霞一起翻飞起舞，可有胡笳、羌笛凄婉苍茫的和韵……坐上滑板，两手在沙窝中猛地向下一推，耳边是风在呼响，飞的感觉，翔的意味。人体重心随着滑板向着沙谷疾驰而下。人还没站稳，那牵骆驼的已蜂拥而至：这头是大的呢！那一位面目清秀的妇人则扯着我的衣袖：这头的编号是518！多吉利！还有这金黄色的鞍垫，配你的红衣服，不要太好看哟……

铁戈金马没有了，胡笳羌笛的余音没有了，蓝天金沙没有了，还飞啊翔的呢，都落到地上了。两句古诗连带不伦不类的后缀在耳边响起：

"大漠孤烟直"，吆喝闹耳庭；
"长河落日圆"，处处皆铜钱。
……

走近月牙泉

十多年前在《文化苦旅》中邂逅了这沙漠中的隐泉：清澈和宁谧，纤瘦和婉约。余秋雨先生这样地诠释她。自此，亲睹她的芳容，感受其润泽，成了敦煌梦中重要的一环。于是，从鸣沙山下来就直奔月牙泉而去。

果然是翠绿葱茏，恬静妩媚；果然是山泉共处，沙水共生；果然是泉不离山，沙不掩泉。东西长300余米，南北宽50余米清澈的泉水犹如一弯绿练，又恍若一泓明珠，静卧于金色沙山的怀抱之中。导游说是相守相伴，历经千年。沙漠与泉水的千年爱情？该有千年的，来之前查过，东汉的《辛氏三秦记》中就有着关于月牙泉的记载。

弯弯的泉水还真若一钩月牙啊！泉之湄，头顶束束芦花的丛丛芦苇婀娜多姿，摇曳着柔软的腰肢与这弯泉水相依相偎；水之边，金黄的长寿菊、嫣红的大丽菊和许多知名不知名的野花绿草，簇拥在泉边欢喜地绽放，绚烂夺目。刹那，大漠古风远去，茫茫黄沙远去，是回到了亲爱的家乡，回到了千里万里之外的里下河平原。一个声音切入了恍惚与遐想：美女，替你与月牙泉合影如何？戴牛仔帽的汉子晃动着手中一叠样片：拍出来好美哟！愠怒：我自己带相机的。牛仔帽不依不饶热情有加：我的相机有过滤镜哟。一生只来一次的地方哟！被这"一生只来一次"打动了。拍就拍吧。你向天看！你向泉看！你坐在沙上，对！将手深深地插进沙窝，抛啊，将沙向上抛啊……尽管拍吧，反正"弱水三千我只取一瓢而饮"，买张满意的就得了。

来了就得走进，走进就得亲近。掬起一捧清澈与沁凉，梦一般美啊晶莹剔透月牙泉的水。

楼兰古城，那楼兰美女经过这月牙泉吗？那么，这清澈如镜的泉水肯定映照过她美丽的容颜、乌黑黑的眉眼还有帽子上那根俏丽的羽毛；

驼铃叮当，那经丝绸之路的商贾、牵骆驼的牧民，在这月牙泉边歇过脚吧？掬捧泉水灌面庞、清手足、解乏累，再灌满一皮囊的泉水跃上驼峰，继续在叮当声中迎着漠漠风沙行向漫漫征程。

也真是奇啊，在如此浩瀚广袤的沙山与沙丘群之中，当肆虐的骤风席卷漫天的狂沙，有什么样的东西不会被吞没和湮埋呢？可是为什么偏偏这一弯小小的泉水历经了千年的风暴袭击却没有被吞食？一如唐《元和郡县志》载："鸣沙山有一泉水，名曰沙井，绵历古今，沙填不满，水极甘美。"月牙泉在众多文人墨客的笔下更是熠熠烁辉：少女的眼睛，天使的眼泪，古传说更将神仙与妖怪、惩恶与扬善的主题与这美丽的月牙泉紧紧相连。但有一点都认同：黄沙绿洲，大漠明珠。

野花依旧绚烂，摇曳了千年的芦苇满目青翠。似梦非梦。现实与梦幻的基本吻合是生命中的奇迹，晶莹温润的月牙泉之梦啊就在眼前。人沁凉了，心也妥贴地安放了。

一个声音在耳边响起：15元一张，张张漂亮！那牛仔帽满脸是笑：30张，400元怎么样？梦被惊醒非常恼怒：我一张也看不中！牛仔帽声音低而凄楚：就200元吧，除去冲洗成本，我也赚不了多少。孩子学费全靠我呢。总是吃软不吃硬，何况还是孩子的学费，叹口气将照片收入包中。

再见！月牙泉。

遗憾莫高窟

特喜欢舞剧《丝路花雨》中伎乐天（飞天）的飘逸、灵动，使凡间行走的吾等之辈有了飞翔的幻想。那女主角英娘身着绚丽的裙衫反弹琵琶的舞姿更是了然于心：左膝微弯，右腿略收于左膝，左胯送出，张开双臂向上向后，举着一柄琵琶。舒展又典雅，含蓄又风情。这就是心中最初的莫高窟。当跟随着莫高窟那位身着黑色上衣银色短裙的讲解员一个一个洞窟中转悠时，灰暗的灯光使我这视力又不好的人看不见一位飞天，瞪大眼睛寻来看去，御风翱翔、翩翩起舞的飞天我真是一个也看不见。人面蛇身的女娲，翱翔天际的凤鸟，凌驾太阳的飞车，还有大大小小的佛，坐的、站的，巨大且一派慈悲和宁静躺着的卧佛。几个洞窟下来，忍不住发问：飞天在哪里？讲解员头也不回用手电筒不经意地向洞壁晃了晃：处处有飞天。那不是么？

模糊中终于看见：顶壁上似乎有几根线条圆润又流畅，勾勒的是飞天的裙袂么？黯淡的色彩使我还没分清是几位飞天在飞舞，就被吆喝着去下一个洞窟了。我说怎么没有画册上的色彩瑰丽？我问如何不见《丝路花雨》中英娘反弹琵琶的那个曼妙舞姿？那普通话字正腔圆却不带丝毫情感，职业性解说的姑娘面无表情朝我上下打量：你是搞敦煌研究的还是舞蹈爱好者？最好都有你这么感兴趣，还要有大把大把钞票的。话音未落又掏着钥匙吆喝着游人向下一个洞窟走去。丢下我一个，静静地伫立在莫高窟三层的崖壁之间。

开凿在鸣沙山崖壁上的莫高窟有492窟，洞窟上下五层，高低错落，迤逦绵延，重重叠叠。是蜿蜒曲折的栈道，是巍峨兀立的楼阁。与我来之前想象的苍茫间的古朴，古朴间的荒凉之影像不很一致。更大失所望的还不是没见着想象的瑰丽的飞天，是那将莫高窟生硬拦起的绿色栅栏，是那将每一个洞窟冷漠锁起的金属门，是那将壁画和塑像与人们隔开的玻璃墙或围栏，是那不能随心所欲选择洞窟观瞻只能跟着解说员的机械和匆忙。我魂牵梦萦这么多年，就这样跟着人群人流急匆匆地"游行"，连千佛洞都观瞻不到，且只能无序地看几个洞窟，真是不甘！

可我知道，真的知道，这些自公元366年始建，历经北凉、北魏、西魏、北周、隋、唐、五代、回鹘、宋、西夏、元等十多个朝代的苍老的壁画实在经不起大量的观者了，窟室、塑像、壁画、雕饰，或壮丽浓烈，或深邃逼真，或细密流畅，精美绝伦的壁画和彩塑许多已黯淡或者损伤过，早已不再金碧辉煌、流光溢彩。想起樊锦诗这个名字，这位将一生都献给敦煌研究和保护的了不起的女性，想起年近七旬敦煌研究院的樊锦诗院长，从23岁就在极其简陋和恶劣的条件下对莫高窟进行研究，想起她提出的关于敦煌石窟也必然从诞生走向衰退的观点，想起她计划的筹建数字、保护、展示敦煌三大综合中心的远景规划。

莫高窟的对面，有着一条小河，几株金色的向日葵在热浪中摇曳。小河的那面，几座小小的塔，高高低低地。那座圆圆顶的，说就是那个被人唾骂，为了一壶浊酒几块银元，将莫高窟宝贝、藏经洞文物拱手相送给斯坦因、伯希和与大谷光瑞等国际大盗的千古罪人王圆箓的圆寂塔。王圆箓也算长眠在此，目击着莫高窟的兴衰存亡。这个姓王的道士在被人唾骂之时，会偶尔将眼光投向大英博物馆吗？心中是不是也有点些许得意：骂我呢！你看，我卖出去的东西不是得到很好的保护吗？

四周一片静谧。

如果，能给予莫高窟的研究与保护以更好的设施与条件，也许樊锦诗们的计划将不再是纸上的梦想；

如果说有意识地培养更多的莫高窟研究者，也许可以令更多专业的目光关注这窟壁、藻井和人字坡上的壁画；

如果说能给予莫高窟的研究人员包括讲解员以相对丰厚的薪酬（毕竟这儿的气候与工作条件是很艰苦），也许这块东方瑰宝在沙洲中会延续出佛教世界和艺术的永恒。

敦者，大也；煌者，盛也。西天的晚霞御裘似锦，已是晚8时了，敦煌的太阳依旧高蹈着长天。这世界可以"如果"，但有许多"如果"岂是我一个写作者可以实现？这人间的"也许"更是存在着若干的可能与不可能。将"如果""也许"这两个词组成为现实，真的会实现奇迹，一个积聚着智慧感悟与历史沧桑的莫高窟，一个古拙又厚重，神奇又雍容的新敦煌。

那么，我的敦煌梦，将不是残梦。

我将，再次、再次地朝拜这非个体生命一次就能解读、能感悟的莫高窟，大敦煌。

春风笑了

春风浅浅一笑，就这么似有若无、浩荡无际地浅浅一笑啊，千里平畴、尘间万物就荡开满天满地的旖旎温柔——

一

这株迎春，才见她披着遍体茸茸的新绿，今日怎就这么一小瓣又小一瓣，将金黄一点一点细细密密地灿烂在春风的相思里，清新纯净又晶莹剔透。在迎春明媚的笑靥里，在早春阳光灿烂的漫洒中，眼中闪亮着，有一些什么，就悄悄地流进心底，又静静地漫溢在面庞上，与花儿、叶上幼滑的露珠，一起，晶莹剔透在春风寂静的微笑里。那曾经与我一起伫足这片金黄的人呢？春风无语迎春无语。这满目的金黄啊。

湖边。一群老人，白绸衣、白绸裤与长剑一起在春风中衣袂飘飘。晨风中长椅上，荡起一阵欢声笑语，老人的眼底与湖水一起在阳光下微笑，在春风中荡漾，波光敛滟又满是初春的希冀与渴望。想起当下那位风靡日本的百岁诗人柴田丰婆婆："虽然98岁，我还是会坠入爱河，我还是有梦想，例如，骑在云上。""骑在云上"，多妙啊！今年六月，诗人柴田丰婆婆就是一百岁了。

梦想与希望，就若眼前这片初春的叶子啊，在绿与未绿之间，甚至，在绿与枯黄之间。希望不分岁月的，春日里永远萌动着希望。譬如眼前这群老人的希望，是千山万水后的平淡，是历经沧桑的希望与再希望。乐声在晨风中漫溢四起，老人们又舞动起了长剑，晨曦，春风，湖水，宛若仙境。

二

春日的午后，人有那么一点点慵懒，骨节在春风中的拂拭中又有着一份酥软与甜蜜。午后的春风漾漾的，暖暖的缓缓的将什么都融化开了。有两只鸟儿在窗前的树梢上，嘀哩嘀哩，你叫一声，他叫一声，是交谈是辩论还是诉情？为寂寞的午后，唱响一支欢乐的换季小曲。眯起眼，凝神窗外这片柔媚，和着鸟鸣的却是遥远又熟悉的歌声，从记忆的深处缓缓响起。

多少年前那个春日午后，去那个偏僻的海边去演出，说是有一位战士民歌唱得很好，但我们的慰问演出，他看不了，正好轮到他站岗不能离开，其实他盼了很多天。黄海边的哨卡，我们踩着没了脚踝的盐蒿子在盐碱地上高一脚低一脚地，走了很远，为那个海边哨卡民歌唱得很好的哨兵，为他一个人演出。我们唱歌我们跳舞，他端着钢枪，黑红的面庞上满是笑意，当独唱演员唱起"手握一杆钢枪，身披万道霞光"，那战士忍不住高亢着和唱了进来"我站在海防线上，为我们伟大祖国站岗"，那一刻，我见到他的面庞上晶亮亮的泪珠流淌，我们都是泪水四溢。

多少年了，多少个春日的午后倏忽而过？这一个春日午后永记不忘。

三

黄昏的景致，迷蒙又诱惑。

大半天下来了，那株老楝树披着淡黄色的斜阳。春风携着暮色这么轻轻一笑，枝枝叶叶在落地窗上斑驳出碎碎密密的影像，书桌上地板上呈现出一片光怪陆离。晚风中，有笛声从远到近，还是那四季都有的笛声，婉转悠扬地随着春风荡起的是那曲喜欢的《传奇》：

只是因为在人群中多看了你一眼，再也没能忘掉你容颜……

心中些许悸动。春风携着西天的金阳，御裘似锦不着边际，斜斜叠叠地铺出温暖与惬意。已经有孩子的笑声在花园的小径上清脆，放学了。在似水的笛声里，一天即将过去了。老楝树又增添了一层新绿。笛声伤感又多情。

想起那个春日黄昏，二十来年前的黄昏。与女友谈起岁月谈起心愿。我们都有心愿，我们也都相信奇迹，爱与生命。春风中，我们相约一起去丝绸之路，我们说在可能的情况下，一起去走千山涉万水尝四方美食。约了这么多年，还没有成行，她却静静地挥一挥手，不带走人生的一丝云彩（其实，她带走了思念，带走了爱）作别了这个春天。春风会眷顾到她吗？我想会的。

一如现在，黄昏中，春风拂着我肯定又拂着她，催开着红花绿草，为人间、也为她绽放。

四

就这么在春风一阵又一阵的笑意中啊，很快的，夜来了。

春夜、春夜。春风中的夜色会与其他的夜色有什么不一样吗？

其实，还是不一样的。星星在夜空中，光儿不再冷凛；月儿在春风里，温柔而有情有意。灌树丛中，绿的黄的，隐约有花香溢出，这湖边漫步的人，也多了起来。前面那一对人影，在湖边徘徊又徘徊，一起俯身向着湖水，一起又仰首向着如钩新月。是恋人？是朋友？是夫妻？星光下，若即若离；夜色中，又相依相偎。回吧回吧，牵了手的手，来生还要一起走。请牵紧你们的手啊。是亲亲的爱人，就不要擦肩而过；是恩爱的夫妻，就回转家去，红泥火炉旁还能喝一杯绿蚁酒，在这乍暖还寒之际。

老楝树想必睡着了，迎春花肯定也憩息了。白日里笑声脆脆的孩子，扔开那堆高高又凌乱的作业本儿，撂腿撂脚地睡了，胖嘟嘟的脸蛋上都是飞翔的笑意，床头那幅歼10的战斗机想必早已入了他的梦境；恋人们，想必也道了晚安，甜蜜着入眠了，不管是远在天边还是近在眼前，心中一定是相互挂牵；老人们，也入睡了，床前的沙发上，是那套白色的绸衣，还有那柄亮闪闪有着红丝须的长剑，为着再一个清晨中舞动的希望……只有春风儿，还在轻轻地拂动着金色的窗帷，与我一起，想着这人间，思着这尘世，这千年的循环，这生命中不可更变的轮回，这由春风带来的万紫千红，还有，不可避免的，早春的一丝丝寒意。

春风轻轻浅浅地又笑了呀，笑意中妆绿大地又催百花缤纷七彩。在一阵一阵春风深深浅浅的笑意中，春天真的来了。

有的路，只能一个人走

有些事，只能一个人做；
有的槛，只能一个人过；
有的路，只能一个人走。

一

一个人走，沿着心中的那条路，易清醒。

因了工作，常有的是觥筹交错，你说你不喝酒真的不会喝，你端着白开水微笑着，看四周摩肩接踵看满眼灯红酒绿，心中敞亮：这不是你的领地。你想着的，只是如何及早逃离或是撤退，回到你的路径上去。在那里，有你的鸟语花香，有生命中的花好月圆。一个人用心走路，知道什么是真正需要的。你不会将生命膨胀成一个持续的外在积累，将生命费力转换成一样一样的东西。外在的不是不要，适可而止，则以。

一个人走，知道无依傍。一如周华健所唱：这些年，风也过雨也走。阴晴圆缺风霜雨雪，一个人的路，还要不要，坚持着往下走？人生有许多选择，可以不费力气地得到，一些足以让你活得看上去更为光鲜与富足的生活。你摇摇头，对自己说，这不是你所需要的，你要的，你自己知道。人生无所谓成功与失败，只看你要什么。你庆幸，你始终知道自己要什么。

当下，许多人以生命、青春去换取外在的许多东西，生命更似一种声嘶力竭的喊叫与追逐奔跑，还有着自尊、人格的丢失还有不可与人说的委屈。富有仅仅是金钱与财富的堆积？灵魂与肉体呢？心不为形役不为物役，甚至，不为自己所役（对于自己这样主观的人，这不为自己役很难做到）。

你知道，你喜欢辉煌璀璨五星级酒店的华丽，你也喜欢乡野漫溢的油菜花朴实的芬芳与金黄；你喜欢一碗糁子粥本真的清香，你也喜欢卡布奇诺的馥郁弥漫。你始终以为，生命的最高达成是拥有一种诗意的品质，为之衣带渐宽终不悔的，该是情韵与爱意的涓涓流淌。

大海收留河水，夜空拥抱星子。一个人走过的路需要思与想，也记载着爱与情。这世上真的没有成功和失败，一切都看你要什么。

二

人生的路有若干条，可是你认定了文字铺就的这条路走。走了这么多年，始终没有放弃。世间有许多路，有些路你不得不走，有的事你不得不做。工作、责任、义务，但你始终没有放弃写作，你不想放弃。"烟花烟花漫天飞，你为谁妩媚"？喜欢这句歌词，也常拿这句话来问自己。文字是为大家的吗？是为自己心的。心中喜欢，将自己的体会、思考与感悟，用自己的文字诉说出来，心就安了，灵魂也就静了。写作这条路，从第一个字到几百万字，从每一个字到最后一个字，这个过程别人帮你不得、替你不得，每一个笔划都得你一下又一下地从键盘上敲出来。一如运动员在赛场上，有人为你加油，但跑道上的你知道，这一步一步还是得自个儿一步步跑出来。

内心的成长是生命中的喜悦，你在文字中在书本中看到这种成长。你知道你一个又一个夜晚的灯下捧读与黑夜静思，成就着自己的生命与爱。

有些事情是大事，你无法阻挡，我们所处的时代有着太多无法阻挠的变化。你庆幸，因了文字与写作，一个人走的路，还能发出自己的声音。那么多那么多的日子飞逝而过，常常，你对前一日前一分一秒时间的过去，心痛与紧张。对时间的流逝与过分的敏感，好还是不好呢？将每一日当作最后一日来过，才会分外珍惜吧。

人生一世，草木一秋，因为不能预见未来，才用心耕耘现在。

你是知道自己根本上要什么的人，爱、自由，用文字表达。但做到这点并非易事，得学会放弃，放弃很多。

你也知道在有限的生命，自己是能做些什么的人。不奢望鸿篇巨著，但又是认真对待心中流淌出的一笔一划。

温柔柔地笑着对爱人说：墓碑上就这几个字：来过，爱过，写作过。记着啊！

三

说是一个人走啊，但生于茫茫人间，滚滚红尘，一个人走路又怎能不与万事万物发生关联？年少时轻狂，以为天下就是我，一个人可以独自打天下；涉遍千山万水才知道，我只是一粒草籽一缕尘埃。没有人能够独自成功甚至于独自立足。你必得与许多的人、事发生关联。从呱呱坠地到蹒跚学步，从小学、大学到走上工作岗位，从家庭到单位再到社会。漫舞的云彩向你明示，再洁白飘逸也需要蓝天的衬托；密匝匝的星星闪闪烁烁，再微小的星子也需要苍穹的铺垫，再渺茫的黑夜也得竭尽全力发出自己的光芒，照亮别人更照亮自己。

你知道心中的那份与外界的不相融，还有骨子里的许多不认同，甚至"不合作"。世事渐晓，你看到那个骑着大鹏鸟的庄子潇洒地在天上笑：内不化，外化。你也记下了那年看到苏州科技馆高悬在墙壁上的四个大字"圆融通达"。与外界人事的通、达，在年轻时认为是圆滑与世故，现在也知道，生命需要有所坚持，生存需要随遇而安。需要秉持内心的独立与骄傲，也需要顺应社会法则宽融通达。

凡人一样生活，哲人一般思考。你不是哲人，但以不同世俗常人的人生道路，来坚持和维护自己与生俱来或是一直确定的价值观，也许不难。

独自行走是一种姿态，坦然、自由才是一个人行走的灵魂与底气。

如此，一个人走下去，看得见满眼好风景，听得见花开的声音。心，通莹透亮，依旧敏感，为路边的一朵残花落泪，为与一株绿树邂逅而感恩，为与那座高山相逢而心动，为一轮被阴霾遮盖的新月而神伤。但一个人走路，心，又渐然坚强，能忍受，也能承担。一个人走的路，孤独又丰富，寂静又波澜四起。

"从生到死有多远，呼吸之间；

从迷到悟有多远，一念之间；

从爱到恨有多远，无常之间；

从古到今有多远，谈笑之间；

从你到我有多远，善解之间；

从心到心有多远，天地之间……"

有些事，只能一个人做；

有的槛，只能一个人过；

人生啊，有的路，只能一个人走。